聊齋志異

原著／蒲松齡
編撰／曾珮琦
繪圖／尤淑瑜

好讀出版

一窺《聊齋》的宗廟之美，百官之富

文／盧源淡

《聊齋志異》是值得一看再看的好書。

這部小說光在清朝就有近百種抄本、刻本、注本、評本、繪圖本，截至目前，相關詮釋與討論的文字數以億計，根據它的內容所改編的影劇與戲曲也有上百齣，而這部中文短篇小說集到現在已有將近三十種外語譯本，世界五大洲都可發現它的蹤跡。這不是好書，什麼才是好書？

我很高興此生能與這本書結下不解之緣。

小時候，我和《聊齋志異》的首度接觸，是在兒童月刊《學友》。這本雜誌會不定期刊載童話版的志怪小說，當時只覺得道人種桃、古鏡照鬼的情節很好看，根本不知道、也不會想知道這些故事是怎麼來的。另外，《良友》之類的雜誌也會穿插短篇的《聊齋》連環圖，至今還依稀記得〈偷桃〉、〈妖術〉、〈佟客〉的精彩畫面。初中時，看過樂蒂和趙雷演的《倩女幽魂》，無意間從海報認識「聊齋」這個詞彙，後來聽老師講述，這才明白以前看過的那些鬼狐仙妖，都是從這本小說孕育出來的。

五十多年前的《皇冠》雜誌偶爾也有白話《聊齋》故事，印象較深的有〈胡四娘〉、〈局詐〉等等，都改寫得非常精彩，這也激起我閱讀原文的念想。就讀大學時，曾向圖書館借到一本附有注釋的《聊齋》，不過那本書品質粗糙，不但排版草率，聊備一格的注釋對讀者也毫無助益。後來雖在書店發現一些性質類似的「精選」本，但情況毫無二致。最後好不容易買到一套手稿本，卻讀得一頭霧水，即便手邊擺著一套《辭海》，仍舊跨不過那百仞宮牆。幸好，這一盆盆的冷水並沒有完全澆熄我對《聊齋志異》的滿腔熱火。

由於《聊齋志異》的手稿本斷簡殘編，因此幾十年前學者研讀的都以「青柯亭本」或「鑄雪齋本」爲主。呂湛恩與何垠的注解本雖在道光年間就有了，但不易取得。而一般讀者看的則大多是白話改寫的選本，通常都是寥寥二三十篇，實不容易滿足向慕者的需求。一九六二年，大陸學者張友鶴主編的《聊齋誌異會校會注會評本》問世，這對專業學者與業餘讀者來說，眞不啻爲一則天大的福音，有了這套工具書，研讀《聊齋志異》就相對輕鬆多了。後來，「康熙本」、「異史本」、「二十四卷本」，還有蒲松齡的相關文物陸續被發現，這些珍貴資料爲專家開闢不少探微索隱的幽徑，也造就一波波研討的浪潮。五十多年來，世界各地專家學者針對蒲松齡及《聊齋志異》所提出的論著和輯校的圖書，就像雨後春筍般出現，如：路大荒的《蒲松齡年譜》、盛偉的《蒲松齡全集》、馬瑞芳的《聊齋志異創作論》、于天池的《蒲松齡與聊齋志異脞說》、馬振方的《聊齋藝術論》、任篤行的《全校會注集評聊齋志異》、袁世碩與徐仲偉的《蒲松齡評傳》、朱一玄的《聊齋志異資料匯編》、朱其鎧的《全本新注聊齋誌異》等，數以千計。另外還有《蒲松齡研究》季刊和不定期舉辦的研討會，爲專家提供心得發表的平臺。「蒲學」遂一時蔚成風氣，足以與國際「紅學」相頡頏。

拜「蒲學」潮流之賜，我的夙願也得以逐步實現。兩岸開放交流後，我就經常利用暑假前往大陸，不是在圖書館蒐集資料，埋首抄錄，便是到書店選購「蒲學」相關文獻。我還三度造訪淄川蒲家莊和周村畢自嚴故居，向紀念館內的專業人士請益，並流連於柳泉、綽然堂，與「短篇小說之王」作穿越時空的交心偶語。我也曾趑趄濟南的大明湖畔，想像「寒月芙蕖」的奇觀；我也曾彳亍荷澤的牡丹花徑，領略「曹國夫人」的丰采。每次返臺，行囊、衣襟盡是濃郁的書香，這才體悟到梁任公所揭櫫的道理：「任何一門學問，只要深入的研究，必能引發出趣味來。」這是我畢生最引以爲樂的個人經驗，特地在此提出來與各位讀者分享。

在紙本文字日益式微的當前，好讀出版仍不惜耗費鉅資，禮聘學者點評、作注，出版一系列古典小說，促成多本曠世名著以最新穎的編排及更精緻的內涵增進大眾閱讀樂趣。這是經營者崇高的理念，更是使命感的展現，既獲取讀者的口碑，也贏得業界的敬重。而在決定出版《聊齋志異》全集時，好讀出版精挑的專家則是曾珮琦君。

曾珮琦君是位詠絮奇才，在學期間尤其屬意於中文，國學根柢扎實深厚。就讀研究所時，專攻老莊玄學，在王邦雄教授指導下，完成論文〈《老子》「正言若反」之解釋與重建〉，取得碩士學位。另外著有《圖解老莊思想》、《樂知學苑・莊子圖解》等書，字字珠璣，鞭辟入裡，備受學界推伏。近年來，曾君醉心《聊齋志異》姹紫嫣紅的幻域，含英咀華，芬芳在頰，乃決意長期從事注譯的編撰，將這部古典巨著推薦給青年學子，目前已發行《義狐紅顏》、《倩女幽魂》兩集單冊。我發現書中注釋引經據典，精確賅備，對理解原文必有極大裨益；白話翻譯則筆觸流利，既無直譯的生澀，亦無擴寫的模糊，文白對照，可獲得閱讀樂趣，並有助國文程度提升。此外，尤淑瑜君的插畫也能引領讀者進入故事情境，頗具錦上添花之效。我相信全書殺青後，必足以在出版界占一席之地。

馮鎮巒曾在〈讀聊齋雜說〉謂：「讀聊齋，不作文章看，但作故事看，便是呆漢。」馮鎮巒是清嘉慶年間的文學評論家，這句話說得眞夠犀利，同時也道出《聊齋志異》的特色。然而，從功利角度而言，但看故事實已値回書價，再涵泳辭藻便是物超所値了。總之，手執一卷，先淺出，再深入，則如倒吃甘蔗，樂即在其中矣。現在就請諸位在曾君的導覽下，跨進蒲松齡的異想世界，一窺《聊齋》的宗廟之美，百官之富。

盧源淡

淡江大學中文系畢業，桃園市私立育達高級中學退休教師，從事蒲學研究工作三十餘年。著有《詳注．精譯．細說聊齋志異》全八冊，一百七十餘萬言。

中國第一部彰顯女性地位的故事集

文／呂秋遠

在我年輕的那個世代，大學國文只有《古文觀止》可以學習；不過運氣很好，一年級下學期時，學校開放選修文學名著，我選擇了《聊齋志異》。不過，這並不是我的第一次接觸，早在小學就已經開始接觸白話文版本。

《聊齋志異》所使用的語言，並不是艱深的文言文。事實上，作者蒲松齡身處十七世紀的中國，使用的文字已經不是那麼艱澀，而且他所蒐集的故事素材，也是透過不同的訪談及自己所聽說的故事撰寫而成，因此不至於過度艱澀。

有學者以為，《聊齋志異》這部書，是一個落魄文人對於男性情愛幻想的烏托邦故事集。然而，如果把這部小說放在十七世紀的脈絡觀察，則可以看出當時保守的中國，有多少的女權情慾流動已經躁動萌芽。在《聊齋志異》中，女鬼、狐怪往往是善良的，而男性卻有許多負心人。女性在這部書中的愛情角色是主動積極、毫不畏縮的，如果與故事中的男主角相較，更可以看出其批判禮教迂腐與封閉之處，這點在書中隨處可見。

蒲松齡筆下的俠女、鬼狐、民女，都具備勇氣且勇於挑戰世俗。在那個婚姻奉媒妁之言、父母之命的年代，他藉由這些鬼怪故事，塑造出「嬰寧」、「聶小倩」、「白秋練」、「鴉頭」、「細柳」等人，她們遇到變故時總是比男性更爲冷靜與機智；而男性在他筆下，無能者多、負心者眾。因此，論這部書，說它是中國第一部彰顯女性地位的故事集也不爲過。

因此，我們可以輕鬆的來閱讀《聊齋志異》，但是當我們讀這些精彩俠女復仇記，或狐仙助人記的同時，別忘了，蒲松齡隱藏在故事中，想要說、卻不容於當時的潛言語其實是——女性的千言萬語。

呂秋遠

宇達經貿法律事務所律師、東吳大學社工系兼任助理教授。雖為法律背景，然國學根柢深厚，近年經常在ＦＢ臉書以娓娓道來的敘事之筆分享經手案例與時事觀察，筆力之雄健、觀點之風格化，贏得了「臺灣最會說故事的律師」讚譽。

熱愛文字與分享，著有《噬罪人》《噬罪人II：試煉》二書，曾於書中提到「希望讀者在書中找到自己人性的歸屬，也可以理解天使與惡魔的試煉，都是不容易通過的。如果能因此讓自己更自在，則一切的經驗分享也就值得了」，巧妙的與蒲松齡在《聊齋志異二．倩女幽魂》〈蓮香〉一文中的精闢結論，若合符節——「唉！死者求生，生者又求死，天底下最難得的，難道不是人身嗎？只可惜，擁有人身者往往不懂珍惜，以至於活著不知廉恥，還不如一隻狐狸；死的時候悄無聲息，還不如一個鬼。」

讀鬼狐精怪故事
讀懂蒲松齡用心

文／曾珮琦

談到《聊齋志異》這部小說（共四百九十一篇故事），給人的印象大多是講述些鬼狐精怪故事，歷來更有不少故事被改編成影視作品（且風行不輟、改編不斷）——其中最膾炙人口的是〈聶小倩〉，講述書生與女鬼之間的戀愛故事；〈畫皮〉也被改編為電影，然原本故事僅講述女鬼變化成美女迷惑男子，裡面並無愛情成分。無論是人鬼戀，抑或鬼怪迷惑男子的故事，《聊齋志異》的作者蒲松齡，於屢次科舉失意後日益醉心蒐羅並撰寫鬼狐精怪、奇聞「異」事，其真正用意不只是談狐說鬼，而想藉由這些故事諷刺當時官僚的腐敗、揭露科舉制度的弊病，反映出社會現實。

書裡收錄的各短篇故事，均為奇聞異事，情節有趣、奇妙且精彩，不僅滿足讀者一窺天底下新鮮事的好奇心，還寓有教化世人、懲惡揚善的意涵，這也是這部古典文言文小說能從清朝流傳至今逾三百年的原因。當我們隨著蒲松齡的筆鋒遊覽神鬼妖狐的世界時，或可一邊思考故事背後隱含的思想，這些思想，很可能才是作者真正想透過故事傳達的。

不過，《聊齋志異》中除了宣揚教化、諷刺世俗的故事，確實不乏浪漫純眞的愛情故事，如〈小翠〉、〈青鳳〉、〈聶小倩〉等均歌頌了人狐戀，意寓眞摯的愛情本質並不爲人狐之間的界限所侷限，此等故事相當感人。

《聊齋志異》第一位知音——清初詩壇領袖王士禎

至於蒲松齡的寫作素材來自哪裡？他是將聽聞來的鄉野怪譚予以編撰、整理，亦有各地同好提供故事題材。他蒐羅故事的經過，傳說是在路邊設一個茶棚，免費提供茶水給過路旅客，條件是要講一個故事（但也有人認爲不太可能，因他一生一直爲生計奔忙，在別人家中設館教書，怎有空擺攤）。明末清初，蒲松齡的家鄉山東慘遭兵禍，當時屍橫遍野，於是流傳了許多鬼怪傳說，由此成了他寫作的題材。

《聊齋志異》這部小說在當時即聲名大噪，知名文人王士禎對此書更是大力推崇。王士禎（一六三四～一七一一），小名豫孫，字貽上，號阮亭，別號漁洋山人，人稱王漁洋，謚文簡。蒲松齡在四十八歲時結識了這位當時詩壇領袖，王士禎讀了《聊齋志異》後十分欣賞，爲之題了一首詩：「姑妄言之姑聽之，豆棚瓜架雨如絲。料應厭作人間語，愛聽秋墳鬼唱時（詩）。」不僅如此，王士禎也爲書中多篇故事做了評點，足見他對此書的喜愛，而其評點文字的藝術性之高，亦廣泛成爲後代文人研究分析的主題。蒲松齡對此甚感榮幸，認爲王士禎是眞懂他，亦做了詩回贈：「志異書成共笑之，布袍蕭索鬢如絲。十年頗得黃州意，冷雨寒燈夜話時。」還將王士禎所做的評點，抄錄收進書中。王士禎的評點融入了他個人對小說創作的理論與審美觀點，這點影響了後世《聊齋志異》的評點家，如馮鎮巒等人。王氏評點貢獻有三：一、評論小說的藝術描寫與生活寫實。二、評論小說中人物形象的刻畫（然，他的評點往往過於簡略，未切合重點）。三、總結與簡述《聊齋志異》裡頭的佳作，所使用的高超寫作手法與傑出藝術成就。例如，他將〈連瑣〉評爲「結而不盡，甚妙」，點出小說的敘事手法，亦表達出他的小說美學觀點。

在介紹《聊齋志異》這部小說前，先來談談作者蒲松齡的生平經歷。他是個懷才不遇的文人，參加鄉試屢次落榜，於是一邊教書，一邊將精力放在編寫奇聞怪譚故事上。讀這部書，可發現蒲松齡實際上將自己的人生經歷與思想寄託在其中——例如〈葉生〉，便是講述一個於科舉考試屢屢名落孫山的讀書人，而後遇到一個欣賞他才華的知府。後來他病重，知府正好在此時罷官準備還鄉，想等葉生一起回去。葉生後來雖病死，魂魄卻跟隨知府一起返鄉，並教導知府的兒子讀書，知府的兒子一舉中榜，這全是葉生的功勞。以此故事對照蒲松齡的經歷來看，可發現他屢經落榜挫折時，也曾受到江蘇寶應知縣孫蕙（字樹百）的青睞，邀他前往擔任文書幕僚，也就是俗稱的「師爺」，兩人不僅是長官與下屬關係，更是知己好友；也正是在此時，蒲松齡看盡了官場黑暗，對那些貪官汙吏、地方權貴深惡痛絕。

在〈成仙〉中，地方權貴與官府勾結，將成生的好友周生誣陷下獄，還隨便編派罪名，要置他於死地；於是成生後來看破世情，出家修道。蒲松齡本人並未如主人翁成生那樣出家修道，反倒將心中的憤懣不平，藉著他手上那支文人的筆宣洩出來。足見，《聊齋志異》不僅寫鬼狐精怪、奇聞異事，更抒發了蒲松齡懷才不遇的苦悶。難怪他在〈聊齋自誌〉中要說「三閭氏感而為騷」，意即將自己比喻成屈原──屈原被楚懷王放逐後，才作了《離騷》；同樣的，蒲松齡也因失意於考場，才編著了《聊齋志異》。

《聊齋志異》的勸世思想──佛教、儒家、道家及道教兼有之

蒲松齡除了將自己人生經歷融入這些奇聞怪譚中，還不忘傳遞儒釋道三教的懲惡揚善思想。如〈畫壁〉，故事主人翁是一名朱姓舉人，和朋友偶然經過一間寺廟，進去參觀，看到牆上壁畫有位美女，心中頓時起了淫念，隨後進入畫中世界展開一段奇妙旅程。朱舉人在壁畫幻境中，與裡面的美女相好，但擔心被那裡的金甲武士發現，最後躲了起來。朱舉人心中非常恐懼害怕，最後經寺廟中的老和尚敲壁提醒，才總算從壁畫世界逃了出來，脫離險境。蒲松齡在故事末尾評論道：「人有淫心，是生褻境；人有褻心，是生怖境。」（人心中有淫思慾念，眼前所見就是如此；人有淫穢之心，故顯現恐

怖景象。）

可見，是善是惡，皆來自人心一念，此種思想頗似佛教所謂的「一念三千」。「一念三千」是指，我們在日夜間所起的一念心，必屬十法界中之某一法界，與殺生等之瞋恚心相應的是地獄界，與貪欲相應的是餓鬼界。所以，顯現在我們眼前的是哪一個法界，源於我們心中起的是什麼樣的心念。〈畫壁〉一文，不僅蘊含了佛教哲理，苦口婆心勸戒世人莫做苟且之事，通篇還使用許多佛教詞彙，足見蒲松齡佛學涵養之深厚。

至於蒲松齡的政治理想，則是孔孟所提倡的仁政——他尊崇儒家的仁義禮智，講求道德實踐，因此《聊齋志異》書中時常可見懲惡揚善的思想。值得注意的是，孔孟所提倡的仁義禮智，並非外在教條，而要我們發自內心理性的自我要求。《孟子．告子上》提到：「仁義禮智，非由外鑠我也，我固有之也，弗思耳矣。」（仁義禮智，不是由外在的制約逼迫、強制自己必須這麼做，而是我發自內心想這麼做。）孟子還舉了個例子——只要是人見到一個小孩快掉進井裡，都會無條件的衝過去救他。這麼做不是想博得美名，也不是想巴結小孩的父母，純粹只是不忍小孩掉進井裡溺死罷了。

這個「不忍人之心」，每個人生下來即有，也就是孔子所說的「仁心」。而孟子將此仁心的十字打開，發展成「仁義禮智」，其實此四者簡言之，就是「仁」而已。清代政治腐敗，貪官汙吏橫行，權貴為一己私慾，不惜傷害別人，甚至做出剝奪他人生存權利之事。孔孟所提倡的仁政與道德蕩然無存，這些貪官汙吏無視、更無法實踐，實是人心墮落與放縱私慾的結果。蒲松齡有感於此，藉著這些鄉野奇譚，寄寓了諷刺當時政治腐敗與人心黑暗的想法。因而，《聊齋志異》不僅是志怪小說，更是一部寓言。書中可看出蒲松齡試圖撥亂反正、爲百姓伸張正義的苦心；現實生活中的他無能爲力，只好將此憤懣不平心緒，藉自己的筆寫出，宣洩在小說中。

此外，《聊齋志異》也涵蓋了道家與道教的思想，像是書中時常可見《莊子》的詞彙與典故，亦有神仙方術、洞天福地等道教色彩。老莊等道家哲學，是以「道」爲中心開展的哲學，追求人的心靈之自由自在，解消人的身體或形體對我們心靈帶來的束縛。而道教則認爲，人可以透過神仙方術長生不老、飛升成仙。《聊齋志異》書中多篇故事，於是出現了懂得奇門遁甲法術、捉妖收妖、符咒的道士，這些奇幻的神仙色彩，增添了故事的精彩與可讀性，也讓後世之人改編成影視作品時有更多想像空間。

《聊齋志異》寫作體裁——筆記小說＋唐代傳奇

大陸學者馬積高、黃鈞主編的《中國古代文學史》，將《聊齋志異》分成三種體裁：一、短篇小說體：主要描寫主角人物的生平遭遇，篇幅較長，細膩刻畫了人物性格及曲折戲劇化的故事情節，此類作品有〈嬌娜〉、〈成仙〉等。二、散記特寫體：重點在於記述某事件，不著墨於人物刻畫，此則受到古代記事散文的影響，此類作品有〈偷桃〉、〈狐嫁女〉、〈考城隍〉等。三、隨筆寓言體：篇幅短小，將所聽之事記錄下來，並寄寓思想在其中，此類作品有〈夏雪〉、〈快刀〉等。

《聊齋志異》深受魏晉南北朝筆記小說、唐代傳奇小說的影響。筆記小說，是隨筆記錄下聽到的故事，比較像在記筆記，篇幅短小。此種小說乃受史書體例影響，十分重視將事件確實記錄下來，而非有意識的創作小說；且多爲志怪小說，又以干寶的《搜神記》最著名。《聊齋志異》裡頭有多篇保留了筆記小說特點的篇幅短小故事，如〈蛇癖〉、〈眞定女〉等。

唐代傳奇，則是文人有意識的創作小說，內容是虛構的、想像的，題材有志怪、愛情、俠義、歷史等等。像是《聊齋志異》中的〈葉生〉，葉生死後，魂魄隨知己丁乘鶴返鄉，直到回家看見屍體，才發現自己已死；此種離魂情節，乃受到唐傳奇陳玄佑〈離魂記〉的影響。由此可見，蒲松齡無論在創作手法或故事題材上，無不受到古代小說影響，此乃《聊齋志異》之承先。

《聊齋志異》之啓後在於，蒲松齡將六朝志怪與唐宋傳奇小說的主要特色融爲一體，給予後世小說家很大啓發，進而出現許多效仿之作，如清代乾隆年間沈起鳳的《諧鐸》、邦額的《夜譚隨錄》等，以及現代諸多影視作品。不過值得注意的是，改編後的電影或戲劇，爲了情節精彩與內容多樣化，不一定按照原著思想精神呈現，若想了解《聊齋志異》的原貌，實應回歸原典，才能體會蒲松齡寄寓其中的思想精神與用心。

此次，爲讓現代讀者輕鬆徜徉《聊齋志異》的志怪玄幻世界，才有了這套書的編撰，畢竟古典文言文小說在我們現代人讀來相當艱澀且陌生。因此，除收錄「原典」，還加上了「評點」、「白話翻譯」、「注釋」。其中，評點部分要感謝元智大學中國語文學系兼任助理教授張柏恩（研究專長：文學批評、古典詩詞創作、明清詩學），提供了許多寶貴資料，特在此銘誌感謝。至於白話翻譯，儘管已盡量貼近原典，然而任何一種翻譯都是主觀詮釋，裡頭融合了編撰者本身的社會背景、文化思想等因素，這些都會影響對經典的理解。但這並不是說白話翻譯不可信，而想提醒讀者，本書白話翻譯僅止於一種詮釋觀點，並不能與原典畫上等號。眞正的原典精華，只有待讀者自己去找尋了。

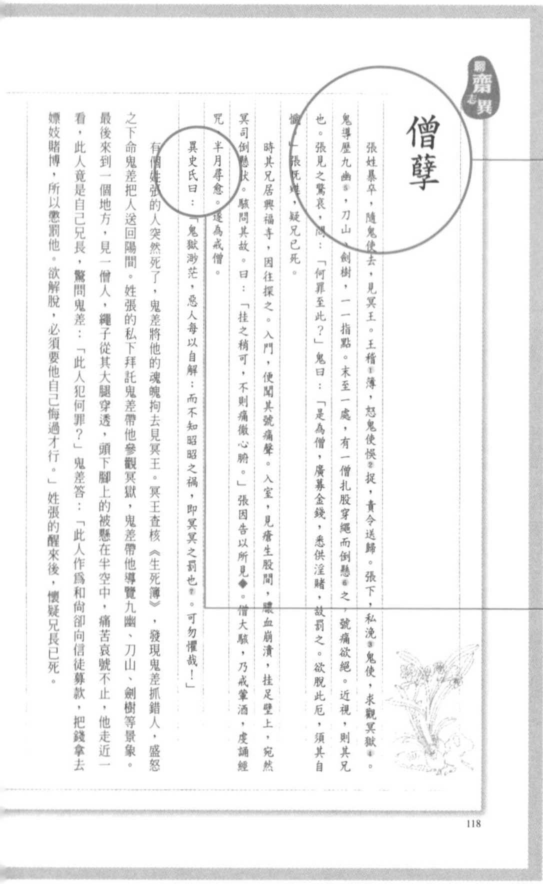
聊齋志異

僧孽

張姓暴卒，隨鬼使去，見冥王。王稽[1]簿，怒鬼使悞[2]捉，責令送歸。張下，私浼[3]鬼使，求觀冥獄[4]。鬼導歷九幽[5]，刀山、劍樹，一一指點。末至一處，有一僧扎股穿繩而倒懸[6]之，號痛欲絕。近視，則其兄也。張見之驚哀，問：「何罪至此？」鬼曰：「是為僧，廣募金錢，悉供淫賭，故罰之。欲脫此厄，須其自懺。」張既甦，疑兄已死。

時其兄居興福寺，因往探之。入門，便聞其號痛聲。入室，見瘡生股間，膿血崩潰，挂足壁上，宛然冥司倒懸狀。駭問其故。曰：「挂之稍可，不則痛徹心腑。」張因告以所見◆。僧大駭，乃戒葷酒，虔誦經咒。半月尋愈。遂為戒僧。

異史氏曰：「鬼獄渺茫，惡人每以自解：而不知昭昭之禍，即冥冥之罰也[7]。可勿懼哉！」

有個姓張的人突然死了，鬼差將他的魂魄拘去見冥王。冥王查核《生死簿》，發現鬼差抓錯人，盛怒之下命鬼差把人送回陽間。姓張的私下拜託鬼差帶他參觀冥獄，鬼差帶他導覽九幽、刀山、劍樹等景象。最後來到一個地方，見一僧人，繩子從其大腿穿透，頭下腳上的被懸在半空中，痛苦哀號不止，他走近一看，此人竟是自己兄長，驚問鬼差：「此人犯何罪？」鬼差答：「此人作爲和尚卻向信徒募款，把錢拿去嫖妓賭博，所以懲罰他。欲解脫，必須要他自己悔過才行。」姓張的醒來後，懷疑兄長已死。

118

原典，值得信賴

原典以一九九一年里仁書局出版的張友鶴《聊齋誌異會校會注會評本》（簡稱《三會本》）為底本。

張友鶴是以蒲松齡的半部手稿本，以及鑄雪齋抄本（乾隆十六年抄本，抄者為歷城張希傑）為主要底本，從而編輯了《三會本》。他的版本最為完整，且融合了多家的校注、評點，極富參考與研究價值。

好讀版本的《聊齋志異》，為求彩圖與文章流暢搭配之版面安排，每卷裡頭的文章或有可能調動次序，尚祈見諒。

「異史氏曰」，真有意思

《聊齋志異》有些故事在正文結束後，會有一段以「異史氏曰」開頭的文字，這是蒲松齡對故事及人物所做評論，或是陳述他自己的觀點、見解（但他亦有些評論，不見得都冠上「異史氏曰」）。這種作法沿用自史書，如《史記》的「太史公曰」，即司馬遷自己的評論。值得注意的是，有些「異史氏曰」相關文字，不僅僅做評論，還會再加附其他故事，以與正文的故事相應和。

文章中除了蒲松齡自己的評論，亦可見以「友人云」為開頭的親友評論，其中最常出現的是蒲松齡文友王士禎以「王阮亭云」或「王漁洋云」為開頭的評論；這些評論由蒲松齡親自收錄在文章中，與後世所作評點不同。

注釋解析，增進中文造詣

針對原典中的艱難字詞加注，既有助讀者領略古人的用語，亦可賞讀蒲松齡作文之美。每條注釋，均扣緊原典的上下文文意而注，惟該字詞自有它用在別處的可能解釋，注釋意涵恐無法盡括。

注釋盡可能跟隨原典擺放，以收對照查看之效。

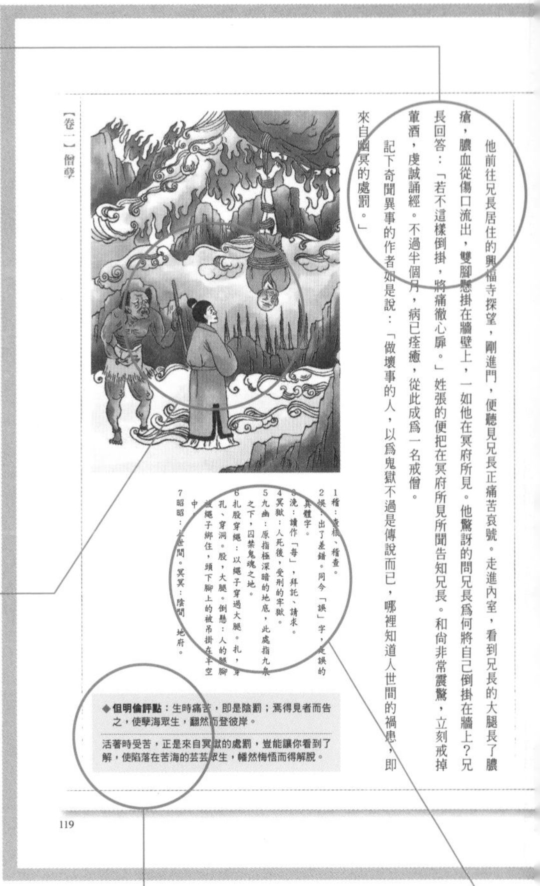
【卷二】僧孽

他前往兄長居住的興福寺探望，剛進門，便聽見兄長正痛苦哀號。走進內室，看到兄長的大腿長了膿瘡，膿血從傷口流出，雙腳懸掛在牆壁上，一如他在冥府所見。他驚訝的問兄長爲何將自己倒掛在牆上？兄長回答：「若不這樣倒掛，將痛徹心扉。」姓張的便把在冥府所見所聞告知兄長。和尚非常震驚，立刻戒掉葷酒，虔誠誦經。不過半個月，病已痊癒，從此成爲一名戒僧。

記下奇聞異事的作者如是說：「做壞事的人，以爲鬼獄不過是傳說而已，哪裡知道人世間的禍患，即來自幽冥的處罰。」

1稽：查核、稽查。
2悮：出了差錯。同今「誤」字，是誤的異體字。
3浼：讀作「每」，拜託、請求。
4冥獄：人死後，受刑的牢獄。
5九幽：原指極深暗的地底，此處指九泉之下，囚禁鬼魂之地。
6扎股穿繩：以繩子穿過大腿。扎，穿孔、穿洞。股，大腿。倒懸：人的腿腳被繩子綁住，頭下腳上的被吊掛在半空中。
7昭昭：人世間。冥冥：陰間、地府。

◆**但明倫評點**：生時痛苦，即是陰罰；焉得見者而告之，使孽海眾生，翻然而登彼岸。

活著時受苦，正是來自冥獄的處罰，豈能讓你看到了解，使陷落在苦海的芸芸眾生，幡然悔悟而得解脫。

119

白話翻譯，助讀懂故事

為了讓讀者能輕鬆閱讀，每篇故事均附白話翻譯（採取意譯，非逐句逐字譯）。

值得注意的是，由於《聊齋志異》為古典文言文短篇小說集，作者蒲松齡講述故事時有時過於精簡，白話翻譯將視情況需要，於貼合原典的準則下，增加一些補述，以求上下文語意完整。

插圖，圖文共賞不枯燥

為了更增《聊齋志異》故事閱讀的生動，一方面盡可能收錄晚清時期珍貴的《聊齋志異圖詠》線稿圖畫，另方面亦邀請廿一世紀新生代繪者尤淑瑜，以藝術家的眼光、樸實的全彩筆觸，讓故事場景更加躍然紙上。

評點，有助理解故事

評點，是中國獨特的文學批評形式，近似讀書心得或讀書筆記。礙於篇幅關係，無法將《三會本》所收錄的評點全都附上，每篇僅擇最切合故事要旨、或發人深省哲思的一家評點，供讀者參考。由於《聊齋志異》並非每篇故事都有評點，若無，即從缺。

常見的代表性評點有與蒲松齡同時代的王士禎評本（清康熙年間）、馮鎮巒評本（清嘉慶年間）、何守奇評本（約清道光年間），以及但明倫評本（清道光年間）。其中，以馮、但這兩家的評點特別能顯出故事中隱藏的思想精神，他們皆以儒家的道德實踐為準則，著重揭露蒲松齡寫作的思想要旨、故事中人物的心理活動，同時也涉及社會現象等層面。

目次

唐序[1]

諺有之云：「見橐駝謂馬腫背[2]。」此言雖小，可以喻大矣。夫[3]人以目所見者為有，所不見者為無。曰，此其常也；倏有而倏無則怪之。至於草木之榮落，昆蟲之變化，倏有倏無，又不之怪；而獨于神龍則怪之。彼萬竅之刁刁[4]，百川之活活，無所持之而動，無所激之而鳴，豈非怪乎？又習而安焉。獨至於鬼狐則怪之，至於人則又不怪。夫人，則亦誰持之而動，誰激之而鳴者乎？莫不曰：「我實為之。」

夫我之所以為我者，目能視而不能視其所以視，耳能聞而不能聞其所以聞，而況於聞見所不能及者乎？夫聞見所及以為有，所不及以為無，其為聞見也幾何矣。人之言曰：「有形形者，有物物者。」而不知有以無形為形，無物為物者。夫無形無物，則耳目窮矣，而不可謂之無也。有見蚊睫者，有不見泰山者；有聞蟻鬬[5]者，有不聞雷鳴者。見聞之不同者，聾瞽[6]未可妄論也。

自小儒為「人死如風火散」之說[7]，而原始要終之道，不明於天下；於是所見者愈少，所怪者愈多，而「馬腫背」之說昌行於天下。無可如何，輒以「孔子不語[8]」一詞了之，而齊諧[9]志怪，虞初[10]記異之編，疑之者參半矣。不知孔子之所不語者，乃中人以下不可得而聞者耳[11]，而謂《春秋》[12]盡刪怪神哉！

留仙蒲子[13]，幼而穎異，長而特達。下筆風起雲湧，能為載記之言。於制藝舉業[14]之暇，凡所見聞，輒為筆記，大要多鬼狐怪異之事。向得其一卷，輒為同人取去；今再得其一卷閱之。凡為余所習知者，十之三四，最足以破小儒拘墟之見，而與夏蟲語冰也⑮。余謂事無論常怪，但以有害於人者為妖。故日食星隕，鶂飛鵒巢⑯，石言龍鬭，不可謂異；惟土木甲兵⑰之不時，與亂臣賊子，乃為妖異耳。今觀留仙所著，其論斷大義，皆本於賞善罰淫與安義命之旨，足以開物而成務⑱；正如揚雲《法言》⑲，桓譚⑳謂其必傳矣。

康熙壬戌仲秋既望㉑，豹岩樵史唐夢賚拜題

1 唐序：唐夢賚為《聊齋志異》所作的序。唐夢賚（讀作「賴」），字濟武，號嵐亭，別字豹岩，山東淄川人，是蒲松齡的同鄉，兩人交情甚好。唐夢賚是清世祖順治六年（西元一六四九年）進士，授庶吉士；八年，授翰林院檢討，九年罷歸，那時他才廿六歲，從此著書作文，閒居鄉里。

2 見橐駝謂馬腫背：看到駱駝以為是腫背的馬。橐駝，讀作「陀陀」，駱駝的別名。

3 夫：讀作「福」，發語詞，無義。

4 萬竅：世間所有的孔洞，如山谷、洞穴等。典出《莊子．齊物論》：「夫大塊噫氣，其名為風。是唯无作，作則萬竅怒號。」（大地間的呼吸，人們稱為風。要不就是靜止無聲，然而一旦吹起，世間的孔洞都會隨風怒號。）刁刁：草木動搖的樣子。

5 鬭：同今「鬥」字，是鬥的異體字。

6 瞽：讀作「古」，盲眼，眼睛看不見。

7 小儒：指眼界短淺的普通讀書人。人死如風火散：與「人死如燈滅」同義，人死了就如同燈火熄滅，什麼也沒有。

8 孔子不語：典出《論語．述而》：「子不語怪，力，亂，神。」（孔子不談論神怪以及死後之事。）

9 齊諧：古代志怪之書，專記載一些神怪故事，另一說為人名；後代志怪之書多以此為書名，如《齊諧記》、《續齊諧記》。

10 虞初：西漢河南人，志怪小說家。

11 乃中人以下不可得而聞者耳：典出《論語．庸也》，子曰：「中人以上，可以語上也；中人以下，不可以語上也。」（中等資質以上的人，可以告訴他較高的學問；

中等資質以下的人，不可以告訴他較高的學問。）

12 春秋：書名，孔子據魯史修訂而成，為編年體史書；所記起自魯隱公元年，迄魯哀公十四年，共二百四十二年；其書常以一字一語之褒貶，寓微言大義；因其記載春秋魯國十二公的史事，故也稱為「十二經」。

13 留仙蒲子：指蒲松齡。

14 制藝舉業：科舉考試。藝：即時藝，指八股文，科舉考試所用的文體。

15 破小儒拘墟之見，而與夏蟲語冰也：破解一般讀書人的見識淺薄，進而談論超出見識的事物。拘墟之見、夏蟲語冰，典故皆出自《莊子．秋水篇》：「井鼃（同「蛙」字）不可以語於海者，拘於虛也；夏蟲不可以語於冰者，篤於時也。」（不可以跟井底的青蛙說海的廣大，這是受空間所限制；不可以跟夏蟲說冬天的寒冷，這是受時間的限制。）

16 鷁飛鴝巢：鷁鳥飛到八哥的巢中，意指超出常理的怪異之事，因為八哥生活在樹上，而鷁是水鳥，兩者生活領域不相同，鷁卻飛到了八哥的巢。鷁，讀作「義」，一種水鳥。鴝，指雊鵒（讀作「鉤玉」），八哥的別名。

17 土木甲兵：此應指天災與兵災戰亂。甲兵，原指鎧甲和兵械，後引申為戰亂、戰爭。

18 開物而成務：開通萬物之理，使人事各得其宜，語出《易經．繫辭上》：「夫易，開物成務，冒天下之道，如斯而已者也。」（人如果通曉周易卦象之理，就可以了解萬物的紋理，社會的各種領域、制度，都脫不了周易所涵蓋的範圍）。

19 揚雲《法言》：模擬《論語》語錄體裁而寫成的一部著作，內容是傳統的儒家思想；由揚雄所作，此處揚雲可能為筆誤。揚雄，字子雲，原本寫為楊雄，蜀郡成都（今四川成都郫都區）人，乃西漢哲學家、文學家、語言學家。

20 桓譚：人名，字君山，東漢相人，生卒年不詳；博學多通，遍習五經，能文章，光武朝官給事中，力諫讖書之不正，帝怒，出為六安郡丞，道卒；著《新論》二十九篇。

21 康熙壬戌：康熙二十一年，即西元一六八二年。仲秋：農曆八月。既望：農曆十五為望，十六為既望。

白話翻譯

俗諺說：「看到駱駝，以爲是腫背的馬。」這句話雖只是嘲諷那些不識駱駝的人，但也可廣泛用以比喻見識淺薄之人。一般人認爲看得見的東西才是眞實的，看不見的東西就是虛幻、不存在的。我說，這是人之常情；認爲一下子在，一下子又消失，是怪異現象。那麼，草木榮枯、花開花落、昆蟲的生長變化，也是一下子在，一下子消失，一般人卻又不覺怪異；唯獨認爲鬼神龍怪才是異事。世上的洞穴呼號、草木搖擺、百川流動，都毋需人相助即自行運作，沒有人刺激就自行鳴叫，難道這些現象不奇怪嗎？世人卻習以爲常。只認爲鬼怪狐妖是怪異的，但提到人，又不覺得奇怪。人的存在與行爲，又是誰來相助，誰來刺激的呢？一般人都會說：「這本來就是如此。」

我之所以是我，眼睛能看、卻看不見之所以讓我能看的原因；耳朵能聽、卻聽不到讓我之所以能聽的緣由，更何況，是那些看不見、聽不到的東西呢？能用感官加以經驗認識，就以爲是眞實，無法用感官去經驗認識，就以爲不存在；然而，能被感官認識的事物實則有限。有人說：「有形的東西必有形象，具體的東西才是眞實。」卻不知世間存有以無形爲有形，以不存在爲存在的事物。那些沒有形象、沒有具體的事物，乃礙於我們眼睛與耳朵的限制而無法認識，不能因此就說它們不存在。有人看得見蚊子睫毛這類細小的東西，卻也有人看不見泰山這麼大的事物；有人聽得到螞蟻的打鬥聲，卻也有人聽不到雷鳴。這都是因爲看見的東西與聽到的聲音有所不同罷了，不能因爲看不見某些事物就說他是瞎子，也不能因爲聽不到某些聲音就說他是聾子。

自從有些見識淺陋的讀書人提出「人死如風火散」的說法以後，探究世間事物發展始末的學問，就無法盛行於天下了；於是人們能看見的東西越來越少，覺得怪異的事也越來越多，於是「以爲駱駝是腫背的馬」這類說詞充斥周遭。最後無可奈何，只好拿「孔子不語怪力亂神」這句話來敷衍搪塞。至於對齊諧志怪、虞初記異故事懷疑不信的人，至少也占了一半。這些人不了解，孔子所謂「不語怪力亂神」是指——中等資質以下的人即使聽了也不懂，還當作是《春秋》把神怪故事全都刪除了呢！

蒲留仙這個人，自幼聰穎，長大後更傑出。下筆如風起雲湧，有辦法將這類怪異故事記載下來。攻讀科舉考試閒暇之時，凡有見聞，便寫成筆記小說，大多是鬼狐怪異這類故事。之前我曾得到其中一卷，後來被人拿去；現在又再得一卷閱覽。凡我所讀到習得的事，十件裡有三、四件足可打破一般井底之蛙的見識，還能觸及耳目感官所不能經驗的事。我認爲，無論是我們習以爲常或怪奇難解的世事，其中只要對人有害，就是妖異。因此，日蝕與流星、水鳥飛到八哥巢中、石頭開口說話、龍打架互鬥之事，都不能算是妖異；只有天災人害、戰亂兵禍與亂臣賊子，才算妖孽。我讀留仙所寫故事，大意要旨皆源自賞善罰惡與安身立命之言論，適足以開通萬物之理；正如東漢的桓譚曾經說過，揚雄的《法言》必能流傳後世。

康熙二十一年農曆八月十六，豹岩樵史唐夢賚拜題

聊齋自誌

披蘿帶荔[1]，三閭氏感而為騷[2]；牛鬼蛇神，長爪郎[3]吟而成癖。自鳴天籟[4]，不擇好音[5]，有由然矣。松[6]落落秋螢之火，魑魅[7]爭光；逐逐野馬之塵[8]，罔兩[9]見笑。才非干寶，雅愛搜神[10]；情類黃州[11]，喜人談鬼。聞則命筆，遂以成編。久之，四方同人，又以郵筒相寄，因而物以好聚，所積益夥。甚者：人非化外，事或奇于斷髮之鄉[12]；睫在眼前，怪有過于飛頭之國[13]。遄飛逸興[14]，狂固難辭；永托曠懷，癡且不諱。展如之人[15]，得毋向我胡盧[16]耶？然五父衢[17]頭，或涉濫聽[18]；而三生石[19]上，頗悟前因。放縱之言，有未可概以人廢者。

松懸弧[20]時，先大人[21]夢一病瘠瞿曇[22]，偏袒[23]入室，藥膏如錢，圓黏乳際。寤[24]而松生，果符墨誌[25]。且也：少羸[26]多病，長命不猶。門庭之淒寂，則冷淡如僧；筆墨之耕耘，則蕭條似鉢。每搔頭自念：勿亦面壁人[27]果是吾前身耶？蓋有漏根因[28]，未結人天之果[29]；而隨風蕩墮，竟成藩溷[30]之花。茫茫六道[31]，何可謂無理哉！獨是子夜熒熒[32]，燈昏欲蕊；蕭齋[33]瑟瑟，案冷凝冰。集腋為裘[34]，妄續幽冥之錄[35]；浮白載筆[36]，僅成孤憤[37]之書：寄托[38]如此，亦足悲矣！嗟乎！驚霜寒雀，抱樹無溫；弔月秋蟲，偎闌自熱。知我者，其在青林黑塞[39]間乎！

康熙己未[40]春日。

1 披蘿帶荔：語出《九歌》中的〈山鬼〉：「若有人兮山之阿，披薜荔兮帶女蘿。」這是指出沒在野外的山鬼，而薜荔、女蘿皆植物名。《九歌》原為南方楚地祭祀用的樂歌，經屈原潤色而成。分別為〈東皇太一〉〈雲中君〉〈湘君〉〈湘夫人〉〈大司命〉〈少司命〉〈東君〉〈河伯〉〈山鬼〉〈國殤〉及〈禮魂〉等十一篇。

2 三閭氏感而為騷：三閭氏，指屈原，他曾擔任楚國的三閭大夫。騷，指《離騷》，是屈原被楚懷王放逐漢水之北時所作自傳，抒發其懷才不遇的苦悶心情，以及理想抱負不得施展的悲苦。（編撰者按：蒲松齡之所以在作者自序中提及屈原所作《離騷》，可能是因他與屈原遭遇相似——蒲松齡鄉試落榜，正如空有滿腔抱負、卻不得君王重用的屈原。）

3 長爪郎：指唐朝詩人李賀，有「詩鬼」之稱；因其指爪長，故稱為「長爪郎」。

4 天籟：典故出自《莊子．齊物論》：「夫吹萬不同，而使其自已也。」天籟是無聲之聲，天籟因其無聲給出了一個空間，讓大自然的各種孔竅洞穴能發出聲音。此處指渾然天成的優秀詩作。

5 不擇好音：指這些作品雖好，卻不受世俗認可。

6 松：指本書作者，蒲松齡的自稱。

7 魑魅：讀作「癡媚」，山野中的鬼怪精靈。

8 野馬之塵：本意為塵土，此處指視科舉功名若塵土。

9 罔兩：亦作「魍魎」，山川草木中的鬼怪精靈。

10 才非干寶，雅愛搜神：不敢說自己才比干寶，只酷愛些鬼怪奇談而已。干寶，是東晉編集《搜神記》的作者，此書蒐羅了一些志怪故事，為中國古代志怪故事代表作。

11 黃州：指蘇軾，字子瞻，號東坡居士。蘇軾在宋神宗元豐二年（西元一〇六九年）因烏臺詩案獲罪，次年被貶謫黃州。他曾寫詩自嘲：「問汝平生功業，黃州惠州儋州。」

12 化外、斷髮之鄉：皆指未受教化的蠻夷之地。

13 飛頭之國：古代神話中，人首能夠分離、且會飛的奇異國度。

14 遄飛逸興：很有興致，欲罷不能。遄，讀作「船」，迅速。

15 展如之人：真摯、誠懇之人。依照上下文意，應指那些只相信現實經驗、而不相信那些奇幻國度的人。

16 胡盧：笑聲。

17 五父衢：路名，在今山東曲阜東南。孔子不知其生父所葬之地，而將母親葬於此處。衢，讀作「渠」，通達四方的大路。

18 濫聽：不實的傳聞。

19 三生石：宣揚佛教輪迴觀念的故事。佛教認為人沒有靈魂，但今生所造的業，會帶到來生。人今生今世所受的果報，無論善或惡，皆由過去累世累劫積累而成，而今生所造的業，亦影響來生所承受的果報。

20 懸弧：古人若生男孩，便將弓懸掛在門的左邊。

21 先大人：蒲松齡的先父。

22 瞿曇：梵文，讀作「渠談」，為釋迦牟尼佛的俗家姓氏，此處指僧人。

23 偏袒：佛家語，指僧侶。原指古印度尊敬對方的禮法，後為佛教沿用，僧侶在拜見佛陀時，須穿著露出右肩的袈裟以示尊敬；但平時佛教徒所穿袈裟，則無偏袒。

袒，讀作「坦」，裸露之意。

24 寤：讀作「物」，醒來、睡醒。

25 果符墨誌：與蒲松齡父親夢中所見僧人的胸前特徵相符——「藥膏如錢，圓黏乳際」。墨誌，指黑痣。

26 少羸：年少時，身體瘦弱。羸，讀作「雷」。

27 面壁人：和尚坐禪修行，稱為面壁。面壁人，代指和尚、僧人。

28 有漏根因：佛家語。有漏，由梵語轉譯，是流失、漏泄之意，意即煩惱。有漏因，即招致三界（欲界、色界、無色界）果報的業因，語出景德傳燈錄卷三菩提達磨章（大五一．二一九上）：「帝曰：『何以無功德？』師曰：『此但人天小果，有漏之因，如影隨形，雖有非實。』」原文中並無「根」字。

欲界，指一切有情眾生所住之世界，地獄、餓鬼、畜生、阿修羅、人、六欲天皆屬此。欲界之有情，是指有食欲、淫欲、睡眠欲等。

色界之眾生脫離淫欲，不著穢惡之色法，此界之天眾無男女之別，其衣是自然而至，而以光明為食物及語言。

無色界，指超越物質現象經驗之世界，此界之有情眾生，沒有無色法、場所，無空間高下之分別。

29 人天之果：佛家語。有漏之業的善果。

30 藩溷：籬笆和茅坑。溷，讀作「混」。

31 六道：佛家語。眾生往生後各依其業前往相應的世界，分別為：地獄道、餓鬼道、畜生道、阿修羅道、人間道、天道。前三道為惡，後三道為善。

32 熒熒：讀作「迎迎」，微弱光影閃動的樣子。

33 蕭齋：對自己所居房屋或書齋的謙詞，典故出自——梁武帝造寺，命蕭子雲於寺院牆上寫一「蕭」字。寺院毀壞後，刻字的殘壁仍保存下來。至唐朝李約，將此牆壁運歸洛陽，區於小亭，以供賞玩，稱為「蕭齋」。

34 集腋為裘：意謂此部《聊齋志異》，集結了眾人之力，積少成多才完成。

35 幽冥之錄：南朝宋劉義慶所編纂的志怪小說集，屬於六朝志怪筆記小說，篇幅短小，為後世小說的先驅。

36 浮白：暢飲。載筆：此指寫作著書。

37 孤憤：原為《韓非子》一書的其中一篇篇名。此指憤世嫉俗的著作，意即對一些看不慣的世俗之事執筆記錄下來，以表心中悲憤。

38 寄托：寄託言外之音於文辭之間，猶言寓言。

39 青林黑塞：指夢中的地府幽冥。

40 康熙己未：清朝康熙十八年（西元一六七九年）。這一年，蒲松齡四十歲。

白話翻譯

野外的山鬼，讓屈原有感而發寫成了《離騷》；牛鬼蛇神，被李賀寫入了詩篇。這種獨樹一幟的作品，不見容於世俗，其來有自。我於困頓時，只能與魑魅爭光；無法求取功名，受到鬼怪的嘲笑。雖不像干寶那樣有才華，能寫出流傳百世的《搜神記》，卻也喜愛志怪故事；也與被貶謫黃州的蘇軾一樣，喜與人談論鬼怪故事。聽到奇聞怪事就動筆記錄下來，這才編成了這部書。久而久之，各地同好便將蒐羅來的鬼怪故事寄給我，物以類聚，內容更加豐富。甚至——人不處於蠻荒之地，卻有比蠻荒更離奇的怪事發生；即便在我們周遭，也有比飛頭國更古怪的事情。我越寫越有興趣，甚至到了發狂的地步；長期將精力投注於此，連自己都覺得癡迷。那些不信鬼神的人，恐怕要嘲笑我。道聽塗說之事，或許不足採信；然而這些荒謬怪誕的傳聞，有助於人認清事實，增長智慧。這些志怪故事的價值，不可因作者籍籍無名而輕易作廢。

我出生之時，先父夢到一名病瘦的僧人，穿著露肩袈裟入屋，胸前貼著一個似錢幣的圓形膏藥。夢醒，我就出生了，胸前果然有一個黑痣。且我年幼體弱多病，恐活不長。門庭冷清，如僧人般過著清心寡慾的日子；整天埋首寫作，貧窮如僧人的空缽。常常自想，莫非那名僧人眞是我的前世？我前世所做的善業不夠，所以才沒法到更好的世界；只能隨風飄蕩，落入汙泥糞土之中。虛無飄渺的六道輪迴，不可謂全無道理。特別是在深夜燭光微弱之際，燈光昏暗蕊心將盡，書齋更顯冷清，書案冷如冰。我想集結眾人之力，妄圖再續《幽冥錄》；飲酒寫作，成憤世嫉俗之書：只能將平生之志寄託於此，實在可悲！唉！受盡風霜的寒雀，棲於樹上感受不到溫暖；憑弔月光的秋蟲，依偎著欄杆還能感到一絲溫暖。知我者，大概只有黃泉幽冥之中的鬼了！

寫於康熙十八年春。

卷五 05

大智若愚者，將聰慧藏在愚癡行止裡，
用情至深者，反而愛到深處淡如水。
如此含蓄蘊藉，
實超脫了世俗價值、凡俗之愛。

陽武侯

陽武侯薛公祿[1]，膠薛家島[2]人。父薛公最貧，牧牛鄉先生[3]家。先生有荒田，公牧其處，輒見蛇兔鬬[4]草萊中；以為異，因請於主人為宅兆[5]，搆茅[6]而居。後數年，太夫人臨蓐[7]，值雨驟至；適二指揮使奉命稽海[8]，出其途，避雨戶中。見舍上鴉鵲羣集，競以翼覆漏處，異之。既而翁出，指揮問：「適何作？」因以產告。又詢所產，曰：「男也。」指揮又益愕，曰：「是必極貴！不然，何以得我兩指揮護守門戶也？」咨嗟而去。侯既長，垢面垂鼻涕，殊不聰穎。島中薛姓，故隸軍籍[9]。是年應翁家出一丁口戍遼陽[10]，翁長子深以為憂。時侯十八歲，人以太憨生，無與為婚。忽自謂兄曰：「大哥啾唧，得無以遣戍[11]無人耶？」曰：「然。」笑曰：「若肯以婢子妻我，我當任此役。」兄喜，即配婢。侯遂攜室赴戍所。行方數十里，暴雨忽集。途側有危崖，夫妻奔避其下。少間，雨止，始復行。纔及數武[12]，崖石崩墜。居人遙望兩虎躍出，逼附[13]兩人而沒。侯自此勇健非常，丰[14]采頓異。後以軍功封陽武侯世爵。至啟、禎[15]間，襲侯某公薨[16]，無子，止有遺腹，因暫以旁支[17]代。凡世封家[18]進御者，有娠[19]即以上聞，官遣媼伴守之，既產乃已。年餘，夫人生女。產後，腹猶震動，凡十五年，更數媼，又生男◆。應以嫡派[20]賜爵。旁支譟之，以為非薛產。官收諸媼，械梏[21]百端，皆無異言。爵乃定。

1 薛公祿：薛祿，明初膠州（今山東省膠縣）人。軍旅出身。兄弟七人，排行第六，故軍中呼為薛六。發跡顯貴之後，才改名祿。曾從燕王朱棣起兵，在朱棣與惠帝朱允炆爭奪帝位的「靖難」之役中，屢建戰功。朱棣即位後，官至右都督，封陽武侯。仁宗洪熙元年（西元一四二五年），加封太保，佩鎮朔大將軍印，駐軍大同，守衛邊防。宣宗宣德元年（西元一四二六年）卒，追封鄞國公，謚忠武。

2 膠：指膠州。今山東省膠州市。明朝時屬萊州府。薛家島：位於膠州灣口西部的小島。

3 鄉先生：古代年老辭官返鄉居住的人。

4 鬭：令動物對戰。同今「鬥」字，是鬥的異體字。

5 宅兆：墓園。

6 搆茅：搭建茅屋。搆，通「構」。

7 臨蓐：臨盆，即將生產。蓐，讀作「入」。

8 指揮使：古代武官名，又稱指揮。明初於京師和各地設立衛、所，駐軍防衛。劃數府為一防區設衛，下設千戶所和百戶所。衛的軍事長官稱指揮使。稽海：考察海防。

9 故隸軍籍：原隸屬軍戶。南北朝時，士兵及其家屬的戶籍屬於軍府，稱為軍戶。軍戶之子弟世代為兵，地位低於民戶。明代沿用古制，也有軍戶。

10 戍遼陽：戍守遼陽，指到遼陽服役。明初設遼東都司，治所在遼陽，轄區相當於今遼寧省大部。

11 遣戍：派遣到邊疆駐守。

12 纔及數武：才走幾步。纔，讀作「才」，僅、只之意。數武，走幾步。

13 逼附：貼近、靠近。

14 丰：神態、風韻。通「風」。

15 啟、禎：明朝天啟和崇禎兩位皇帝在位的年間。天啟是熹宗朱由校的年號（自西元一六二一年至一六二七年）。崇禎是思宗朱由檢的年號（自西元一六二八年至一六四四年）。

16 薨：讀作「轟」。古代諸侯或大官死亡稱為「薨」。

17 旁支：此指旁系親屬，兄弟或兄弟的兒子。

18 世封家：世襲爵位之家。

19 有娠：有孕。娠，讀作「深」。

20 嫡派：嫡系子孫。

21 械梏：嚴刑逼供。梏，讀作「固」。

◆**但明倫評點**：產後腹震，越十五年而生男，千古僅見。

生產後肚子仍震動，過了十五年才生男嬰，千古僅此一例。

白話翻譯

陽武侯薛祿是膠州薛家島人。其父薛太公家貧，在一位退休的官員家放牛。這位官員有片荒田，薛太公在那裡放牛，常見野獸在草叢中搏鬥；他感到很奇怪，就請主人將這塊荒田改建爲墓園，在那裡搭茅屋居住。幾年後，薛太夫人臨盆時，正逢大雨；剛好兩名指揮使奉命去膠州勘察海防，途經此處，在門口避雨。他們看見屋頂上烏鴉、喜鵲聚集，爭著用翅膀覆蓋漏雨之處，對此感到奇怪。等薛太公走出屋外，指揮使問：「剛才屋裡發生何事？」薛太公告知他們妻子分娩之事，他們又問生男還是生女。薛太公說：「是個男孩。」指揮使更加驚奇，說：「此子將來必極顯貴！不然，怎麼會讓我們兩個指揮使在門外看守呢？」兩人讚歎著離開。

薛祿長大後，常常滿臉汙垢流著鼻涕，也不聰明伶俐。島中姓薛的，原來都在軍籍。這一年應該薛太公家出一個男丁戍守遼陽。薛太公的長子爲此事擔憂。當時薛祿十八歲，人們認爲他太傻，沒有人肯將女兒嫁給他。他忽然對兄長說：「兄長唉聲嘆氣，是因找不到人從軍嗎？」兄長說：「是的。」他笑著說：「若肯把丫鬟許配給我做妻子，我願意去服兵役。」兄長很高興，立即把丫鬟許配給他。薛祿帶著妻子前往駐地。才走幾十里，忽然遇上傾盆大雨。路旁有一高崖，夫妻跑到崖下避雨。不久雨停了，兩人繼續趕路。才走幾步，崖石崩落下來。當地居民遠遠看見兩隻老虎跳出來，貼近兩人而消失。薛祿從此非常勇武，風采神韻也與從前不同。後因屢建軍功被封爲陽武侯世襲爵位。

到了明朝天啓、崇禎年間，世襲爵位的某位侯爺過世，他沒有兒子，只有遺腹子，暫由旁系親屬代理繼承。凡是世襲侯爵的家裡，夫人懷孕便要報告皇上知道，官府會派老媽子來陪伴孕婦，直到孩子生下爲止。過了一年多，夫人生了個女嬰。產後腹部仍在震動，過了十五年，換了好幾個陪產的老媽子，又生了個男孩。本應以嫡系男孩繼承爵位。旁系親屬爲此爭吵反對，認爲這個孩子不是薛家的。官府傳來陪伴過夫人的幾個老婦人，百般拷打追問，都沒有相異的說法。爵位才給了這個男孩。

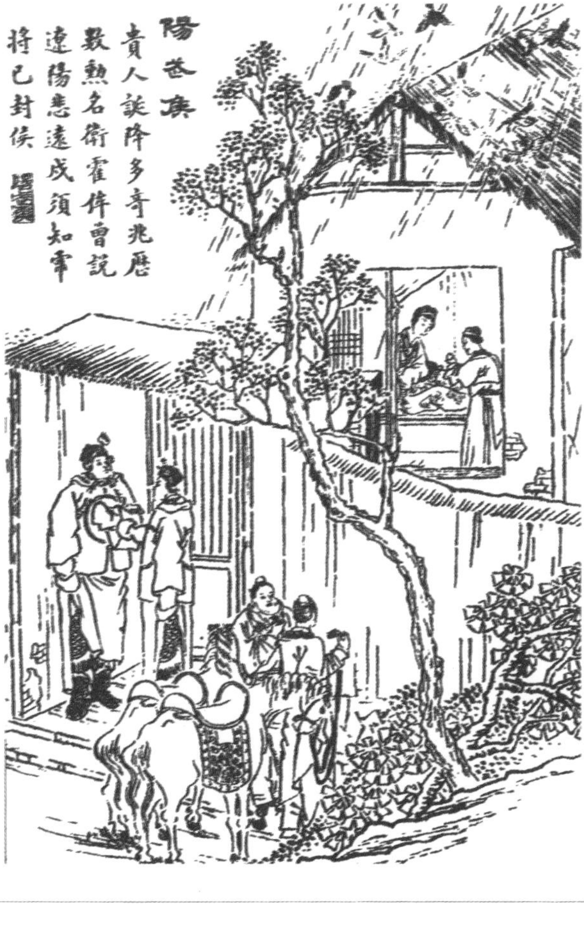

武技

李超，字魁吾，淄之西鄙人[1]。豪爽，好施。偶一僧來托鉢，李飽啗[2]之。僧甚感荷[3]，乃曰：「吾少林[4]出也。有薄技，請以相授。」李喜，館[5]之客舍，豐其給，旦夕從學。三月，藝頗精，意得甚。僧問：「汝益[6]乎？」曰：「益矣。師所能者，我已盡能之。」僧笑命李試其技。李乃解衣唾手，如猿飛，如鳥落，騰躍移時，詡詡然[7]驕人而立。僧又笑曰：「可矣。子既盡吾能，請一角低昂[8]。」李忻[9]然，即各交臂作勢。既而支撐格拒[10]，李時時蹈僧瑕[11]；僧忽一腳飛擲，李已仰跌丈餘。僧撫掌曰：「子尚未盡吾能也！」李以掌致地，慚沮[12]請教。又數日，僧辭去。李由此以武名，遨遊南北，罔[13]有其對。偶適歷下[14]，見一少年尼僧，弄藝於場，觀者填溢。尼告眾客曰：「顛倒[15]一身，殊大冷落。有好事者[16]，不妨下場一撲為戲。」如是三言。眾相顧，迄無應者。李在側，不覺技癢，意氣而進。尼便笑與合掌。纔[17]一交手，尼便呵止，曰：「此少林宗派也。」即問：「尊師何人？」李初不言。固詰[18]之，乃以僧告。尼拱手曰：「憨和尚汝師耶？若爾，不必較手足，願拜下風。」李請之再四，尼不可。眾慫恿[19]之，尼乃曰：「既是憨師弟子，同是箇中人[20]，無妨一戲。但兩相會意可耳。」李諾之。然以其文弱故，易之；又少年喜勝，思欲敗之，以要一日之名。方頡頏[21]間，尼即遽[22]止。李問其故，但笑不言。李以為怯，固請再角。尼乃起。少間，李騰一踝去。尼駢[23]五指下削其股；李覺膝下如中刀斧，蹶仆[24]不能起。尼笑謝曰：「孟浪迕[25]客，幸勿罪！」李舁[26]歸，月餘始愈。後年餘，僧復來，為述往事。僧驚曰：「汝大鹵莽[27]！惹他何為！幸先以我名告之；不然，股[28]已斷矣！」

1 淄之西鄙人：山東省淄川西郊人。鄙，郊外。
2 啗：讀作「淡」，吃。
3 感荷：蒙受。表示感謝之情。
4 少林：指少林寺。位於河南省登封縣西北少室山北麓的佛寺。後魏太和二十年建，寺右有面壁石，西北三里有面壁菴，相傳即達摩面壁九年處。為佛教禪宗和少林派拳術發源地。
5 館：作動詞用，留宿。
6 益：進步。
7 詡詡然：頗為自負，志得意滿的樣子。
8 一角低昂：意即一決勝負。
9 忻：歡喜。同今「欣」字，是欣的異體字。
10 格拒：格鬥。
11 蹈僧瑕：找出和尚的破綻，予以攻擊。
12 慚沮：羞愧沮喪。
13 罔：無。
14 歷下：今山東省濟南市歷下區。
15 顛倒：此指表演武技，翻滾打鬥等。
16 好事者：愛好此道者。

17 纔：讀作「才」，僅、只之意。
18 詰：讀作「傑」，問。
19 慫恿：讀作「聳勇」，即「慫慂」，以言語蠱惑煽動他人。慂，是「慂」的異體字。
20 箇中人：內行人。
21 頡頏：讀作「鞋航」。一來一往，出招拆招。
22 遽：忽然、突然。
23 駢：讀作「便宜」的「便」。併攏。
24 蹶：讀作「絕」，顛仆、跌倒。仆：讀作「撲」，倒臥、跌倒而趴在地上。
25 孟浪：猶言鹵莽、莽撞，假意裝作道歉的嘲諷言語。迕：觸犯、冒犯。
26 舁：讀作「魚」，抬、扛舉。
27 大鹵莽：太過衝動莽撞。
28 股：大腿。

◆**王阮亭云**：此尼亦殊蹤蹟詭異不可測。

這位比丘尼也是行蹤飄忽，武藝深不可測。

白話翻譯

李超字魁吾，山東省淄川西郊人。為人性格豪爽，樂善好施。有一天，有個和尚來向他托缽，李超供養他齋飯，讓他飽餐一頓。和尚很感激，於是說：「我是少林寺的和尚，會一點武藝，我想傳授給你。」李超心喜，留他住下，供養甚豐，李超早晚向他學習武藝。三個月後，李超的武藝已很精湛，頗為志得意滿。和尚問他：「你覺得自己的武藝長進了嗎？」李超答：「進步許多。我已把師父的本領全學會了。」和尚笑著命李超與他比試一番。李超即刻脫衣唾掌，動作敏捷如猿猴凌空跳躍，像小鳥身形輕盈，跳上跳下一陣子，志得意滿站在原地。和尚又笑道：「可以了。你既然把我的本領都學會了，那不妨讓我倆來較量一下。」李超欣然答應。兩人雙手交叉胸前，擺出比試的預備動作。接著就格鬥起來，李超不斷想找和尚的破綻進攻；和尚一腳飛踢過來，李超已四腳朝天，跌到一丈多遠處。和尚拍拍手說：「你尚未學全我的本領！」李超兩手撐地，慚愧沮喪地向他請教。過了幾天，和尚告辭離去。李超從此以武藝出名，走南闖北，無有敵手。

李超偶然來到歷下，看到一個少年比丘尼，在廣場上表演武藝，觀看者甚眾。比丘尼對圍觀的群眾說：「我一個人表演武藝也太孤單了。有喜好此道之人，不妨上場較量一番。」連說三遍。圍觀的人互相觀望，無人回應。李超站在旁，不覺技癢，便意氣風發地上場。比丘尼笑著合掌施禮。才一交手，比丘尼就喊停，說：「你這是少林派的武藝。」又問：「你師承何人？」李超初時不答。比丘尼不斷追問，這才告訴她師承和尙的名號。比丘尼拱手說：「憨和尙是你師父嗎？若是，不必較量，願甘拜下風。」李超一再要求，比丘尼不肯。圍觀者在旁慫恿，比丘尼才說：「你既然是憨師父的弟子，都是同道中人，不妨玩玩。點到爲止即可。」李超允諾。他見她斯文瘦弱，以爲可以輕易取勝，加上年輕好勝，一心想打敗她，以博得群眾掌聲。正互相過招，比丘尼突然停止。李超問她其中緣故，比丘尼笑而不答。李超以爲她膽怯，堅決要求再交手。比丘尼才重新出招。不久，李超一腳朝她掃去，比丘尼五指併攏朝他大腿一削；李超覺得膝下像被刀砍了一樣，四腳朝天，倒地不起。比丘尼笑著致歉：「貧尼冒失，請勿怪罪！」李超被人抬回家，休養了一個多月才痊癒。

一年多後，和尙又來，李超將此事講給他聽。和尙驚訝道：「你太魯莽了，惹她幹什麼？幸虧你事先報上我的名號，不然，你這條腿恐怕早斷了。」

木雕美人

商人白有功言：「在濼口河上1，見一人荷竹簏2，牽巨犬二。於簏中出木雕美人，高尺餘，手目轉動，豔妝如生。又以小錦韉被犬身3，便令跨坐，安置已，叱犬疾奔。美人自起，學解馬4作諸劇5，鐙而腹藏6，腰而尾贅7，跪拜起立，靈變不訛。又作昭君出塞8：別取一木雕兒，插雉尾9，披羊裘，跨犬從之。昭君頻頻回顧，羊裘兒揚鞭追逐，真如生者。」

1 濼口河上：古代城鎮名。今濟南市北郊的岸邊。濼，讀作「洛」。河上，岸邊。
2 簏：讀作「路」，圓形的竹箱。
3 韉：讀作「間」，墊在馬鞍底下的墊褥。被，通「披」。
4 解馬：此指馬術表演。
5 劇：此指表演雜耍。
6 鐙而腹藏：馬術特技的一種，表演者腳踩馬鐙，藏身在馬腹之下。
7 腰而尾贅：馬術特技的一種，表演者從馬背滑向馬後落地，再攀住馬尾縱身上馬。
8 昭君出塞：雜劇名。明陳與郊作，演漢元帝與王昭君（王昭君，名嬙【讀作「牆」】，字昭君，原為漢宮宮女），因毛延壽的破壞，以致匈奴單于要索昭君以和兵的故事。因記昭君遠出塞外和番，故稱為「昭君出塞」。
9 雉尾：野雞尾巴的羽毛。

◆**馮鎮巒評點**：大抵有情人雖遇無情之物亦覺有情，無情人君父且路人視之矣。情博則心忍，心忍斯無所不至矣。

大抵上來說心中有情之人，即使遇到像木雕美人這樣的死物，也覺得它是有感情的活人，沒有感情的活人就算見到君王和父親，也宛如見到陌生人般冷漠。感情豐富的人則容易將自己的情感投射在事物上，如此一來便會覺得見到任何事物都是有感情有生命的。

白話翻譯

商人白有功說：「在濟南北郊的河上。看見一個江湖藝人扛著竹箱，牽著兩條巨犬。從竹箱中拿出一個木雕美人，高一尺多，手眼都能自己轉動，鮮豔的裝飾宛如活人。又用一條小錦鞍墊披在狗背上，讓木雕美人跨坐其上。安置完畢，呵斥狗狂奔。美人在上面站起，學起馬術表演，先是踩住腳鐙，藏身狗腹中，從狗背滑落，再抓住狗尾飛身而上，跪拜起立等動作，也都靈活變化無失誤。又演昭君出塞：江湖藝人另取一木雕小人，插上雉尾羽，披上羊裘，騎在狗上尾隨之。昭君頻頻回顧，羊裘小人揚鞭追趕，眞像活人的演出一樣。」

木雕美人
分明傀儡也登場如
見明妃塞上裝金
埒錦韉人叱逐羊
裘雉尾犬

布客

長清[1]某，販布為業，客於泰安[2]。聞有術人工星命之學[3]，詣問休咎[4]。術人推之曰：「運數大惡，可速歸。」某懼，囊貲北下[5]。途中遇一短衣人，似是隸胥[6]。漸漬[7]與語，遂相知悅。屢市[8]餐飲，呼與共啜。短衣人甚德之。某問所幹營，答言：「將適[9]長清，有所勾致。」問為何人。短衣人出牒[10]，示令自審；第一即己姓名。駭曰：「何事見勾？」短衣人曰：「我非生人，乃蒿里山東四司隸役[11]。想子壽數盡矣。」某出涕求救。鬼曰：「不能。然牒上名多，拘集尚需時日。子速歸，處置後事，我最後相招，此即所以報交好耳。」無何，至河際，斷絕橋梁，行人艱涉。鬼曰：「子行死矣，一文亦將不去◆。請即建橋，利行人；雖頗煩費，然於子未必無小益。」某然之。歸，告妻子作周身具[12]。尅日鳩工[13]建橋。久之，鬼竟不至。心竊疑之。一日，鬼忽來曰：「我已以建橋事上報城隍[14]，轉達冥司矣，謂此一節可延壽命。今牒名已除，敬以報命。」某喜感謝。後再至泰山，不忘鬼德，敬齎楮錠[15]，呼名酹[16]奠。既出，見短衣人匆遽[17]而來曰：「子幾禍我！適司君方蒞事[18]，幸不聞知；不然，奈何！」送之數武[19]，曰：「後勿復來。倘有事北往，自當迂道過訪。」遂別而去。

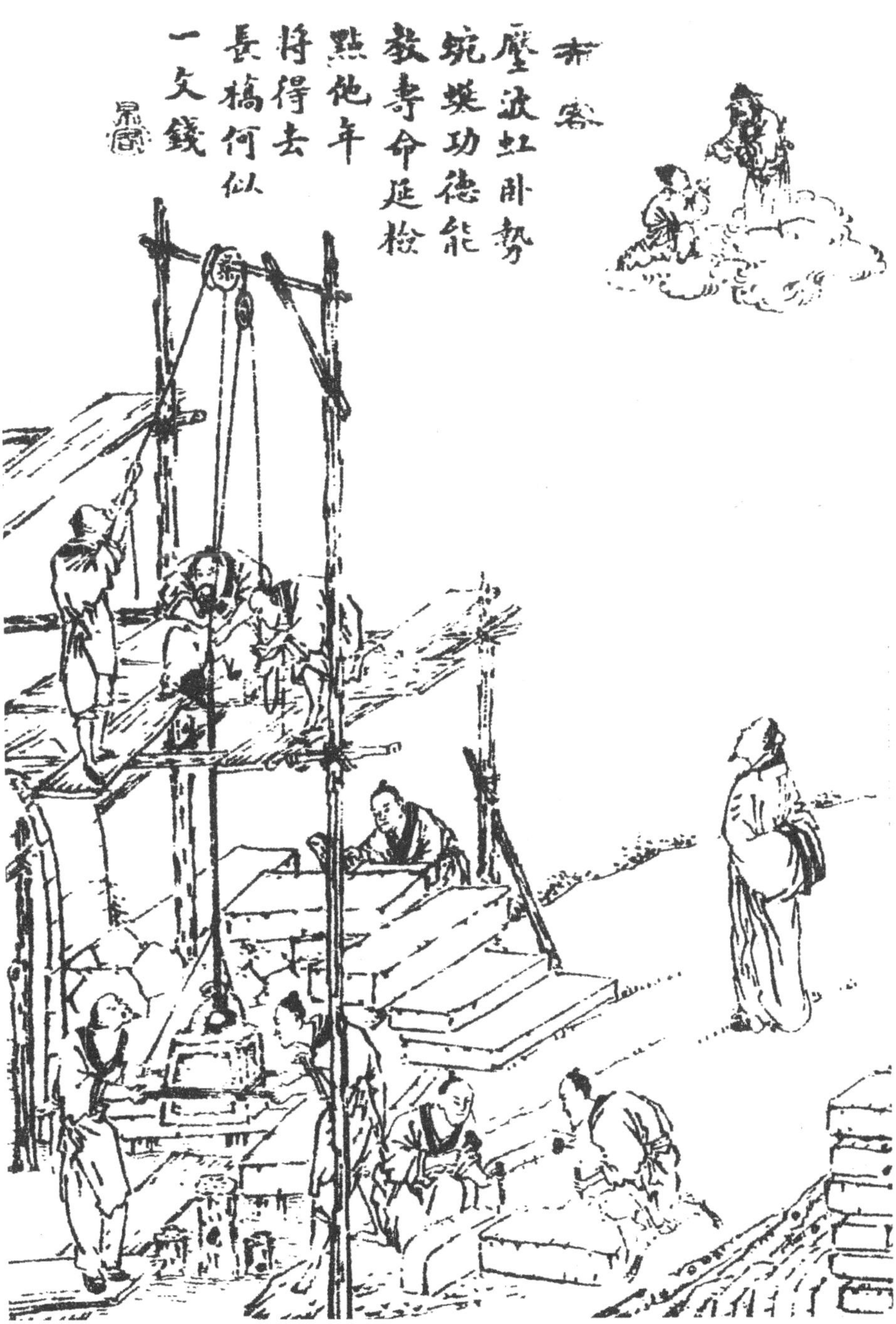
布客
壓波虹卧勢
蜿蜒功德能
教壽命延檢
點他年
將得去
長橋何似
一文錢

1 長清：古代縣名，今山東省濟南市長清區。
2 泰安：古代州名。今山東省泰安市。
3 星命之學：星象、占卜人的吉凶禍福之術。
4 休咎：吉凶。
5 囊貲北下：把錢裝在袋子裡，欲返回位於黃河下游之北的長清縣，也就是布商的家鄉。囊，當動詞用，用袋子盛裝物品。貲，通「資」。
6 隸胥：官差。
7 漸漬：逐漸。
8 市：買。
9 適：當動詞用，往、至。
10 牒：讀作「蝶」，官府發布的公文或證明文書。
11 蒿里山東四司隸役：位於山東省泰安市西南方的蒿里山，閻羅殿下設之七十五司之一的東四司衙役。
12 周身具：指喪葬用品。
13 剋日鳩工：限定期限，召集工人。剋，讀作「客」。限定、約期。
14 城隍：原指城池的守護神，此處指掌管亡魂賞罰的陰間地方官員。
15 齎：讀作「雞」，贈送物品給人。楮錠：祭祀用的紙錢。楮，讀作「楚」。
16 酹：讀作「類」，以酒灑地祭祀鬼神。
17 遽：匆忙。
18 蒞事：處理公務。
19 數武：走幾步。

◆**但明倫評點**：一文亦將不去，喚醒多少夢中人，能以行善勸人，此隸役亦罕有。

一文錢也帶不走，喚醒多少為了錢財而執迷不悟之人，能夠勸人行善，這名鬼差也算是少見了。

白話翻譯

山東省長清縣有個布商，到泰安做生意。他聽說有個算命先生精通星象占卜，就前往占卜吉凶。算命先生推算，說：「你的運數太差，最好趕快回家。」布商很害怕，帶著貨款返鄉。途中遇到一名穿短衫的人，像是個衙役。他逐漸靠近與他攀談，兩人相談甚歡。布商時常去買酒食，邀請衙役一起吃。衙役很感激他。布商問衙役在做何差事，答云：「我將前往長清，去拘捕個人。」布商問拘捕何人。衙役便拿出拘捕犯人的公文，叫他自己看；頭一個就是布商的名字。他驚訝地說：「爲何要抓我？」衙役說：「我本非活人，是蒿里山閻羅殿東四司的陰差，想必是你的壽數盡了。」布商哭著求救。鬼差說：「我無能爲力，然而公文上的名字繁多，全抓齊尚需時日。你趕緊回家，處理後事，我把你放在最後招魂，算是報答咱們的交情吧！」

不久，他們行至河邊，見橋斷了，來往行人過河都須艱困涉水。鬼差說：「你反正快死了，一文錢也帶不走。你立刻出錢修一座橋，以利行人；雖開銷不少，但對你未必沒有好處。」布商允諾。回家後，要妻子替自己準備喪禮。當天他便召集工人開工建橋。過了很久，鬼差竟然未至。他心中暗自懷疑。一天，鬼差忽至，說：「我已將建橋之事上報城隍，轉達給陰司，陰司判道此事可延長你的壽命。如今拘捕公文上已無你的名姓，特來通報。」布商高興地表達謝意。

後來布商再往泰山，不忘鬼差的恩德，在東嶽廟恭敬地焚燒紙錢相贈，呼喚鬼差的名字，把酒灑在地上表示祭奠。他剛走出廟門，見鬼差匆忙趕來，說：「你差點把我給害慘了！剛才司君正處理公務，幸好沒讓他知道，否則就糟了！」鬼差送了布商幾步，說：「以後別再來了。假如有事往北邊去，我一定繞道去拜訪你。」兩人於是分別而去。

長治女子

陳歡樂，潞之長治[1]人。有女慧美。有道士行乞，睨[2]之而去。由是日持缽近廛[3]間。適一瞽[4]人自陳家出，道士追與同行，問何來。瞽云：「適過陳家推造命[5]。」道士曰：「聞其家有女郎，我中表親。欲求姻好，但未知其甲子[6]。」瞽為之述之，道士乃別而去。居數日，女繡於房，忽覺足麻痺，漸至股[7]，又漸至腰腹；俄而暈然傾仆[8]。定逾刻，始恍惚能立，將尋告母。及出門，則見茫茫黑波中，一路如線；駭而卻退，門舍居廬，已被黑水渰[9]沒。又視路上，行人絕少，惟道士緩步於前。遂遙尾之，冀見同鄉以相告語。走數里以來，忽睹里舍，視之，則己家門。大駭曰：「奔馳如許，固猶在村中。何向來迷惘若此！」欣然入門，父母尚未歸。復仍至己房，所繡業履[10]，猶在榻上。自覺奔波殆極，就榻憩坐。道士忽入。女大驚，欲遁。道士捉而捺[11]之。女欲號[12]，則瘖[13]不能聲。道士急以利刃剖女心。女覺魂飄飄離殼而立。四顧家舍全非，惟有崩崖若覆。視道士以己心血點木人上，又復疊指詛咒；女覺木人遂與己合。道士囑曰：「自茲當聽差遣，勿得違悞[14]！」遂佩戴之。陳氏失女，舉家惶惑。尋至牛頭嶺，始聞村人傳言，嶺下一女子剖心而死。陳奔驗，果其女也。泣以愬[15]宰。宰拘嶺下居人，拷掠幾徧[16]，迄無端緒。姑收羣犯，以待覆勘。道士去數里外，坐路旁柳樹下，忽謂女曰：「今遣汝第一差，往偵邑中[17]審獄狀。去當隱身煖[18]閣上。倘見官宰用印，即當趨避，切記勿忘！限汝辰去巳來⑲。遲一刻，則以一針刺汝心中，令作急痛；二刻，刺二針；至三針，則使汝魂魄銷滅矣。」女聞之，四體驚悚⑳，飄然遂去。瞬息至官廨㉑，如言伏閤上。時嶺下人羅跪堂下，尚未訊詰㉒。適將鈐印公牒㉓，女未及避，而印已出匣。女覺身軀重耎㉔，紙格㉕似不能勝，嘄然㉖作響。滿堂愕顧。宰命再舉，響如前；三舉，翻墜地下。眾悉聞之。宰起祝曰：「如是冤鬼，當便直陳，為汝昭雪。」女哽咽而前，歷言道士殺己狀，遣己狀。宰差役馳去，至柳樹下，道士果在。捉還，一鞫㉗而服。人犯乃釋。宰問女：「冤雪何歸？」女曰：「將從大人。」宰曰：「我署㉘中無處可容，不如暫歸汝家。」女良久曰：「官署即吾家，我將入矣。」宰又問，音響已寂。退入宅中，則夫人生女矣。

1 潞之長治：古代長治縣屬潞州府。今山西省長治市。潞，潞安。山西省潞州府，明朝嘉靖年間改為潞安府。轄境約當今山西省長治、襄垣、黎城、長子、屯留、平順、壺關等市縣地。

2 睨：讀作「逆」，斜眼看、偷窺。

3 廛：讀作「禪」，店鋪與住宅的通稱，此指陳家的宅院。

4 瞽：讀作「股」。盲人。

5 推造命：依據生辰八字算命。

6 甲子：此指生辰八字。

7 股：大腿。

8 仆：讀作「撲」，倒臥、跌倒而趴在地上。

9 渰：讀作「掩」，作動詞用，覆沒、淹沒。

10 所繡業履：尚未繡好的鞋子。

11 捺：讀作「納」，以手重按。

12 號：讀作「嚎」。呼叫求救。

13 瘖：讀作「因」。口啞不能出聲。

14 悞：出了差錯。同今「誤」字，是誤的異體字。此指認錯人。

15 愬：讀作「訴」。控訴。

16 徧：同今「遍」字，是遍的異體字。

17 邑中：此處指縣衙。

18 煖：同今「暖」字，是暖的異體字。

19 辰去巳來：辰時去，巳時回來。辰，早上七點到九點。巳，上午九點到十一點。

20 悚：恐懼、害怕。

21 廨：讀作「謝」，古時官吏辦公處。

22 詰：讀作「傑」，問。

23 鈐印公牒：拿官印蓋在公文上。鈐，讀作「前」。用印、蓋章。牒，讀作「蝶」，官府發布的公文或證明文書。

24 耎：讀作「軟」，通「軟」。

25 紙格：此指暖閣上紙糊的木格棚頂。

26 嚗然：形容突如其來的迸裂聲響。嚗，讀作「剝」。

27 鞫：讀作「局」，審問、審判。

28 署：官府，即縣衙。

◆**何守奇評點**：術險可畏，亦惟好令瞽人堆算，有以致之。

道士法術陰險可怕，也是因陳歡樂喜讓盲人算命，才導致這樣的慘禍發生。

白話翻譯

陳歡樂是山西潞安府長治縣人。他有個女兒，聰慧貌美。一位道士托缽化緣，看了她一眼就離去。從此道士每日都在她家附近托缽。一天，適逢一位盲人從陳家出來，道士追上去與之同行，問他去陳家做什麼。盲人說：「剛才去陳家算命。」道士說：「聽說他家有個女兒，我有一位表親，想與她聯姻，只是不知她的生辰八字？」盲人便將陳女的生辰八字相告，道士就辭別離去。

過了幾天，陳女在屋裡刺繡，忽感雙腳麻痺無知覺，逐漸延伸至大腿，又漸至腰腹；不久暈倒在地。陳女片刻後方能定神，恍惚勉強站起身，想找母親稟告此事。一出房門，卻見茫茫一片黑水，只有一條直直的小路，嚇得她直往後退，所有房舍都被黑水淹沒。再看那條小路上，幾乎沒有行人，只有一位道士緩步走在前方。陳女遠遠地跟隨在後，希望能見到本村的人，好將此事相告。走了幾里路後，忽見有街坊屋舍，仔細一看，竟是自己家門。大驚道：「跑了這麼久，原來還在村裡。怎麼先前迷糊成這樣子！」她很高興地進入家門，見父母未歸。又回到自己的房間，看到那雙未繡完的鞋子仍放在床上。她奔波一陣，感到疲累，便坐在床上休息。道士忽然進來，陳女大驚，想逃走。道士使勁捉住她不放。陳女想呼喊求救，喉嚨卻發不出聲音。道士迅速抽出利刃，剖開她的心，陳女覺得魂魄飄忽，離開身軀站到一旁，環顧四周，家舍全非，只有一座看似即將傾倒的山崖。只見道士用她的心血滴在一個木人上，戟指作法，口誦咒語，陳女忽覺自己的魂魄和木偶合爲一體了。道士叮囑道：「從此以後當聽我差遣，不得有誤！」接著把木偶佩戴在身上。

陳家丟了女兒，全家惶恐疑惑。尋到牛頭嶺，才聽村人傳說，嶺下有一女子被剖心而死。陳歡樂急忙跑去查看，果眞是自己女兒。他哭著告上縣衙。知縣下令拘捕嶺下所有居民，拷問多次，仍無頭緒。知縣就暫且把這些嫌疑犯收監，留待查問。道士走到幾里外，坐在路旁柳樹下，忽對陳女說：「今天派你做的第一件事：前去偵察縣衙審案。去到那裡後躲在暖閣上。倘若看見知縣用官印，必須趕快避開，切要記牢了！限你辰時去巳時回。若遲一刻，就用一根針扎在你心口上，讓你疼痛難忍；遲兩刻，扎兩針；等扎到第三針，你就會魂飛魄散。」陳女聞言，害怕得渾身顫抖，飄然離去。轉眼來到縣衙，按道士所囑躲在暖閣上。當時被拘押的嶺下居民都排成一列跪在堂下，還未審問。正逢知縣要替公文蓋印，陳女躲避不及，官印已從匣中取出。陳女只覺身體沉重疲軟，暖閣的紙格好像承受不住她的重量，突然暴裂出聲。公堂裡的人都驚訝地抬頭看。知縣再舉官印，又發出先前的怪聲；等到第三次舉起官印，陳女從暖閣上墜落在地。眾人全聽見了。知縣起身祝禱說：「若是冤魂，便把冤情說出來，本官可爲你昭雪。」陳女哽咽上前，將道士殺她的經過，派遣她來偵察的情形一一詳細說明。

知縣派衙役快馬前去，來到柳樹下，道士果在。將他捉回，一經審訊他就全部招供。於是嫌犯都被釋放。知縣問陳女：「你的冤情已經昭雪，欲往何方？」陳女說：「我要追隨大人。」知縣說：「我的官署無你容身之處，不如還是暫時回你家去。」陳女許久才說：「官署就是我家，我要進去了。」知縣再問，已聽不見回答。他退堂後回到官邸，夫人正好生了個女孩。

鄱陽神

翟湛持[1]，司理[2]饒州[3]，道經鄱陽湖[4]。湖上有神祠，停蓋[5]游瞻。內雕丁普郎[6]死節臣像，翟姓一神，最居末坐。翟曰：「吾家宗人[7]，何得在下！」遂於上易一座。既而登舟，大風斷帆，桅檣[8]傾側，一家哀號。俄一小舟破浪而來；既近官舟，急挽翟登小舟，於是家人盡登。審視其人，與翟姓神無少異。無何，浪息，尋之已杳。

1 翟湛持：名世琪，山東益都（今青州市）人。順治十六年（西元一六五九年）進士，曾任陝西韓城（今韓城市）知縣。
2 司理：推官，協助知府大人的官吏，職掌獄訟。
3 饒州：古代府名，治所在今江西省鄱陽縣。
4 鄱陽湖：湖泊名。在中國江西省北境，長江以南。湖身中為細腰，故有北湖、南湖之分。湖受仙霞、黟山（黟讀作「依」）二山脈以南及贛江、鄱江、修水等江水，北流經湖口入長江，為中國五大湖之一。也稱為「彭蠡湖」（蠡讀作「離」）。
5 蓋：車頂篷蓋，借指車子。
6 丁普郎：湖北黃陂（今武漢市黃陂區；陂，讀作「皮」）人。元末從朱元漳攻打陳友諒，戰死於鄱陽湖。明太祖即位後，追贈為濟陽郡公，於鄱陽湖上建廟祭祀。
7 宗人：同族姓之人。
8 桅檣：讀作「圍牆」，船杆之意。

◆**但明倫評點**：此神亦過好勝。

此神也太過好勝。

編者按：翟姓神祇被翟湛持調換過神位後，就現身幫助翟湛持度過險難，可見祂也覺得敬陪末座不甚光榮，故感念翟湛持的恩義，現身相助，可見翟姓神祇也是在乎排名先後的。

白話翻譯

翟湛持，赴任江西饒州推官，路經鄱陽湖。湖邊有座廟，就停車遊覽一番。廟裡有丁普郎等爲國犧牲者的雕像，翟姓的神像排在最後。翟湛持說：「我們家的宗親，怎麼能敬陪末座！」於是把翟姓神像和前面一個調換位置。不久登船，突然狂風吹斷船帆，桅杆倒在一邊，全船人嚇得大聲哀號。不久有艘小船破浪駛來，靠近官船，有個人急忙拉著翟湛持登上小艇，接著家人全都上去。仔細一看那人容貌，竟和廟中的翟姓神像相同。不久，風浪平息，再尋找那人，他已不見蹤影。

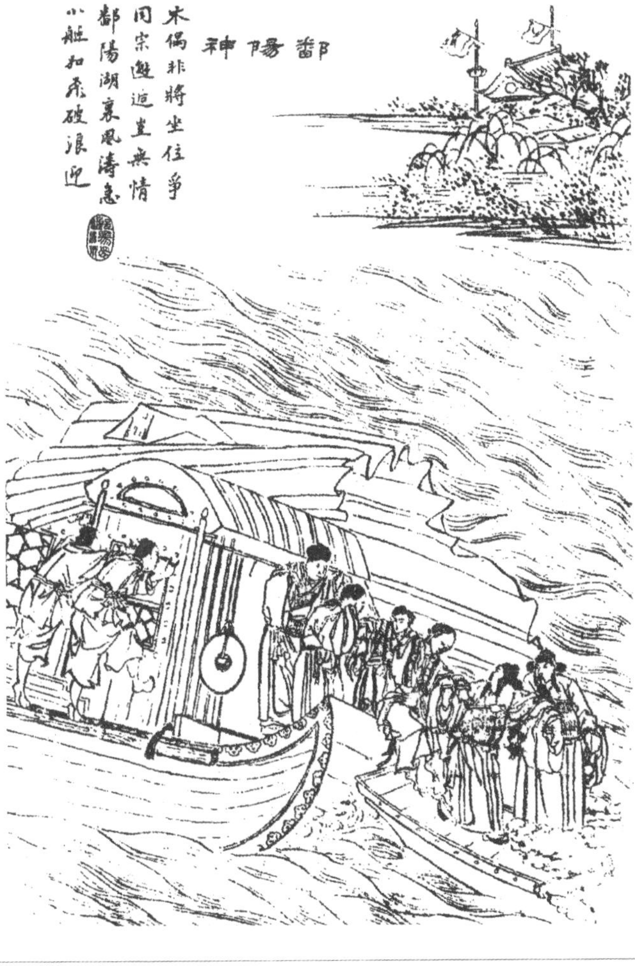

黎氏

龍門[1]謝中條者，佻達[2]無行。三十餘喪妻，遺二子一女，晨夕啼號，縈[3]累甚苦。謀聘繼室，低昂未就。暫僱傭媼撫子女。一日，翔步[4]山途，忽一婦人出其後。待以窺覘[5]，是好女子，年二十許。心悅之，戲曰：「娘子獨行，不畏怖耶？」婦走不對。又曰：「娘子纖步，山徑殊難。」婦仍不顧。謝四望無人，近身側，遽挲[6]其腕，曳入幽谷，將以強合[7]。婦怒呼曰：「何處強人，橫來相侵！」謝牽挽而行，更不休止。婦步履跌蹶，困窘無計。乃曰：「燕婉[8]之求，乃若此耶？緩我，當相就耳。」謝從之。偕入靜壑，野合[9]既已，遂相欣愛。婦問其里居姓氏，謝以實告。既亦問婦。婦言：「妾黎氏。不幸早寡，姑又殞歿，塊然[10]一身，無所依倚，故常至母家耳。」謝曰：「我亦鰥[11]也，能相從乎？」婦問：「君有子女無也？」謝曰：「實不相欺：若論枕席之事，交好者亦頗不乏。衹是兒啼女哭，令人不耐。」婦躊躕[12]曰：「此大難事！觀君衣服襪履款樣，亦只平平，我自謂能辦。但繼母難作，恐不勝誚讓[13]也。」謝曰：「請毋疑阻。我自不言，人何干與？」婦亦微納[14]。轉而慮曰：「肌膚已沾，有何不從？但有悍伯[15]，每以我為奇貨，恐不允諧，將復如何？」謝亦憂皇[16]，請與逃竄。婦曰：「我亦思之爛熟[17]。所慮家人一洩，兩非所便。」謝云：「此即細事。家中惟一孤媼，立便遣去。」婦喜，遂與同歸。先匿外舍；即入遣媼訖[18]，掃榻迎婦，倍極歡好。婦便操作，兼為兒女補綴，辛勤甚至。謝得婦，嬖[19]愛異常，日惟閉門相對，更不通客。月餘，適以公事出，反關[20]乃去。及歸，則中門嚴閉，扣之不應。排闥[21]而入，渺無人跡。方至寢室，一巨狼衝門躍出，幾驚絕！入視子女皆無，鮮血殷地，惟三頭存焉。返身追狼，已不知所之矣。

異史氏曰：「士則無行，報亦慘矣。再娶者，皆引狼入室耳；況將於野合逃竄中求賢婦哉！」

1 龍門：古代縣名。今山西省河津市。
2 佻達：輕佻放蕩。佻，讀作「條」。
3 縈：圍繞、纏繞。此指牽絆，拖累。
4 翔步：緩慢行走。
5 覘：讀作「沾」，觀看、察視。
6 遽：就、遂。搴：讀作「縮」。以手撫摸。此指握。
7 強合：強行交歡，即今所謂強姦。
8 燕婉：夫婦恩愛歡好。
9 野合：在郊外交歡。
10 塊然：孤獨的樣子。
11 鰥：讀作「關」。妻子過世或年老無妻之人。
12 躊躕：猶豫不決的樣子。
13 誚讓：譴責、指責。誚，讀作「俏」。
14 納：接受。
15 悍伯：丈夫的哥哥太過兇悍，此指黎氏亡夫的兄長。
16 皇：通「惶」，惶恐。
17 思之爛熟：想得很透徹。
18 訖：讀作「氣」。完畢、終了。
19 嬖：讀作「畢」。寵愛。
20 反關：將門反鎖。
21 排闥：推門。

◆**但明倫評點**：佻達無行，取禍必矣。然不及於其身，轉憐子女無辜。

為人輕浮品行不端，必招致禍患。然而沒有報應在自己身上，反而是殃及子女，可憐子女無辜。

白話翻譯

龍門縣有個叫謝中條的人，輕佻放蕩，品行低劣。三十多歲喪妻，留下二子一女，早晚啼哭，負累甚重，他感到很辛苦。想要再娶，卻高不成低不就的，只能暫僱保母照顧子女。一天，他在山中散步，忽見一名婦人走在後面。他故意放慢腳步偷瞧她一眼，是位貌美女子，年約二十來歲。心中傾慕，調戲道：「娘子孤身一人，難道不怕嗎？」婦人自顧自地走，不搭理他。謝中條又說：「娘子腳這麼纖細，山路不方便走。」婦人仍不理會他。謝中條看四下無人，靠近她身邊，就捉住她手腕，把她拉進幽谷，想要強姦。婦人憤怒喊道：「哪裡來的惡人！硬要欺負人！」謝中條硬拉著她走，不予理會。婦人跌跌撞撞，無計可施。便說：「想要與我親熱一番，是用這種手段嗎？你放開我，我就順從你。」謝中條允諾。兩人一同去個安靜的山谷，在野外雲雨一番後，兩人互相傾慕。婦人問他姓名地址，謝中條據實相告。接著也問婦人相同問題。婦人說：「我姓黎。不幸年紀輕輕就守寡，婆婆也死了，孑然一身，無所依靠，所以常回娘家。」謝中條說：「我也喪妻，能跟我在一起嗎？」婦人問：「你有兒女嗎？」謝中條說：「實不相瞞：如果我只是想找個女人上床的話，那我也有幾個相好的。只是兒女成天啼哭，眞叫人受不了。」婦人猶豫說：「這就難了！看你的穿著，只是普通，我還能替你張羅。但繼母難爲，恐怕會遭人埋怨。」謝中條說：「這點你無須憂慮。我自己都沒意見了，還管別人做什麼呢？」婦人勉強接受。又擔心說：「既然你我都有了肌膚之親，有什麼好不應允的？但我有大伯兇悍，常認爲我很值錢，恐怕不會答應，怎麼辦？」謝中條也憂心惶恐，商量一起逃走。婦人說：「我思前想後。怕家人洩露消息，對大家都不好。」謝中條說：「這是小事。家裡只有一個保母，馬上可打發她離開。」婦人很高興，就與他一同回去。婦人先躲在屋外的小房子裡；謝中條入內遣散保母，打掃房子迎接婦人，兩人非常恩愛。婦人操持家務，並爲兒女縫補衣物，十分殷勤辛勞。謝中條娶得嬌妻，對她非常寵愛，每天閉門謝客，與親戚朋友也不來往。一個多月後，他因公外出，反鎖門便離去。等到他回家，內院的門緊閉，敲了也沒回應。他推門而入，一個人影也沒瞧見。才剛進寢室，一頭巨狼衝出門外，嚇得他魂飛魄散！進入房中，看見子女都不見了，鮮血滿地，只剩三顆頭。他轉身要去追狼，狼已不知所蹤。

記下奇聞異事的作者如是說：「一個人品行不端，報應也很慘烈。續絃的人，都是引狼入室之輩；更何況是想在郊外交媾或私奔情況下求賢婦，根本是不可能！」

武孝廉

武孝廉[1]石某，囊貲[2]赴都，將求銓敘[3]。至德州[4]，暴病，唾血不起，長臥舟中。僕篡金亡[5]去。石大恚[6]，病益加，資糧斷絕。榜人謀委棄之。會有女子乘船，夜來臨泊，聞之，自願以舟載石。榜人悅，扶石登女舟。石視之，婦四十餘，被服粲麗[7]，神采猶都[8]。呻以感謝。婦臨審曰：「君夙有瘵[9]根，今魂魄已遊墟墓。」石聞之，噭[10]然哀哭。婦曰：「我有丸藥，能起死。苟病瘳[11]，勿相忘。」石洒[12]泣矢盟。婦乃以藥餌石；半日，覺少痊。婦即榻供甘旨[13]，殷勤過於夫婦。石益德之。月餘，病良已。石膝行而前，敬之如母。婦曰：「妾煢獨[14]無依，如不以色衰見憎，願侍巾櫛[15]。」時石三十餘，喪偶經年，聞之，喜愜[16]過望，遂相燕好[17]。婦乃出藏金，使入都營幹[18]，相約返與同歸。石赴都夤緣[19]，選得本省司閫[20]；餘金市[21]鞍馬，冠蓋赫奕。因念婦臘[22]已高，終非良偶◆，因以百金聘王氏女為繼室。心中悚怯，恐婦聞知，遂避德州道，迂途履任。年餘，不通音耗[23]。有石中表[24]，偶至德州，與婦為鄰。婦知之，詣問石況。某以實對。婦大罵，因告以情。某亦代為不平，慰解曰：「或署中務冗，尚未暇遑。乞修尺一書，為嫂寄之。」婦如其言。某敬以達石，石殊不置意。又年餘，婦自往歸石，止於旅舍，託官署司賓者[25]通姓氏。石令絕之。一日，方燕飲，聞喧詈[26]聲；釋杯凝聽，則婦已搴[27]簾入矣。石大駭，面色如土。婦指罵曰：「薄情郎！安樂耶？試思富若貴何所自來？我與汝情分不薄，即欲置婢妾，相謀何害？」石累足屏氣，不能復作聲。久之，長跽[28]自投，詭辭乞宥[29]。婦氣稍平。石與王氏謀，使以妹禮見婦。王氏雅不欲[30]；石固哀之，乃往。王拜，婦亦答拜。曰：「妹勿懼，我非悍妒者。曩[31]事，實人情所不堪，即妹亦當不願有是郎。」遂為王緬述本末。王亦憤恨，因與交詈石。石不能自為地，惟求自贖，遂相安帖。

初，婦之未入也，石戒閽人[32]勿通。至此，怒閽人，陰詰讓[33]之。閽人固言管鑰[34]未發，無入者，不服。石疑之而不敢問婦，兩雖言笑，而終非所好也。幸婦嫺婉[35]，不爭夕。三餐後，掩闥[36]早眠，並不問良人夜宿何所。王初猶自危；見其如此，益敬之。厭旦[37]往朝，如事姑嫜[38]。婦御下寬和有體，而明察若神。一日，石失印綬，合署沸騰，屑屑[39]還往，無所為計。婦笑言：「勿憂，竭井可得。」石從之，果得之。叩其故，輒笑不言。隱約間，似知盜者姓名，然終不肯洩。居之終歲，察其行多異。石疑其非人，常於寢後使人瞯[40]聽之，但聞牀上終夜作振衣聲，亦不知其何為。婦與王極相愛憐。一夕，石以赴臬司[41]未歸，婦與王飲，不覺過醉，就臥席間，化而為狐。王憐之，覆以錦褥。未幾，石入，王告以異。石欲殺之。王曰：「即狐，何負於君？」石不聽，急覓佩刀。而婦已醒，罵曰：「虺蝮[42]之行，而豺狼之心，必不可以久居！曩所啖[43]藥，乞賜還也！」即唾石面。石覺森寒如澆冰水，喉中習習[44]作癢；嘔出，則丸藥如故。婦拾之，忿然逕出，追之已杳。石中夜舊症復作，血嗽不止，半歲而卒。

異史氏曰：「石孝廉，翩翩若書生。或言其折節能下士[45]，語人如恐傷。壯年殂謝，士林悼之。至聞其負狐婦一事，則與李十郎[46]何以少異？」

1孝廉：舉人。
2貲：通「資」，指財物、錢財。
3求銓敘：謀求官職。
4德州：古代州名。今山東省德州市。
5亡：逃。
6恚：讀作「惠」，惱怒、生氣。
7被服粲麗：服裝鮮豔。粲，鮮明華美的樣子。
8都：讀作「督」，風姿優雅。
9瘵：讀作「債」。疾病。此指肺結核病。
10噭：讀作「較」。哭泣的樣子。
11瘳：讀作「抽」。病癒。
12洒：同今灑字，是灑的異體字。這裡用作灑淚的灑。
13甘旨：此指美味的食物。
14煢獨：沒有親人可依靠，孤身一人。煢，讀作「瓊」。
15侍巾櫛：侍奉梳洗，比喻妻子侍奉丈夫。巾櫛，洗手梳頭，櫛，讀作「傑」。此指可嫁予他人為妻。
16愜：讀作「竊」。合適、滿足。
17燕好：夫妻情深，享閨房之樂。
18入都：入京城。營幹：設法打通關節，用錢疏通相關官員，以謀求官職。
19夤緣：夤，讀作「銀」。攀附權貴，謀求官職。
20司閫：地方軍事長官，負責守衛城門的工作。閫，讀作「捆」。古代指統兵在外的統帥或軍事機構。
21市：買。
22臘：年歲、年紀。
23音耗：音訊。

24中表：中表兄弟。古代稱父親姊妹的兒子為外兄弟，稱母親的兄弟姊妹的兒子為內兄弟；外為表，內為中，合稱中表兄弟。
25司賓者：官署內負責接待賓客的衙門官吏。
26詈：讀作「立」，責罵。
27搴：讀作「千」，掀起、揭開。
28跽：讀作「季」，古代跪禮的一種，臀部不著腳跟，直身挺腰。
29宥：讀作「右」，容忍、寬容、寬恕。
30雅不欲：非常不願意。
31曩：讀作「囊」的三聲，以前、昔日之意。
32閽人：守門人。閽，讀作「昏」。
33詰讓：詰，讀作「傑」。斥責、責罵。
34管鑰：指鑰匙。亦作「管籥」。籥，讀作「月」。
35嫺婉：溫文柔順。嫺，同今嫻字，是嫻的異體字。
36闥：讀作「踏」。門。
37厥旦：天剛亮，黎明。
38姑嫜：公婆。嫜，讀作「章」。
39屑屑：忙碌的樣子。
40瞷：讀作「踐」。窺視、偵察。
41臬司：古代官名。掌管司法刑獄與官員考核的工作。臬，讀作「聶」。
42虺蝮：讀作「毀副」。泛指毒蛇。
43啖：讀作「淡」。吃下、食用。
44習習：一陣陣。
45折節能下士：降低自己的身分，禮遇地位或名氣不如自己的人。

46 李十郎：即李益（西元七四八至八二七年）。字君虞，隴西姑臧（今甘肅省武威縣）人。唐代詩人。代宗時中進士，後官至禮部尚書。擅長邊塞詩，所作七言絕句，著名於時。有詩集一卷傳世。蔣防所著的唐傳奇小說《霍小玉傳》，敘述李益與名妓霍小玉相戀，後來李益為了仕途，攀附名門，拋棄霍小玉。霍小玉鬱鬱寡歡而死，臨終前詛咒李益與他的妻妾不得安寧。因而蒲松齡借用此典故，暗指石某是負心漢。

◆**馮鎮巒評點**：是何言歟？狼心勝於李益！

這是什麼話？石某負心更勝於李益！

白話翻譯

有個姓石的武舉人，帶著大筆錢財去京城，準備謀求個一官半職。到了德州，忽染重病，咳血不止，病倒在船上。僕人捲款潛逃。石某很憤怒，病得更重了，錢糧俱斷。船夫打算將他扔下船棄之不理。適逢一名女子乘船前來，夜晚在此停泊，聽聞此事後，願用自己的船載他。船夫大喜，扶著石某登上女子的船。石某見這女子年約四十，穿著華麗，風韻優雅。他呻吟著向她致謝。婦人走近察看他的病情，說：「你本來就有病根，現在已離死不遠了。」石某聽說，悲傷得嚎啕痛哭。婦人說：「我有藥丸，可以起死回生。你若病癒，切勿相忘。」石某哭著對天發誓。婦人就拿藥丸餵他服下；半日後，石某覺得病稍痊癒。婦人就到床前餵他吃美味的食物，侍奉得比夫妻之間還要殷勤。石某對她更加感激。

一個多月，石某病癒。他跪著爬向婦人，如母親般尊敬她。婦人說：「我孤單無依，你若不嫌我年老色衰，我願嫁你為妻。」當時石某三十多歲，喪妻子一年，聽聞此言，喜出望外，於是兩人結為秦晉之好。婦人拿出積蓄，讓他進京謀求官職，約定辦妥此事便回來。石某到了京城，攀附權貴，買通官員，被派任到本省司閫；剩下的錢去置裝買馬，排場很是氣派。他想婦人年紀大，終非理想佳偶，因而又以一百兩銀子聘了王氏女為繼室。他心中忐忑不安，怕婦人知道，於是繞開德州前往赴任。到任後一年多，沒有傳達任何音訊給婦人。

石某有個表親，偶然途經德州，住在婦人隔壁。婦人知道他是石某的表親，就詢問石某的情況。表親如實相告。婦人聽了大罵，並將內情告知他。表親也為她打抱不平，勸慰她說：「也許是他公務繁忙，抽不出空來。你不如修書一封，由我代爲轉達。」婦人依言照辦。表親代爲轉交，石某卻不放在心上。又過一年多，婦人自己去找石某，住在旅店裡，找到石某官衙門前，請託官署裡的司賓入內通報。石某命司賓回絕她。一天，石某正在飲酒，聽到外面傳來叫罵；他放下酒杯側耳傾聽，婦人已掀開簾子進入。石某大驚，面如死灰。婦人指著他罵道：「負心漢，你可眞逍遙！也不想想今日的富貴是拜誰所賜？我對你情分不淺，你就是想娶妾納婢，和我商量一下又有何妨？」石某氣不敢喘，一句話都不敢說。許久，他才長跪認錯，編套謊話來請求寬恕。婦人才稍稍消氣。石某與王氏商量，叫王氏以妾之禮節去拜見婦人。王氏很不情願；石某一再要求，她才前往。王氏向他行禮，婦人也回拜，說：「妹妹勿怕，我非善妒之人。他先前所做的事，實在不近人情，就是妹妹你也不願意有這樣的郎君。」就將石某的所作所爲告訴王氏。王氏聽了也很氣憤，姊妹倆輪流罵起石某。石某慚愧得無地自容，請求兩位夫人原諒，讓他能夠贖罪，此事這才平息。

起初，婦人尚未前來，石某已告訴門房，若有女人來找不要通報。事到如今，石某就遷怒門房，暗中加以斥責。門房卻堅持說當天並未開門，無人進入，心中不服。石某對此事感到懷疑，又不敢去問婦人。他與婦人表面上雖有說有笑，但貌合神離。幸虧婦人賢慧，不爭寵。用完三餐後，便關上門早早歇息，從不過問石某睡在哪裡。王氏起初對婦人還有些顧忌；見她如此識趣，就更加敬重她。早晚問安，像伺候公婆一樣。婦人對下人寬和體諒，卻明察秋毫。一天，石某丟了官印，全府沸沸揚揚，爲此忙進忙出，無計可施。婦人笑道：「不用擔憂，把井水淘乾，就能找到。」石某照辦，果然找著。問她如何知曉，她只是笑而不言。看樣子，她好像知道偷印人是誰，卻一直不肯說。又住一年，石某觀察女子言行，有許多怪異之處。他懷疑起婦人並非人類，常命人在婦人就寢後去監視她，只聽見她的床上整夜都有衣服抖動的聲音，不知道她在做什麼。婦人與王氏互憐互愛。一晚，石某去找臬司大人洽談公務，婦人與王氏飲酒，不自覺喝醉了，伏在桌上，變成狐狸。王氏憐惜牠，拿錦被蓋在牠身上。不久，石某回來，王氏將此怪事告訴他。石某要砍殺牠。王氏說：「牠即便是狐狸，何處對不起你？」石某不聽，急覓佩刀。而婦人已經醒來，罵道：「你的行爲心地，如同蛇蠍豺狼一般惡毒，一定不能長久與你同住。以前我給你吃的藥丸，請你還給我！」說完朝石某臉上吐口水。石某像有人在他臉上潑盆冷水，頓時喉嚨一陣發癢；將藥丸吐出，這藥丸完好如初。婦人撿起藥丸，氣憤地走了，追上去也不見蹤影。石某半夜舊病復發，咳血不止，半年就死了。

記下奇聞異事的作者如是說：「石舉人風采翩翩像是書生，有人說他謙虛爲懷，禮賢下士，與人談話就怕刺傷別人。壯年就過世，文壇之人深表哀悼。等到聽聞他背叛狐婦之事，才知道他與負心薄情的李益，哪有什麼不同呢？」

孝子

青州東香山[1]之前，有周順亭者，事母至孝。母股[2]生巨疽[3]，痛不可忍，晝夜嚬呻[4]。周撫肌進藥，至忘寢食。數月不痊，周憂煎無以為計。夢父告曰：「母疾賴汝孝。然此創非人膏[5]塗之不能愈，徒勞焦惻[6]也。」醒而異之。乃起，以利刃割脅肉◆；肉脫落，覺不甚苦。急以布纏腰際，血亦不注。於是烹肉持膏，敷母患處，痛截然頓止。母喜，問：「何藥而靈效如此？」周詭對之。母創尋[7]愈。周每掩護割處，即妻子亦不知也。既痊，有巨痕如掌。妻詰[8]之，始得其情。

異史氏曰：「刲股⑨為傷生之事，君子不貴。然愚夫婦何知傷生之為不孝哉？亦行其心之所不自已⑩者而已。有斯人而知孝子之真，猶在天壤。司風教者，重務良多，無暇彰表，則闡幽明微⑪，賴茲芻蕘⑫。

1 青州：地名，今山東省青州市。東香山：在離青州府府治益都城東四十五里處。
2 股：大腿。
3 疽：讀作「居」。一種毒瘡，長在皮肉深處。
4 嚬呻：痛苦的呻吟。嚬，讀作「頻」。
5 膏：油脂。
6 焦惻：焦慮悲痛。
7 尋：不久。
8 詰：讀作「傑」，問。
9 刲股：割下大腿上的肉。刲，讀作「窺」，刺割。
10 已：克制。
11 闡幽明微：表揚不為人知的善行美德。
12 芻蕘：指樵夫，又用來比喻鄉野小民，或者見識淺陋之人。蕘，讀作「饒」。此處為作者謙稱自己的文章。

◆**但明倫評點**：只求母疾之癒耳，不知割肉作膏之為孝，又何知割股傷生之為不孝。

順亭純粹希望母親的疾病快點痊癒，他既然不知割肉熬油是孝順的行為，又如何知道割肉傷害自己是不孝的行為。

白話翻譯

山東青州府益都城東的香山下，住著一個叫周順亭的人，侍奉母親最爲孝順。周母大腿上生了個大毒瘡，疼痛難忍，日夜痛苦呻吟。周順亭替母親擦洗換藥，已到了廢寢忘食的地步。幾個月後仍未痊癒，周順亭憂心如焚，無計可施。他夢見父親告訴他：「你母親的病全仰賴你的孝順。然而這種惡瘡不用人的油脂塗抹不能治癒，焦急悲痛也是徒勞。」周順亭醒來後感到很奇怪。他起床，以利刃割自已腰側的肉；肉割下來，也不感覺很痛，急忙用布纏住腰際，血也沒流很多。他於是把肉熬成一碗油，敷在周母患處，立刻就不痛了。周母很高興，問：「什麼藥如此有效？」周順亭隨便找個藉口敷衍過去。周母的毒瘡不久便痊癒。周順亭總是將傷口遮住，就連他的妻子和孩子也不知情。傷口癒合後，留有巴掌大的一塊疤痕。妻子再三追問，才得知實情。

記下奇聞異事的作者如是說：「割肉治傷是傷害自己的行爲，君子不贊同此舉。然而鄉野村夫如何知道傷害身體是不孝的行爲呢？他們不過是做了一件自己認爲非做不

可的事而已。有這樣的人，才知道孝子仍存於世間。負責風俗教化的執政者事務繁多，無暇表彰這些事蹟，所以要表揚這些不爲人知的善行，還得靠我的拙作才行。」

閻王

李久常，臨朐[1]人。壺榼[2]於野，見旋風蓬蓬[3]而來，敬酹[4]奠之。後以故他適[5]，路傍有廣第，殿閣弘麗。一青衣[6]人自內出，邀李。李固辭。青衣要遮[7]甚殷。李曰：「素不識荊[8]，得無悞[9]耶？」青衣云：「不悞。」便言李姓字。問：「此誰家？」答云：「入自知之。」入，進一層門，見一女子手足釘扉上。近視，其嫂也。大駭。李有嫂，臂生惡疽[10]，不起者年餘矣。因自念何得至此。轉疑招致意惡[11]，畏沮卻步。青衣促之，乃入。至殿下，上一人，冠帶如王者，氣象威猛。李跪伏，莫敢仰視。王者命曳起之。慰之曰：「勿懼。我以曩[12]昔擾子杯酌，欲一見相謝，無他故也。」李心始安，然終不知其故。王者又曰：「汝不憶田野酹奠時乎？」李頓悟，知其為神。頓首曰：「適見嫂氏受此嚴刑，骨肉之情，實愴[13]於懷。乞王憐宥[14]！」王者曰：「此甚悍妒，宜得是罰。三年前，汝兄妾盤腸而產[15]，彼陰以針刺腸上，俾[16]至今臟腑常痛。此豈有人理者！」李固哀之。乃曰：「便以子故宥之。歸當勸悍婦改行。」李謝而出，則扉上無人矣。歸視嫂，嫂臥榻上，創血殷席。時以妾拂意故，方致詬罵。李遽[17]勸曰：「嫂無復爾！今日惡苦，皆平日忌嫉所致。」嫂怒曰：「小郎若個好男兒[18]；又房中娘子賢似孟姑姑[19]，任郎君東家眠，西家宿，不敢一作聲。自當是小郎大好乾綱[20]，到不得代哥子降伏老媼[21]！」李微哂曰：「嫂勿怒。若言其情，恐欲哭不暇矣。」曰：「便曾不盜得王母籮中綫[22]，又未與玉皇香案吏[23]一眨眼，中懷坦坦[24]，何處可用哭者！」◆李小語[25]曰：「針刺人腸，宜何罪？」嫂勃然色變，問此言之因。李告之故。嫂戰惕[26]不已，涕泗流離而哀鳴曰：「吾不敢矣！」啼淚未乾，覺痛頓止，旬日而瘥[27]。由是立改前轍[28]，遂稱賢淑。後妾再產，腸復墮，針宛然在焉。拔去之，腸痛乃瘳[29]。

異史氏曰：「或謂天下悍妒如某者，正復不少，恨陰網[30]之漏多也。余謂：不然。冥司之罰，未必無甚於釘扉者，但無回信[31]耳。」

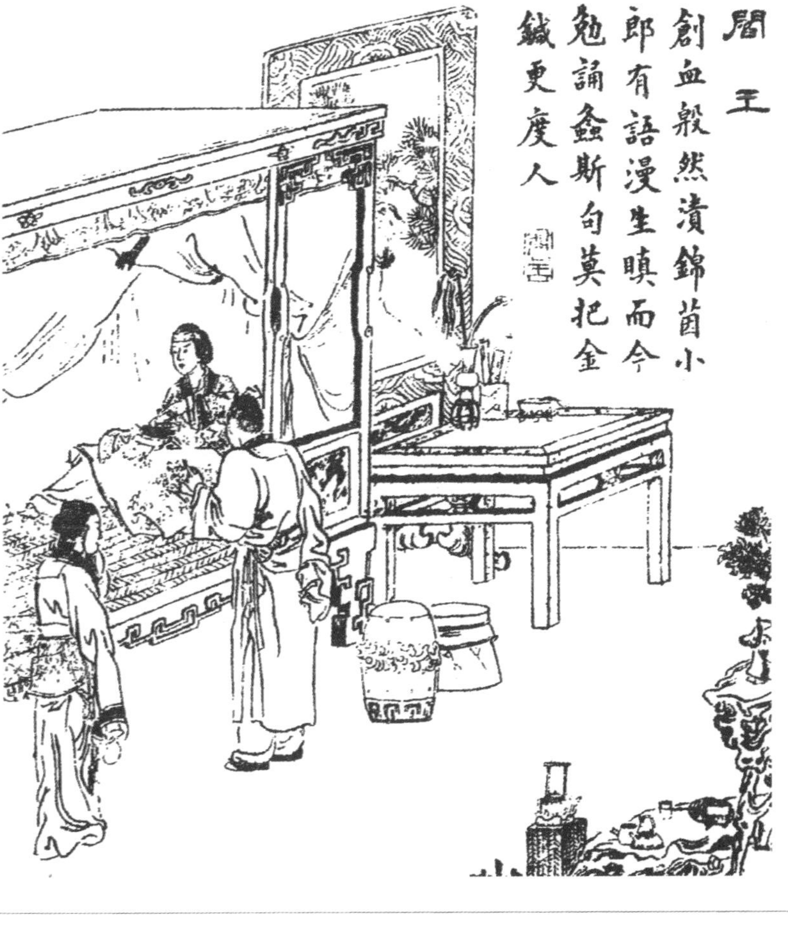

1 臨朐：古代縣名。今山東省臨朐縣。朐，讀作「渠」。

2 壺榼：此處作動詞用，即挈（讀作「竊」）榼提壺，手提著酒器和酒壺。榼，讀作「克」。有蓋的酒器。

3 蓬蓬：形容風聲。

4 酹：讀作「類」，以酒灑地祭祀鬼神。

5 適：當動詞用，往、至。

6 青衣：指婢女，古時婢女穿青色衣服。

7 要遮：此指極力邀請。

8 素不識荊：此指素未謀面。

9 悞：出了差錯。同今「誤」字，是誤的異體字。此指認錯人。

10 疽：一種毒瘡，長在皮肉深處。

11 意惡：猶言不懷好意。

12 曩：讀作「囊」的三聲，以前、昔日之意。

13 愴：讀作「創」。哀傷、難過。

14 宥：讀作「右」，容忍、寬容、寬恕。

15 盤腸而產：婦女難產的現象之一。

16 俾：使、導致。讀作「必」。

17 遽：立刻、馬上。

18 小郎若個好男兒：嘲諷口吻。小叔你這個好男人。

19 孟姑姑：孟光，字德曜，平陵（今陝西省咸陽縣西北）人，東漢賢女，梁鴻的妻子。貌醜而黑，舉案齊眉以事夫，夫婦因相敬如賓。

20 乾綱：原指軍權，戲稱夫權。乾，在此讀作「乾」，代表天。

21 到不得代哥子降伏老媼：輪不到你來教訓老娘。

22 王母：古代神話中的西王母，掌管眾女神。綫：同今「線」字，是線的異體字。

23 玉皇香案吏：玉皇大帝身旁的侍臣。

24 坦坦：坦蕩蕩。

25 小語：小聲說話，說悄悄話的樣子。

26 戰惕：形容害怕畏懼的樣子。戰，通「顫」。顫抖。惕，讀作「替」，戒慎小心的樣子。

27 旬日而瘥：十天後就痊癒。旬日，十天。瘥，讀作「拆」的四聲。病癒。

28 立改前轍：痛改前非。

29 瘳：病痊癒。瘳，讀作「抽」。

30 陰綱：陰間的律法。

31 回信：傳回陽世的訊息。

32 罸：罰的異體字，懲罰之意。

◆**但明倫評點**：每見虧心人偏嘴強，惜無有見其受冥罸32而小語告知耳。

每次見到做虧心事之人偏嘴硬，可惜無人見到他們受到陰司懲罰還會悄悄告訴他們的。

白話翻譯

李久常，山東臨朐縣人。有一次，他帶著酒食到郊外野餐，見一股旋風「呼呼」刮過來，便恭敬地把酒灑在地上祭奠這陣狂風。後來他因有事去別的地方，路邊有一座很寬廣的庭院，殿閣恢弘壯麗。一個僕役從裡走出，邀請他進去。李久常堅決推辭。僕役極力邀請，態度殷勤。李久常說：「你我素昧平生，是不是認錯了人了？」僕役說：「沒認錯。」便說出李久常的姓字。李久常問：「這是誰家的宅院？」僕役回答：「您進去就知道了。」李久常進去，過了一道門，見一名女子的手足釘在門板上。走近一看，是他的嫂子，大爲吃驚。李久常確實有個嫂子，臂上生惡瘡，已經一年多不能起床。李久常心想她怎麼會來到這裡。轉而懷疑僕役招他進來不懷好意，畏懼停步。在僕役催促下，他才繼續前進。來到大殿，上坐一人，衣冠服飾像是王者，樣子很威嚴。李久常跪伏在地，不敢抬頭瞻仰。王者命僕役攙扶他起身，安慰道：「不要害怕。我因爲曾叨擾過你一杯酒，欲當面道謝，別無其他。」李久常這才放心，然而始終不知怎麼回事。王者又說：「你忘了曾在郊外灑酒祭奠的事嗎？」李久常才恍然大悟，知道他是神，便跪下叩頭說：「剛才見我嫂子受此嚴刑，骨肉之情，心中哀傷。乞求大王能慈悲饒恕。」王者說：「她太強悍，妒忌心又強，應該得到這種懲罰。三年前，你兄長的妾生孩子時腸子盤繞而出，你嫂子竟暗中拿針刺其腸上，使她至今臟腑常痛。這種做法哪還有點人性！」李久常再三哀求，王者才說：「就看在你的面上饒恕她。你回去應當勸這悍婦痛改前非。」李久常道謝而出，返程時又經過那扇門，原先釘在門板上的人已不見蹤影。

李久常回家看嫂子，嫂子躺在床上，瘡口流出的血濕透了床席。當時她正因小妾做事不合心意，破口大罵。李久常趕忙上前勸道：「嫂子不要再這樣了！今日痛苦，都是平日妒忌所造成的啊。」嫂子怒道：「小叔你還真是個好男人；家裡妻子又賢慧得像孟光，任你東家眠，西家宿，也不敢出一聲。就算是小叔要表現男人的威風，也輪不到你代替兄長教訓老娘！」李久常微笑道：「嫂子勿怒。我若說出真相，恐怕你想哭都來不及。」嫂子說：「我一沒去偷王母娘娘的針線籃，二沒和玉帝的香案吏拋媚眼，心中坦蕩，哪裡用得著哭！」李久常小聲說：「你用針刺人家的腸子，該當何罪？」嫂子突然臉色大變，問他何出此言。李久常便將先前的經歷告訴她。嫂子顫抖不已，淚流滿面地哀號：「我再也不敢了！」涕淚未乾，忽感瘡痛頓止，十天後痊癒。從此她痛改前非，人們都稱讚她賢淑。後來小妾再生產，腸子又露出體外，針仍刺在上面，把針拔去後，小妾的腹痛也痊癒了。

記下奇聞異事的作者如是說：「有人說天下兇悍妒忌像她

這樣的人，的確不少，只恨陰間漏掉了許多人沒懲罰。我說：『非也。陰間也可能有比釘在門板上更嚴重的刑罰，只是無人將訊息傳回陽間而已。』」

章阿端

衛輝[1]戚生，少年蘊藉，有氣敢任[2]。時大姓[3]有巨第，白晝見鬼，死亡相繼，願以賤售。生廉其直[4]，購居之。而第閎人稀，東院樓亭，蒿艾[5]成林，亦姑廢置。家人夜驚，輒相譁以鬼。兩月餘，喪一婢。無何，生妻以暮至樓亭，既歸，得疾，數日尋斃。家人益懼，勸生他徙。生不聽。而塊然[6]無偶，憭慄[7]自傷。婢僕輩又時以怪異相聒。生怒，盛氣襆被[8]，獨臥荒亭中，留燭以覘[9]其異。久之無他，亦竟睡去。忽有人以手探被，反復捫搎[10]。生醒視之，則一老大婢，攣耳蓬頭[11]，臃腫[12]無度。生知其鬼，捉臂推之，笑曰：「尊範[13]不堪承教！」婢慚，斂手蹀躞[14]而去。少頃，一女郎自西北隅出，神情婉妙，闖然至燈下，怒罵：「何處狂生，居然高臥！」生起笑曰：「小生此間之第主，候卿討房稅耳。」遂起，裸而捉之。女急遁。生先趨西北隅，阻其歸路。女既窮，便坐牀上。近臨之，對燭如仙；漸擁諸懷。女笑曰：「狂生不畏鬼耶？將禍爾死！」生強解裙襦，則亦不甚抗拒。已而自白[15]：「妾章氏，小字阿端。誤適[16]蕩子，剛愎不仁，橫加折辱，憤悒夭逝，瘞[17]此二十餘年矣。此宅下皆墳冢也。」問：「老婢何人？」曰：「亦一故鬼，從妾服役。上有生人居，則鬼不安於夜室，適令驅君耳。」問：「捫搎何為？」笑曰：「此婢三十年未經人道，其情可憫；然亦太不自諒矣。要之：餒怯者，鬼益侮弄之；剛腸者，不敢犯也。」聽鄰鐘響斷，著衣下牀，曰：「如不見猜，夜當復至。」入夕，果至，綢繆益懽[18]。生曰：「室人不幸殂謝[19]，感悼不釋於懷。卿能為我致之否？」女聞之益戚，曰：「妾死二十年，誰一致念憶者！君誠多情，妾當極力。然聞投生有地矣，不知尚在冥司否。」逾夕，告生曰：「娘子將生貴人家。以前生失耳環，撻[20]婢，婢自縊死，此案未結，以故遲留。今尚寄藥王[21]廊下，有監守者。妾使婢往行賄，或將來也。」生問：「卿何閒散？」曰：「凡枉死鬼不自投見，閻摩天子[22]不及知也。」二鼓向盡，老婢果引生妻而至。生執手大悲。妻含涕不能言。女別去，曰：「兩人可話契闊[23]，另夜請相見也。」生慰問婢死事。妻曰：「無妨，行結矣。」上牀偎抱，款若平生之歡。由此遂以為常。後五日，妻忽泣曰：「明日將赴山東，乖離苦長，奈何！」生聞言，揮涕流離，哀不自勝。女勸曰：「妾有一策，可得暫聚。」共收涕詢之。女請以錢紙十提，焚南堂杏樹下，持賄押生者，俾[24]緩時日。生從之。至夕，妻至曰：「幸賴端娘，今得十日聚。」生喜，禁女勿去，留與連牀，暮以暨曉，惟恐懽盡。過七八日，生以限期將滿，夫妻終夜哭。問計於女。女曰：「勢難再謀。然試為之，非冥資百萬不可。」生焚之如數。女來，喜曰：「妾使人與押生者關說，初甚難；既見多金，心始搖。今已以他鬼代生矣。」自此白日亦不復去，令生塞戶牖[25]，燈燭不絕。如是年餘，女忽病瞀悶[26]，懊憹[27]恍惚，如見鬼狀。妻撫之曰：「此為鬼病。」生曰：「端娘已鬼，又何鬼之能病？」妻曰：「不然。人死為鬼，鬼死為聻[28]。鬼之畏聻，猶人之畏鬼也。」生欲為聘巫醫。曰：「鬼何可以人療？鄰媼王氏，今行術於冥間，可往召之。然去此十餘里，妾足弱，不能行，煩君焚芻馬[29]。」生從之。馬方爇[30]

，即見女婢牽赤騮[31]，授綏[32]庭下，轉瞬已杳。少間，與一老媪疊騎而來，縶[33]馬廊柱。媪入，切[34]女十指。既而端坐，首僛俫[35]作態。仆[36]地移時，蹶[37]而起曰：「我黑山大王也。娘子病大篤，幸遇小神，福澤不淺哉！此業鬼為殃，不妨，不妨！但是病有瘳[38]，須厚我供養，金百鋌[39]、錢百貫，盛筵一設，不得少缺。」妻一一噭應[40]。媪又仆而蘇[41]，向病者呵叱，乃已。既而欲去。妻送諸庭外，贈之以馬，欣然而去。入視女郎，似稍清醒。夫妻大悅，撫問之。女忽言曰：「妾恐不得再履人世矣。合目輒見冤鬼，命也！」因泣下。越宿，病益沈殆，曲體戰栗[42]，妄有所睹。拉生同臥，以首入懷，似畏撲捉。生一起，則驚叫不寧。如此六七日，夫妻無所為計。會[43]生他出，半日而歸，聞妻哭聲。驚問，則端娘已斃牀上◆，委蛻[44]猶存。啟之，白骨儼然。生大慟，以生人禮葬於祖墓之側。一夜，妻夢中嗚咽。搖而問之，答云：「適夢端娘來，言其夫為聻鬼，怒其改節泉下，啣恨[45]索命去，乞我作道場[46]。」生早起，即將如教。妻止之曰：「度鬼非君所可與力也。」乃起去。踰刻而來，曰：「余已命人邀僧侶。當先焚錢紙作用度。」生從之。日方落，僧眾畢集，金鐃法鼓[47]，一如人世。妻每謂其聒耳，生殊不聞。道場既畢，妻又夢端娘來謝，言：「冤已解矣，將生作城隍[48]之女。煩為轉致。」居三年，家人初聞而懼，久之漸習。生不在，則隔窗啟稟。一夜，向生啼曰：「前押生者，今情弊漏洩，按責甚急，恐不能久聚矣。」數日，果疾，曰：「情之所鍾，本願長死，不樂生也。今將永訣，得非數乎！」生皇遽求策。曰：「是不可為也。」問：「受責乎？」曰：「薄有所罰。然偷生罪大，偷死罪小。」言訖，不動。細審之，面龐形質，漸就澌滅[49]矣。生每獨宿亭中，冀有他遇，終亦寂然，人心遂安。

1 衛輝：古代府名。今河南省衛輝市。
2 有氣敢任：勇氣過人，有所承擔。
3 大姓：豪門望族。
4 直：通「值」。價錢。
5 蒿艾：泛指雜草。
6 塊然：孤獨的樣子。
7 憭慄：悽愴、淒涼。憭，讀作「療」。
8 襆被：此指帶著被褥。襆，讀作「僕」。
9 覘：讀作「沾」，觀看、察視。
10 捫搎：讀作「門孫」。摸索。
11 攣耳蓬頭：耳朵扭曲變形，披頭散髮。形容長相醜陋。攣，讀作「攣」，一種疾病，手、足因彎曲不能伸直。
12 臃腫：形容身體笨重、肥胖、不靈巧。
13 尊範：即尊容。
14 蹀躞：讀作「跌卸」。小步行走的樣子。
15 白：讀作「博」，告訴、告知。
16 適：嫁。
17 瘞：讀作「意」，用土掩埋、埋葬。
18 綢繆：讀作「稠謀」，纏綿、親密。此指男女交歡。
懽：同今「歡」字，是歡的異體字。
19 殂謝：亡故、辭世。
20 撻：讀作「踏」。用棍子、鞭子打。
21 藥王：藥王菩薩的簡稱。為施與良藥，救治眾生身、心兩種病苦的菩薩。是阿彌陀佛二十五菩薩之一。
22 閻摩天子：指閻羅王。
23 契闊：久別的情懷。
24 俾：讀作「必」。使，即可。
25 牖：讀作「有」。窗戶。
26 瞀悶：心中煩燥不安。瞀，讀作「茂」。眼睛昏花看不清楚東西。
27 懊憹：讀作「奧撓」。心中煩亂。
28 聻：讀作「際」。鬼死後變成聻。
29 芻馬：紙紮成的馬，用來燒給死人，以供鬼騎乘。
30 爇：讀作「熱」或「若」，燒也。
31 騮：讀作「流」。指紅身黑尾的駿馬。
32 綏：讀作「雖」。上車時用以拉引的繩索。此指韁繩。
33 縶：讀作「直」，綁、繫。
34 切：中醫切脈。望、聞、問、切，是中醫替病人診病的四種方式。望，是觀看病人的氣色、身體外觀的症狀。聞，是聽病人述說自己的病情。問，則是詢問病人病情症狀。切，則是切脈。以病人的脈象來了解其身體狀況。
35 首傴僂：頭部晃動的樣子。傴僂，讀作「屬素」。
36 仆：讀作「撲」，倒臥、跌倒而趴在地上。
37 蹶：急速、突然而起。
38 瘳：讀作「抽」。痊癒。
39 鋌：讀作「定」。金錠。
40 噭應：提高音量，急切回應。噭，讀作「較」。
41 蘇：甦醒。
42 戰栗：通「顫慄」。
43 會：某一天，偶然。
44 委蛻：蟲、蛇等，褪去的外皮。此指遺體。

45 啣恨：此指懷恨在心。

46 道場：本為佛陀成道之處。此指僧侶們誦經超度的道壇。

47 金鐃：鐃，讀作「撓」。樂器名。形似鈴而無舌，體短而闊，有中空的短柄可安木把。一般以大、中、小三件為一組，用以止息擊鼓。法鼓：一種法器名稱。在寺院中，法堂設有二鼓，在東北角的稱為「法鼓」，在西北角的稱為「茶鼓」。此指作法會時所敲打的鼓。

48 城隍：原指城池的守護神，此處指掌管亡魂賞罰的陰間地方官員。

49 澌滅：消滅淨盡，此指死去。澌，讀作「斯」，滅絕。

◆**馮鎮巒評點**：死後又死，死到何時？

人死了變成鬼，鬼死了又變成聻，如此死死生生，何時方了？

白話翻譯

河南衛輝有個姓戚的書生，性情溫柔敦厚，膽識過人，敢作敢當。那時地方上的豪門望族有座大宅，白天鬧鬼，住在裡面的人相繼死亡，只好將房屋廉價出售。戚生貪圖便宜，就買下來住。院落寬敞，人口卻很少，東院的樓臺亭閣，雜草叢生，就暫時廢置。家人夜晚驚懼，互相吵嚷著有鬼。兩個多月來死了一名婢女。不久，戚生的妻子傍晚到東院閒逛，回來後就染病，數日後也死了。家人更加驚恐，勸戚生搬家。戚生不聽。然而孑然一身無人陪伴，淒涼傷感。家中奴僕又常以鬼怪之事煩擾他。戚生一怒就捲著鋪蓋，獨自睡在荒廢的亭閣中，點著蠟燭看看是否真有靈異之事。許久無事發生，便沉沉睡去。忽然有人把手伸進他被子來回撫摸，戚生醒來一看，是一名年老的婢女，耳朵蜷曲，披頭散髮，十分肥胖。戚生知道它是鬼，捉著它的手臂將它推開，笑道：「尊容不敢領教！」老婢羞慚，縮手慢慢踱步離去。

不久，一名少女從西北角出來，神情柔婉絕妙，突然走到蠟燭下，怒罵：「哪來的狂徒，竟敢睡在此地？」戚生起來笑道：「我是房主，特此等候向你一討房租。」說完就下床，赤身裸體伸手去抓它。女子急忙逃走。戚生轉到西北角，擋住它的去路。女子眼見逃不掉，索性坐在床上。戚生走近，趁著燭火照看，它的容貌宛如仙人；緩緩將它擁入懷中。女子笑道：「你這狂徒不怕鬼嗎？我會害死你。」戚生硬是將它的衣裙脫下，女子半推半就。兩人翻雲覆雨一番後，它自我介紹說：「我姓章，小名阿端。錯嫁了一個浪蕩子，蠻橫頑固，殘暴不仁，對我折磨蹂躪，我憤恨憂鬱而死，埋在此地已二十多年。這座宅院下面都是墳墓。」戚生問：「方才那老婢是誰？」阿端回答：「她也是一個死了很久的鬼，跟著服侍我。上面有活人住，我們晚上過得不舒服，方才遣她趕你走。」戚生問：「摸來摸去做什麼？」阿端笑答：「她三十年沒有與男人交歡過，怪可憐的，不過太自不量力了。總之，你越膽怯，鬼越會戲弄你；性情剛直的人，鬼是不敢侵犯的。」阿端聽到附近曉鐘響起，才穿衣下床，說：「如不猜疑，晚上再來。」

入夜，阿端果至，兩人纏綿歡好更甚先前。戚生說：「我妻子不幸死了，我很悲傷，日夜縈懷。你能爲我招她來嗎？」阿端聽了也感到悲傷，說：「我死了二十年，誰曾想過我呢？你眞是多情郎，我當盡力相助。不過聽說你的妻子已經投胎，不知她是否仍在陰司。」過了一晚，阿端告訴戚生說：「你妻子將投胎到富貴人家。因爲她生前丟失了耳環，鞭打婢女，婢女上吊死了，這件案子未結，以至於滯留陰司。現暫寄藥王廊下，有人看管她。我差遣婢女前去行賄，也許就快要來了。」戚生問：「你怎麼仍四處遊蕩呢？」阿端答：「凡是冤死的鬼不自己去報到，閻羅王也不會知道。」二更將盡，老婢果然帶著戚生的妻子前來。戚生握住它的手十分悲痛。妻子含淚說不出話來。阿端告辭，說：「你們先互訴離情，我改日再來。」戚生問妻子婢女上吊一案。妻子說：「無妨，快結案了！」兩人上床互相依偎擁抱，就像它生前一樣。從此習以爲常。

五日後，戚生妻子忽然哭泣說：「我明天要去山東，再難相見，這該如何是好？」戚生聽了，哀傷悲泣不已。阿端勸道：「我有一計，可以使你們暫時相聚。」兩人停止哭泣詢問。阿端要他們準備十貫紙錢，在南堂杏樹下焚燒，拿去賄賂解押投生者的鬼差，可延緩些時間。戚生照它說的去辦。夜晚，妻子前來說：「幸虧端娘，又能再團聚十天。」戚生大悅，強留阿端過夜，三人日夜同床共枕，惟恐歡樂時光很快過去；過了七、八日，戚生眼看期限將滿，夫妻整夜啼哭。問阿端還有何妙計。阿端說：「看情勢恐難再延期。我去試試看，非要百萬紙錢不可。」戚生按這個數目焚燒紙錢。阿端前來喜道：「我託人向那鬼差遊說，起初鬼差不肯；後來看到錢多，心就動搖了。現在他已用其他的鬼代替你妻子投胎去了。」從此阿端白天也不離去，要戚生把門窗關緊，不分晝夜都點著蠟燭。

一年多後，阿端忽然得了鬱悶症，頭暈胸悶，精神恍惚，像見到鬼了。妻子撫摸她說：「此乃鬼病。」戚生問：「端娘已爲鬼，鬼怎麼能使她生病呢？」妻子說：「非也。人死變成鬼，鬼死變成聻。鬼害怕聻，如同人害怕鬼一樣。」戚生欲請巫醫來爲它診病。妻子說：「鬼怎麼能讓人醫治？附近的王婆婆現在在冥間做巫醫，可以請她來。不過離此有十幾里路，我沒辦法走那麼遠，請燒一匹紙馬給我代步。」戚生按它說的去做。剛燒完紙馬，就看見婢女牽著一匹紅色駿馬來了，把韁繩交給妻子，轉眼就消失無蹤。不久，妻子與一名老婦共乘前來。老婦進屋，替阿端切脈。接著挺直身體端坐，頭不斷搖晃，如鬼上身。趴在地上一會兒，跳起來說：「我乃黑山大王，夫人病得很厲害，幸好遇到我，眞是福大命大！此乃惡鬼作祟，無妨！無妨！待病醫好，要多給我一些供養，銀子一百兩、銅錢一百貫、一頓豐盛的筵席，一樣也不能少。」戚妻一一答應。老婦又趴倒在地後甦醒，向阿端喝斥施法，完畢後正欲離開。戚妻送它到院子，又贈它馬匹，它很高興地回去。戚妻進屋探視阿端，似稍微清醒。夫妻大悅，撫摸阿端慰問。阿端忽然說：「我恐怕不能再留在人世了。一閉上眼就看見冤鬼，這就是命吧！」於是流下淚來。隔天，病更沉重，全身彎曲顫抖，覺得眼前鬼影幢幢。拉戚生一起睡，將頭埋在他懷中，好像怕被捉。戚生一起床，阿端就不停驚叫。如此過了六七天，戚生夫婦也無計可施。一日適逢戚生有事外出，半天才回，聽到妻子的哭聲。驚問發生何事，見阿端已陳屍床上。掀開被褥一看，裡面只剩一堆白骨。戚生非常悲痛，以活人的葬禮把它安葬在祖宗墳墓旁。

一晚，戚妻在睡夢中哽咽悲鳴。戚生將它搖醒問，它答：「剛才夢到阿端來，說她的丈夫是聻鬼，氣阿端死後改嫁，含恨索命，求我爲她做場法事。」戚生早起，欲按照阿端的話做。戚妻阻止道：「超渡聻鬼非你力所能及。」遂起床出門離去。過了一會兒回來，說：「我已請人邀僧侶來做場法事，要先燒一些紙錢做花費。」戚生按它說的去做。太陽剛下山，僧侶聚集，敲鈸擊鼓，誦經念佛，就像人世間一樣。戚妻總說太吵，戚生一點也聽不到。法會結束後，戚妻又夢到阿端來道謝，說：「冤仇已化解，我將投胎做城隍的女兒。麻煩你轉告戚生。」

戚生和妻子生活了三年，家人起初聽聞時還有點害怕，久而久之就習慣了。戚生不在時，家人就隔著窗戶向它請示報告。一晚，戚妻向戚生哭道：「以前押送投生的事，現在賄賂舞弊已洩露，上面追查得很急，恐怕我們不能再聚了。」幾天後，戚妻果病，說：「我對你一片癡心，原本希望永遠當鬼，不願投胎。現如今你我將要永別，這難道不是命嗎？」戚生慌忙要設法，戚妻說：「無法可想。」戚生問：「會受到懲罰嗎？」戚妻說：「會受到薄懲。然而貪生怕死的罪大，貪死怕生的罪小。」說完，就僵立不動了。戚生仔細一看，妻子的臉龐形體漸漸消失。戚生經常獨自在東院荒亭裡睡覺，希望能再遇上鬼，而亭中始終寂靜，家人也就不再提心吊膽。

餺飥媼

韓生居別墅半載，臘盡[1]始返。一夜，妻方臥，聞人行聲。視之，爐中煤火，熾耀甚明。見一媼，可八九十，雞皮橐背[2]，衰髮可數。向女曰：「食餺飥[3]否？」女懼不敢應。媼遂以鐵箸撥火，加釜[4]其上；又注以水。俄聞湯沸。媼撩襟啟腰橐[5]，出餺飥數十枚，投湯中，歷歷有聲。自言曰：「待尋箸來。」遂出門去。女乘媼去，急起捉釜傾簀[6]後，蒙被而臥。少刻，媼至，逼問釜湯所在。女大懼而號。家人盡醒，媼始去。啟簀照視，則土鱉蟲[7]數十，堆累其中。

1 臘盡：農曆十二月底。
2 橐背：駝背。橐，讀作「陀」。
3 餺飥：讀作「博脫」。湯餅。或以為湯麵。
4 釜：古代一種用來烹煮食物的器具，今之「鐵鍋」。
5 橐：此指袋子、錦囊一類的物品。
6 簀：讀作「則」，用竹子或木條編織而成的席子。
7 土鱉蟲：又名地別蟲，產於湖南、江蘇一帶。曬乾後可入藥，治療婦人經閉、血積等症。

白話翻譯

韓生住在別墅半年，年底才返家。一晚，妻子剛躺下準備就寢，聽見有人走路的聲音。起來一看，爐子裡的炭火燒得很旺。只見一名老婦，約八九十歲，滿臉皺紋又駝背，頭上也沒幾根頭髮。老婦向韓妻問：「你吃不吃湯餅？」韓妻很害怕，不敢回答。老婦就用鐵筷撥火，把鐵鍋放在火上；又往鍋中倒水。不久，聽見水滾沸的聲音。老婦撩起衣襟，打開腰包，拿出湯餅數十個，放進湯裡煮，發出「咚咚」的聲音。老婦自語：「等我拿筷子來。」遂出門去。韓妻乘老婦出去，急忙起身拿起鍋子，把湯倒在竹床後，蒙著被子躺在床上。不久，老婦回來，逼問她那鍋湯到哪去了。韓妻嚇得大喊大叫。家人都被吵醒，老婦才離去。大家移開竹床，用燈照看，只見數十個土鱉蟲，堆積在床底下。

荷花三娘子

湖州[1]宗湘若，士人也。秋日巡視田壠[2]，見禾稼茂密處，振搖甚動。疑之，越陌往覘[3]，則有男女野合[4]。一笑將返。即見男子靦然[5]結帶，草草逕去。女子亦起。細審之，雅甚娟好。心悅之，欲就綢繆[6]，實慚鄙惡。乃略近拂拭曰：「桑中之遊[7]樂乎？」女笑不語。宗近身啟衣，膚膩如脂。於是挼莎[8]上下幾徧[9]。女笑曰：「腐秀才！要如何，便如何耳，狂探何為？」詰[10]其姓氏，曰：「春風一度，即別東西，何勞審究？豈將留名字作貞坊[11]耶？」宗曰：「野田草露中，乃山村牧豬奴[12]所為，我不習慣。以卿麗質，即私約亦當自重，何至屑屑[13]如此？」女聞言，極意嘉納。宗言：「荒齋不遠，請過留連。」女曰：「我出已久，恐人所疑，夜分可耳。」問宗門戶物誌甚悉，乃趨斜徑，疾行而去。更初，果至宗齋。殢雨尤雲[14]，備極親愛。積有月日，密無知者。會一番僧卓錫[15]村寺，見宗，驚曰：「君身有邪氣，曾何所遇？」答言：「無之。」過數日，悄然忽病。女每夕攜佳果餌之，殷勤撫問，如夫妻之好。然臥後必強宗與合[16]。宗抱病，頗不耐之。心疑其非人，而亦無術暫絕使去。因曰：「曩[17]和尚謂我妖惑，今果病，其言驗矣。明日屈之來，便求符咒。」女慘然色變。宗益疑之。次日，遣人以情告僧。僧曰：「此狐也。其技尚淺，易就束縛。」乃書符二道，付囑曰：「歸以淨罈[18]一事，置榻前，即以一符貼罈口。待狐竄入，急覆以盆。再以一符黏盆上，投釜[19]

湯烈火烹煮[20]，少頃斃矣。」家人歸，並如僧教。夜深，女始至，探袖中金橘，方將就榻問訊。忽壜口颼飀[21]一聲，女已吸入。家人暴起，覆口貼符，方欲就煮。宗見金橘散滿地上，追念情好，愴然感動，遽[22]命釋之◆。揭符去覆，女子自壜中出，狼狽頗殆。稽首[23]曰：「大道將成，一旦幾為灰土！君，仁人也，誓必相報。」遂去。數日，宗益沉綿，若將隕墜。家人趨市，為購材木[24]。途中遇一女子，問曰：「汝是宗湘若紀綱[25]否？」答云：「是。」女曰：「宗郎是我表兄。聞病沉篤，將便省視，適有故不得去。靈藥一裹，勞寄致之。」家人受歸。宗念中表迄無姊妹，知是狐報。服其藥，果大瘳[26]，旬日平復。心德之，禱諸虛空，願一再覯[27]。一夜，閉戶獨酌，忽聞彈指敲窗。拔關[28]出視，則狐女也。大悅，把手稱謝，延止共飲。女曰：「別來耿耿，思無以報高厚。今為君覓一良匹，聊足塞責否？」宗問：「何人？」曰：「非君所知。明日辰刻，早越南湖，如見有采菱女，著冰縠帔[29]者，當急舟趁[30]之。苟迷所往，即視堤邊有短幹蓮花隱葉底，便采[31]歸，以蠟火爇[32]其蒂，當得美婦，兼致修齡[33]。」宗謹受教。既而告別，宗固挽之。女曰：「自遭厄劫，頓悟大道。即奈何以衾裯[34]之愛，取人仇怨？」厲色辭去。宗如言，至南湖，見荷蕩佳麗頗多。中一垂髫[35]人，衣冰縠，絕代也。促舟劘[36]逼，忽迷所往。即撥荷叢，果有紅蓮一枝，幹不盈尺，折之而歸。入門，置几上，削蠟[37]於旁，將以爇火。一回頭，化為姝麗。宗驚喜伏拜。女曰：「癡生！我是妖狐，將為君祟矣！」宗不聽。女曰：「誰教子者？」答曰：「小生自能識卿，何待教？」捉臂牽之，隨手而下，化為怪石，高尺許，面面玲瓏。乃攜供案上，焚香再拜而祝之。入夜，杜門塞竇[38]，惟恐其亡。平旦視之，即又非石，紗帔一襲，遙聞薌澤[39]；展視領衿，猶存餘膩。宗覆衾擁之而臥。暮起挑燈，既返，則垂髫人在枕上。喜極，恐其復化，哀祝而後就之。女笑曰：「孽障哉！不知何人饒舌，遂教風狂兒屑碎[40]死！」乃不復拒。而款洽間，若不勝任，屢乞休止。宗不聽。女曰：「如此，我便化去！」宗懼而罷。由是兩情甚諧。而金帛常盈箱篋[41]，亦不知所自來。女見人喏喏[42]，似口不能道辭；生亦諱言其異。懷孕十餘月，計日當產。入室，囑宗杜門禁款者[43]，自乃以刀剖臍下，取子出，令宗裂帛[44]束之，過宿而愈。又六七年，謂宗曰：「夙業[45]償滿，請告別也。」宗聞泣下，曰：「卿歸我時，貧苦不自立，賴卿小阜，何忍遽言離逷[46]？且卿又無邦族，他日兒不知母，亦一恨事。」女亦悵悒[47]曰：「聚必有散，固是常也。兒福相，君亦期頤[48]，更何求？妾本何氏。倘蒙思眷，抱妾舊物而呼曰：『荷花三娘子！』當有見耳。」言已解脫，曰：「我去矣。」驚顧間，飛去已高於頂。宗躍起，急曳之，捉得履。履脫及地，化為石燕[49]；色紅於丹朱，內外瑩澈，若水精[50]然。拾而藏之。檢視箱中，初來時所著冰縠帔尚在。每一憶念，抱呼「三娘子」，則宛然女郎，懽[51]容笑黛，並肖生平；但不語耳。

1 湖州：古代府名。今浙江省湖州市。

2 壠：同今壟字，是壟的異體字。田埂、田畝或田中分界。

3 覘：讀作「沾」，觀看、察視。

4 野合：在郊外交歡。

5 靦然：羞愧而面部泛紅的樣子。靦，同今「靦」字，是靦的異體字。讀作「勉」。

6 綢繆：纏綿、親密。此指男女交歡。

7 桑中之遊：男女幽會。桑中，《詩經・鄘風》的篇名。共三章。根據詩序：「桑中，刺奔也（諷刺男女私奔之詩）。」或亦指男女相悅之詩。

8 挼莎：也作「挼挲」。讀作「挪縮」。雙手互相搓摩，此指撫摸。

9 徧：同今「遍」字，是遍的異體字。

10 詰：讀作「傑」，問。

11 貞坊：即貞節牌坊。古代為表揚節婦終生守寡或為貞操殉死的婦人而建立的牌樓。此乃古代專制父權體制下對女人不公平對待的桎梏。

12 牧豬奴：養豬的奴僕。此指下等、低賤的人。牧豬奴常聚集賭博或弈棋為戲，故意稱賭徒為牧豬奴。

13 屑屑：此處有草率、苟且將就之意。

14 殢雨尤雲：比喻男女相戀情濃，在床上翻雲覆雨。殢，讀作「替」。

15 番僧：來自邊疆地域的僧人。卓錫：古代行腳僧必定攜帶禪杖，故稱僧人居止為卓錫。卓，植立。

16 合：男女交歡。

17 曩：讀作「囊」的三聲，以前、昔日之意。

18 罎：同今「罈」字，是罈的異體字。口小肚大的瓦製容器。

19 釜：古代一種用來烹煮食物的器具，今之「鐵鍋」。

20 煑：同今「煮」字，是煮的異體字。烹煮食物。

21 颼飀：讀作「搜劉」。擬聲詞。形容風聲。

22 遽：就、遂。

23 稽首：叩首的跪拜禮，表示極為敬重、隆重的禮節。

24 材木：棺木。

25 紀綱：此指供人差遣的僕役或管家。

26 瘳：病痊癒。瘳，讀作「抽」。

27 覯：讀作「購」。遇見、遭遇。通「遘」、「逅」。

28 拔關：把門打開。關，門閂。

29 冰縠帔：白色縐紗披肩。縠，讀作「胡」，縐紗。帔，讀作「配」，披肩。

30 趁：追上去、追趕。

31 采：同「採」字。摘取。

32 爇：讀作「熱」或「若」，燒也。

33 修齡：長壽。

34 衾裯：厚被與單被。泛指被子。此處為枕席，暗指床笫交歡。

35 垂髫：原指孩童不束髮。此指少女。

36 劘：讀作「模」。迫近。

37 削蠟：剪燭。削剪蠟燭的燈芯。

38 竇：孔穴、縫隙。此指窗戶。

39 薌澤：香氣。薌，讀作「香」。

40 屑碎：此處作動詞用，糾纏之意。
41 篋：讀作「竊」。置物箱。
42 喏喏：答應聲。
43 款者：登門拜訪的客人。
44 裂帛：撕裂絲綢。
45 夙業：指前世的罪業，佛教所講的因果業報。佛經云：「欲知前世因，今生受者是；欲知來世果，今生作者是。」（想知前世種下的因，今生所承受的便是；想知來世的果報，觀今生所作所為便能知曉。）
46 遏：遠也。同今「逖」字，是逖的異體字。讀作「替」。
47 悵悒：惆悵悒鬱。悒，讀作「亦」。愁悶。
48 期頤：年壽一百歲以上的人。
49 石燕：燕形的石頭。
50 水精：即水晶。
51 懽：同今「歡」字，是歡的異體字。

◆**馮鎮巒評點**：田間野合，枕上歪纏，此妖狐也，殺之為宜。乃以下文觀之，令人可愛。

狐女在田裡與人交合歡好，又在床上糾纏宗湘若，此乃妖狐作風，宜當殺之。但以下文觀之，（狐女為報答宗湘若不殺之恩，替他設計娶得一房美貌嬌妻），也令人覺得她有可愛之處。

白話翻譯

宗湘若是湖州人，是個讀書人。秋天時節，下田巡視，見莊稼生長茂密處晃動得很厲害。他感到奇怪，跨過田埂一觀，有一對男女幕天席地在交合。他笑了一下便要返回。就見男的羞赧地繫好腰帶，匆匆走了。女子也起來。他仔細一看，這女子長得風雅娟秀，心裡喜歡她，也想與她親熱一番，又覺得如此不免傷風敗俗，有辱斯文。便稍微上前，替她拂拭身上泥沙，問：「剛才你們在此幽會，還算快活吧？」女子但笑不語。宗湘若靠近她，掀開她的衣服，皮膚滑潤如凝脂，於是將她全身上下撫摸了個遍。女子笑道：「酸秀才！想要怎樣就怎樣，摸來摸去做些什麼？」宗湘若問她姓氏，女子說：「一夕歡好，就各分東西，何必問東問西？難道還要爲我立座貞節牌坊不成？」宗湘若說：「在野外苟合，是那些低賤之人所做的事，我不習慣。以你的美貌，就是私下約會也當謹慎，怎能如此隨便呢？」女子聞言，頗爲贊同。宗湘若說：「我的書齋就在附近，不如過去坐坐？」女子說：「我出來已久，若是回去晚了，怕人懷疑，晚上再去吧。」

她詳細問了宗湘若住處及附近明顯的景物地標，才順著斜徑匆忙離去。一更剛過，她果然來到宗湘若的書齋。兩人翻雲覆雨，十分親密纏綿。他們來往了些時日，秘密私會無人知曉。適逢一名域外來的僧人，在村中寺廟掛單，見到宗湘若，驚道：「你身上有邪氣，最近可曾遇到什麼人？」宗湘若答：「沒有這樣的事。」過了數日，他忽然患病。女子每日攜水果前來慰問，如夫妻般恩愛。但她每次躺在床上，必強要宗湘若與她交合。宗湘若身染微恙，很不耐煩。心中懷疑她恐不是人，卻也無計可施令她離去。便說：「日前有一和尚，說我被妖怪所迷，今日果然應驗，身染疾病。明天就去請他來，求他賜符。」女子臉色發白，大驚失色。宗湘若疑心更重。翌日，他派人將詳情告訴番僧。番僧說：「此乃狐妖。牠的道行尚淺，容易擒獲。」便畫了兩道符，交給僕人，囑咐說：「回去把一個乾淨的罈子放到床前，把一道符貼在罈口。等狐妖被吸進去後，趕快用盆子蓋住罈口。再把一道符黏在盆上，丟到鐵鍋中加水以大火烹煮，不久狐妖就會死了。」

僕人回去，宗湘若就按照番僧說的去做。深夜，女子才到，從袖中取出金橘，剛靠近床前詢問病況，忽聽罈口「颼颼」一聲，女子已被吸入其中。家人立刻衝了進來，蓋緊罈口，貼上符咒，正欲放到鍋裡烹煮。宗湘若見金橘散落一地，想到往日情誼，動了惻隱之心，就命家僕將牠給放了。揭去符咒，打開罈口上的盆子，狐女從罈中走出，十分狼狽。牠拜謝道：「我即將修煉成仙，險些命喪於此！你，是個仁人君子，我立誓必定相報！」便離開了。

數日後，宗湘若病得更加重，眼看就快要死了。家僕到市集上為他置辦棺木。途中遇到一名女子，問他：「你是宗湘若的管家嗎？」僕人說：「是的。」女子說：「宗湘若是我表兄。聽說他病得很重，正欲前去探視，剛好有事無法前往。我這裡有靈藥一包，勞煩你拿給他。」家僕拿了藥回去。宗湘若想起表親中並無姊妹，知道是狐女報恩來了。服下藥，病果然大有起色。十幾天後病就痊癒。心中感念狐女恩德，向空中祈禱，希望能再見一面。一晚，他閉門獨自飲酒，忽聽有人彈指敲窗。打開門一看，來人是狐女。大喜，拉著牠的手道謝，相邀一起喝酒。狐女說：「分別以後，心中一直耿耿於懷，想著要如何報答你的救命恩情。如今為你尋到良伴，聊表寸心如何？」宗湘若問：「是誰？」狐女說：「你不認識。明日辰時，你到南湖，如見到有採蓮女子，穿著白紗披肩，就趕緊划船追上去。若失去她的蹤

荷花三孃子
為謀良匹報
深恩荷蒂輕
鎔蠟火溫石太
玲瓏花太艷去
留紗帔伴清魂

影，就往堤邊看，有株短莖蓮花藏在葉子底下，就將它採回，用蠟燭火燒它的蒂，就能娶到貌美妻子，並能長壽。」宗湘若牢記在心。狐女就要告辭，宗湘若再三挽留。狐女說：「自我遭劫以來，頓時悟出一個大道理。就是何必要貪戀枕席之愛而惹人怨恨呢？」說完嚴肅告辭了。

宗湘若按照狐女所教，前往南湖。見荷塘中美女很多。其中有一位少女，身穿白紗披肩，乃絕代佳人。他立刻划船追上去，卻忽然追丟了人。他撥開荷叢，果然有一枝紅蓮，枝幹不滿一尺，就採了回家。他一進門，便將紅蓮放上桌，在旁邊削蠟剪芯，準備用火燒花蒂。一回頭，紅蓮變成美女。宗湘若驚喜地跪在地上磕頭。少女說：「書呆子！我是妖狐，會把你害得很慘！」宗湘若不聽。女子問：「是誰教你的？」宗湘若答：「我自己就能識得你，何須別人教？」他拉著她的手想要將她牽到身邊來，那女子隨手而下，變成一顆怪石，高約一尺，每一面都剔透玲瓏。他將石頭搬到案上供奉，焚香膜拜，叩首祈禱。夜裡，他關緊門窗，惟恐她逃走。等天亮一看，又不是石頭，而是一件白紗披肩，遠遠就聞到香氣；展看衣領和衣襟，上面還殘留先前穿過的痕跡。宗湘若拿被子將它蓋好，抱著它躺在床上。天黑後，他起來點燈，回到床上，見少女躺在床上。他很高興，怕她再變成別的東西，苦苦哀求後要與她親熱。女子笑道：「眞是孽障啊！不知是什麼人多嘴，叫你這瘋子來糾纏我，都快被你煩死了！」於是不再拒絕。歡好時似不堪負荷，屢次哀求停止。宗湘若不聽。少女說：「你再這樣，我就再變然後離去。」宗湘若害怕她眞的離去，只好作罷。

從此兩人感情甚篤。而金錢、財帛常存滿箱櫃，也不知從哪來的。女子見到人，總是唯唯諾諾像不會說話；宗湘若也沒對人說起她奇異之處。懷孕十個多月，算算日子將要臨盆，她進入室內，囑咐宗湘若將門窗關好，謝絕訪客，自己用刀子剖開臍下肚皮，將孩子取出，令宗湘若撕一塊布，幫她把傷口包紮好，一晚後傷口就癒合。又過了六七年，她對宗湘若說：「我的夙世業障已經償清了，請就此告別。」宗湘若聞言流淚說：「你嫁給我時，我家境貧苦不能養活自己，全靠你才有小康局面，怎麼忍心說走就走？況且你又無娘家，以後兒子不知母親在哪，也是一樁遺憾的事。」女子也惆悵道：「有聚必有散，此乃不變的道理。兒子亦是有福之人，你也能長命百歲，夫復何求？我本姓何。如果你想我的話，抱著我用過的東西呼喚『荷花三娘子』，就能見到。」說完，就掙脫宗湘若的手說：「我走了。」他驚訝一看，女子已飛過他頭頂。宗湘若急忙跳起去拽，只拽下一隻鞋。鞋子掉到地上，化爲一塊燕形石；紅色如丹朱般，內外清澈透明，如水晶一樣。他撿起來收藏好。檢視荷花三娘子的衣箱，初來時的白紗披肩仍在。每次想念她時，抱著呼喊「三娘子」，就見女子宛如在眼前，笑臉盈盈的模樣，和以前一樣，只是不會說話。

柳氏子

膠州[1]柳西川，法內史[2]之主計僕[3]也。年四十餘，生一子，溺愛甚至。縱任之，惟恐拂。既長，蕩侈踰檢，翁囊積為空。無何，子病。翁故蓄善騾。子曰：「騾肥可啗。殺啗我，我病可愈。」柳謀殺蹇[4]劣者。子聞之，即大怒罵，疾益甚。柳懼，殺騾以進。子乃喜。然嘗一臠[5]，便棄去。疾卒不減，尋斃。柳悼歎欲死。後三四年，村人以香社登岱[6]。至山半，見一人乘騾駛行而來，怪似柳子。比至，果是。下騾徧[7]揖，各道寒暄。村人共駭，亦不敢詰[8]其死。但問：「在此何作？」答云：「亦無甚事，東西奔馳而已。」便問逆旅[9]主人姓名，眾具告之。柳子拱手曰：「適有小故，不暇敘間闊[10]。明日當相謁。」上騾遂去。眾既歸寓，亦謂其未必即來。厭旦[11]伺之，子果至，繫騾廄柱，趨進笑言。眾謂：「尊大人[12]日切思慕，何不一歸省侍？」子訝問：「言者何人？」眾以柳對。子神色俱變，久之曰：「彼既見思，請歸傳語：我於四月七日，在此相候。」言訖，別去。眾歸，以情致翁。翁大哭，如期而往，自以其故告主人。主人止之曰：「曩[13]見公子神情冷落，似未必有嘉意。以我卜也，殆不可見。」柳涕泣不信。主人曰：「我非阻君，神鬼無常，恐遭不善。如必欲見，請伏櫝[14]中，待其來，察其詞色，可見則出。」柳如其言。既而子果至，問：「柳某來否？」主人答云：「無。」子盛氣罵曰：「老畜產[15]那便不來！」主人驚曰：「何罵父？」答曰：「彼是我何父！初與義為客侶[16]，不圖包藏禍心，隱我血貲[17]，悍不還。今願得而甘心，何父之有！」言已，出門，曰：「便宜他！」柳在櫝歷歷聞之，汗流接踵，不敢出氣。主人呼之，乃出，狼狽而歸。

異史氏曰：「暴得多金，何如其樂？所難堪者償耳。蕩費殆盡，尚不忘於夜臺，怨毒之於人甚矣哉！」

1 膠州：古代州名。治所在今山東膠縣。
2 法內史：法若真，字漢儒，號黃石，膠州人。順治二年（西元一六四五年）中鄉試。次年中進士，先後任翰林院編修、浙江按察使、湖廣布政使等職。內史，官名。清順治初年設「內三院」，即內翰林國史院、內翰林秘書院、內翰林弘文院。法若真曾任內翰林國史院中書舍人，故稱內史。
3 主計僕：管理財務的管家，即帳房。
4 蹇：讀作「簡」。驢子。
5 臠：讀作「鑾」。切成小塊或小片的肉。
6 香社登岱：進香團登泰山。岱，是泰山的別名。
7 徧：同今「遍」字，是遍的異體字。
8 詰：讀作「傑」，問。
9 逆旅：旅館。逆，迎接。
10 間闊：久不相見，離別之情。
11 厭旦：黎明，天快亮尚未亮時。
12 尊大人：令尊，你的父親。
13 曩：讀作「囊」的三聲，以前、昔日之意。
14 櫝：讀作「獨」，木盒子。
15 老畜產：老畜生，罵人的話。
16 客侶：在外經商的合夥人。
17 血貲：血本。貲，通「資」。指財物、錢財。

◆**何守奇評點**：報固多端，乃必為之子，殆不可解。

受害者要找柳西川報仇，方法有很多種，為何一定要投胎做他的兒子才能報復，無法理解。

白話翻譯

膠州的柳西川，是中書舍人法若眞家管帳的。四十多歲時，生了一個兒子，非常溺愛他，什麼事都由著兒子的性子，唯恐違背了他。兒子長大後，浪蕩奢侈不守規矩，柳西川一生的積蓄被他揮霍殆盡。不久，兒子患病。柳西川原本養了一頭好驢。兒子說：「肥驢肉好吃。把驢子殺了給我吃，病就好了！」柳西川就想殺劣驢代替。兒子聽說後，生氣得破口大罵，病勢更加沉重。柳西川很害怕，殺了好驢給他吃。兒子這才高興起來。但只吃一口，就扔在一旁。病情還是沒有好轉，不久就死了。柳西川悲痛欲絕。三四年後，柳西川村裡的人組進香團登泰山祭拜。走到半山腰，就見一個人騎著匹驢子迎面而來，那人形貌酷似柳子。等他走到跟前，果然沒錯。那人下驢向每個人作揖行禮，分別寒暄。村人都很驚駭，也不敢提他已經死了的事。只是問他：「在這裡做什麼？」柳子答：「也沒什麼事，四處閒晃而已。」便打聽眾人所住旅店主人的姓名，眾人告訴他。柳子拱拱手說：「我還有件小事，無暇敘舊，明天再去拜訪。」騎上驢子就離去。

村人回到旅店，以爲柳子未必眞的會來。天沒亮就等候，柳子果然至，他把驢子拴在走廊柱子上，進屋與眾人有說有笑。眾人說：「令尊日夜思念，你怎麼不回去探望他呢？」柳子驚訝地問：「你們說的是誰呀？」眾人回答道柳西川。柳子聽了神色大變，很久才說：「他既然思念我，請你們帶話給他：我在四月七日，在此恭候。」說完，辭別離去。

柳氏子
思子何須別築
臺生兒端為索
逋來積中有窖
應能記々否當
年暴得財

村人回去後，將此事告訴柳西川。柳西川大哭，按約定時間前往，並告知旅店主人來意。店主人勸阻他說：「那天我見你的公子神情冷酷，像是沒安好心。依我看來，還是不見的好。」柳西川哭著說不信。主人說：「我不是要阻止你們父子相見，鬼神之事難以預料，我怕你遭到傷害。如果你一定要見，請你先藏在櫃子裡，等他來後，觀察他的神色，如可以見你再出來。」柳西川按他說的去做。不久，柳子果至，問店主人：「姓柳的來了嗎？」主人回答說：「沒有。」柳子怒罵道：「老畜牲怎麼沒來！」主人驚道：「你怎麼辱罵父親？」柳子答：「他哪裡是我父親！當初我講義氣和他合作經商，沒想到他包藏禍心，暗中吞了我的血本，霸佔不還。我今天要跟他把帳算清楚，我哪有這種父親！」說完，就走出旅店大門，邊走邊罵：「眞是便宜他！」柳西川在櫃子裡聽得清清楚楚，冷汗從頭一直流到腳跟，連氣都不敢喘一聲。店主人叫他，他才出來，狼狽逃回了老家。

記下奇聞異事的作者如是說：「柳西川這樣以非法手段得來大筆財富，是這麼地高興啊！難堪的是，這筆錢終歸是要還的。受害者投胎爲他的兒子，把家產敗光，死了還不忘報仇，人的記恨之心相當可怕！」

上仙

癸亥[1]三月，與高季文[2]赴稷下[3]，同居逆旅[4]。季文忽病。會高振美[5]亦從念東[6]先生至郡，因謀醫藥。聞袁鱗公[7]言：南郭梁氏家有狐仙，善「長桑之術」[8]。遂共詣[9]之。梁，四十以來女子也，致綏綏[10]有狐意。入其舍，複室[11]中挂[12]紅幕。探幕以窺，壁間懸觀音[13]像；又兩三軸[14]，跨馬操矛，騶從紛沓[15]。北壁下有案；案頭小座，高不盈尺，貼小錦褥，云仙人至，則居此。眾焚香列揖。婦擊磬[16]三，口中隱約有詞。祝已，肅[17]客就外榻坐。婦立簾下理髮支頤[18]與客語，具道仙人靈蹟。久之，日漸曛[19]。眾恐礙夜難歸，煩再祝請。婦乃擊磬重禱。轉身復立曰：「上仙最愛夜談，他時往往不得遇。昨宵有候試秀才，攜肴酒來與上仙飲；上仙亦出良醞[20]酬諸客，賦詩歡笑。散時，更漏向盡[21]矣。」言未已，聞室中細細繁響，如蝙蝠飛鳴。方凝聽間，忽案上若墮巨石，聲甚厲。婦轉身曰：「幾驚怖煞人！」便聞案上作歎咤聲，似一健叟。婦以蕉扇隔小座。座上大言曰：「有緣哉！有緣哉！」抗聲[22]讓坐，又似拱手為禮。已而問客：「何所諭教？」高振美遵念東先生意，問：「見菩薩否？」答云：「南海[23]是我熟徑，如何不見。」又：「閻羅亦更代否？」曰：「與陽世等耳。」「閻羅何姓？」曰：「姓曹。」已乃為季文求藥。曰：「歸當夜祀茶水，我於大士處討藥奉贈，何恙不已。」眾各有問，悉為剖決。乃辭而歸。過宿，季文少愈。余與振美治裝先歸，遂不暇造訪矣。

1 癸亥：指康熙二十二年，西元一六八三年。

2 高季文：名之鮫，山東省淄川人。康熙三十六年（西元一六九七年）拔貢，授東昌府在平縣教諭，未赴任，不久後死去。

3 稷下：此指濟南。春秋戰國時，齊王在齊國都城臨淄的城門設稷下學宮，許多學者聚集在此處講學論說，並提供治理國家的方針給齊王參考。

4 逆旅：旅館。逆，迎接。

5 高振美：此人生平不詳。

6 念東先生：高珩，山東省淄川人，字蔥佩，號念東，別號紫霞道人。明崇禎十六年（西元一六四三年）進士。入清後，曾任國子監祭酒、吏部侍郎、刑部侍郎等職。

7 袁鱗公：此人生平不詳。是作者的文友。

8 長桑之術：醫術。長桑，漢朝初年的名醫，醫術精湛，扁鵲師從之，凡事謹慎小心、表現優異，長桑因此再傳授失傳醫術予他。

9 詣：拜訪，進見。

10 致：情致意態。綏綏：相隨而行的樣子。《詩．衛風．有狐》：「有狐綏綏，在彼淇梁。」此處借用此典故作狐媚解釋。

11 複室：內室。

12 挂：懸吊，通「掛」。

13 觀音：佛教菩薩名。西方三聖之一。是慈悲、救苦救難的象徵，當眾生有苦難時，只要念誦祂的名號，即可獲得解脫、抽離苦厄。

14 軸：書、畫的量詞。

15 騶從紛沓：繁雜的樣子。騶，讀作「鄒」，指騎馬前導的小官。沓，讀作「踏」。

16 磬：古代用玉石或金屬製成的打擊樂器。可懸掛架上。數量不一，有單一的特磬，也有成組排列的編磬。

17 肅：恭敬邀請。

18 支頤：用手托著下巴。

19 曛：讀作「勳」。黃昏時刻。

20 良醞：佳釀，美酒。醞，讀作「韻」。

21 更漏向盡：此指天快亮。更漏，古代夜晚看漏刻而知時間。引申為時間的意思。

22 抗聲：高聲。

23 南海：指浙江省定海縣東方海中一個小島，名為普陀山，相傳為觀世音菩薩顯靈說法的道場。

◆**何守奇評點**：凡事未了。

狐仙塵緣未了，才會時常下凡為人解惑。

白話翻譯

康熙二十二年三月，我與高季文赴濟南，同住一間旅館。季文忽然染病。適逢高振美也跟著念東先生來到府城，一同商議醫治之法。聽袁鱗公說：城南梁氏家有一名狐仙，醫術十分高明。於是一同前往拜訪。

梁氏，是個四十多歲的婦人，神韻有些像狐狸精。到她居住的屋子裡，內室掛紅布幔。掀開布幔窺視，牆壁間懸掛觀音菩薩像；另有兩三幅畫，畫的是一大群騎馬持矛的隨從。北面牆下有一張桌子；桌旁有張座椅，高不及一尺，上面鋪著絲綢做的軟墊，據說仙人來了就坐在那裡。大夥排成一列，焚香祭拜。婦人敲三下磬，口中念念有詞。祝禱過後，請眾人到外頭長椅坐下。婦人站在門簾邊梳理頭髮，托著下巴和眾人閒聊，說的都是神仙顯靈的事蹟。許久，太陽漸漸西沉。大夥怕天色太晚山路難行，煩請婦人再請狐仙。婦人這才敲磬禱告。轉身站著說：「上仙最愛在晚上聊天，其他時間往往見不到。昨晚有應考秀才，帶酒菜來跟上仙共飲；上仙也拿好酒答謝大家，賦詩歡笑。離開時，已經快天亮了。」話未說完，聽到房裡傳來細碎雜亂的聲音，如蝙蝠飛鳴聲。正在側耳傾聽時，忽聽一聲巨響，宛如一塊大石砸到桌上那樣。婦人轉身說：「嚇死人了！」接著桌邊傳來歎咤聲，像是個中年人。婦人用芭蕉扇遮住小椅子。椅子上的狐仙大聲說：「有緣啊！有緣啊！」高聲請眾人坐下，又似乎向大家拱手行禮。接著問眾人：「有何見教？」高振美遵照念東先生的意思，問：「見到菩薩了嗎？」狐仙答：「南海是我常去的地方，怎麼會沒見到。」高振美又問：「閻羅王也會換人嗎？」狐仙答：「就跟陽世間一樣。」高振美問：「閻羅王姓什麼？」狐仙答：「姓曹。」接著爲季文求藥。狐仙說：「回去在晚上以清茶祭拜，我把從觀音大士那裡討來的藥贈與你們，包治百病。」大家各自提問，狐仙皆替眾人分析解答。然後大夥就告辭回去。隔夜，季文的病稍稍好轉。我跟振美整裝先回家，所以來不及再去拜訪狐仙。

猴靜山

高少宰念東[1]先生云：「崇禎[2]間，有猴仙，號靜山。託神[3]於河間[4]之叟，與人談詩文、決休咎[5]，娓娓不倦。以肴核[6]置案上，啗飲狼藉，但不能見之耳。」時先生祖寢疾。或致書云：「猴靜山，百年人[7]也，不可不晤。」遂以僕馬往招叟。叟至經日，仙猶未來。焚香祠之。忽聞屋上大聲嘆贊曰：「好人家！」眾驚顧。俄[8]檐間又言之。叟起曰：「大仙至矣。」羣從叟岸幘[9]出迎。又聞作拱致聲。既入室，遂大笑縱談。時少宰兄弟[10]尚諸生[11]，方入闈[12]歸。仙言：「二公闈卷亦佳；但經[13]不熟，再須勤勉，雲路[14]亦不遠矣。」二公敬問祖病。曰：「生死事大，其理難明。」因共知其不祥。無何，太先生[15]謝世。

舊有猴人[16]，弄猴於村。猴斷鎖而逸，不可追，入山中。數十年，人猶見之。其走飄忽，見人則竄。後漸入村中，竊食果餌，人皆莫之見。一日，為村人所睹，逐諸野，射而殺之。而猴之鬼竟不自知其死也，但覺身輕如葉，一息[17]百里。遂往依河間叟，曰：「汝能奉我，我為汝致富。」因自號靜山云。

長沙[18]有猴，頸繫金鍊，嘗往來士大夫家。見之者必有慶幸之事。予之果，亦食。不知其何來，亦不知其何往也。有九旬餘老人言：「幼時猶見其鍊上有牌，有前明藩邸[19]識記。」想亦仙矣。

1 高少宰念東：高珩，山東省淄川人，字蔥佩，號念東，別號紫霞道人。明崇禎十六年（西元一六四三年）進士。入清後，曾任國子監祭酒、吏部侍郎、刑部侍郎等職。是作者的文友。少宰：古代官名。明清兩代吏部的別稱。高珩曾任吏部侍郎，故稱其為「少宰」。

2 崇禎：是明思宗朱由檢的年號（西元一六二八年至一六四四年）。

3 託神：鬼神附在人的身上。

4 河間：明清時府名。今河北省河間市。

5 休咎：吉凶。

6 肴核：菜餚與水果。

7 百年人：俗稱的活神仙。

8 俄：不久之後。

9 岸幘：頭巾戴得高聳、露出額頭。形容穿著率性不拘小節。幘，讀作「則」。古代用來包束頭髮的布巾。

10 少宰兄弟：指高珩及其兄高瑋。崇禎十二年（西元一六三九年）同中鄉試。

11 尚諸生：仍然是秀才。諸生，秀才之意。

12 入闈：此指赴試。

13 經：指五經。《易》、《書》、《詩》、《禮》、《春秋》五部儒家典籍。

14 雲路：直上青雲之路，比喻顯達的仕途。

15 太先生：指高念東的祖父。此處用以尊稱他人祖父。

16 猴人：表演猴戲的人。

17 一息：一呼一吸之間，比喻極短暫的時間。

18 長沙：古代府名。今湖南省長沙市。

19 藩邸：諸侯的宅第。

白話翻譯

吏部侍郎高念東先生說：「明朝崇禎年間，有個猴仙，外號靜山。祂附體在河間縣的一個老人身上，能與人談論詩文，預言吉凶，講起話來滔滔不絕，不感到疲倦。如將菜餚、水果放在桌子上，祂會吃得一地都是，只是沒人得見祂的眞容。」那時先生的祖父臥病在床，有人來信說：「侯靜山，是個活神仙，必須去拜見祂。」高家就派僕人騎馬去河間縣延請那個老人。這老人來了一整天，而猴仙卻未來，大夥兒就燒香祭祀。忽聽屋上有人大聲讚

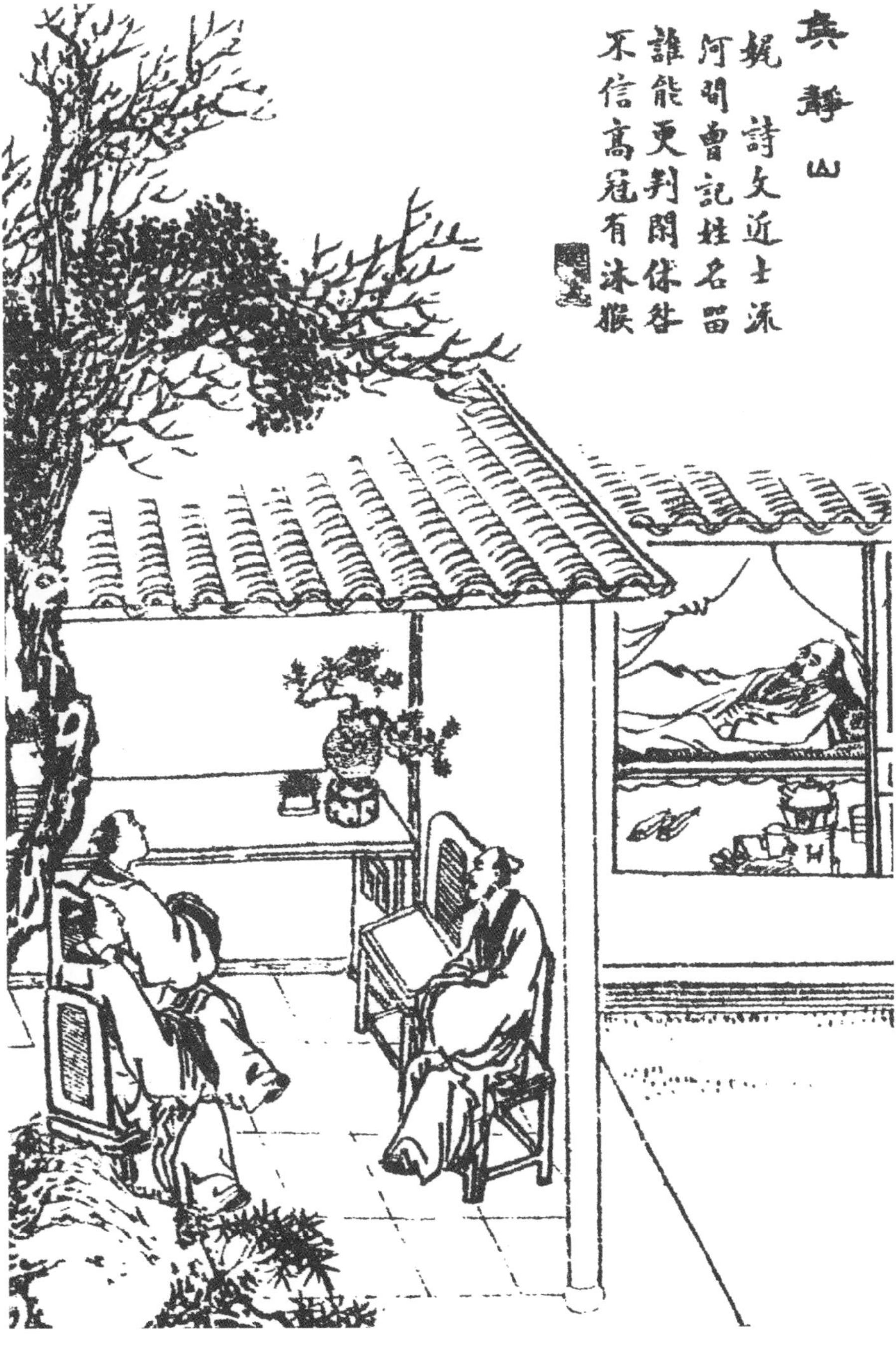
侯靜山
娓詩文近士流
河間曾記姓名留
誰能更判閑休咎
不信高冠有沐猴

歎說：「好華麗的房子啊！」眾人驚訝四處張望。不久又聽屋簷上有聲音傳來，說著同樣的話。河間老人起身說：「大仙來了。」眾人身穿便服，跟著老人前去迎接，又聽到拱手致意的聲音。隨後進屋，猴仙附在老人身上大聲談笑。當時高先生與其兄還是秀才，剛從濟南參加鄉試回來。猴仙說：「兩位先生考得不錯：但《五經》還不熟悉，還需努力，平步青雲的時日不遠了。」兄弟倆聽完後很恭敬地詢問祖父的病情。猴仙說：「生死是件大事，其中的道理很難講清楚。」大家都明白病人凶多吉少。不久，高先生的祖父就去世了。

以前有個耍猴戲的人，到村裡去表演。猴子弄斷鎖鍊逃跑，耍把戲的人沒追上，牠就跑進深山。幾十年後，人們仍能見到。牠行動敏捷，看到人就躲。後來漸漸跑進村裡偷吃果餅，村裡人都沒見過這隻猴子。一天，他們發現了牠，跟著追到野外，用箭把牠射死。而猴子的靈魂居然不知道自己已死，只覺得身子像樹葉一樣輕盈，呼吸之間就能走百里路。就附體在河間老人的身上，說：「你能供奉我，我就讓你發財致富。」於是自號叫靜山。

湖南長沙有隻猴子，脖子上掛著金鍊，曾經往來於士大夫家。凡是見到牠的人必有好事發生。餵牠果子，牠也吃。但不知牠從何處來，也不知牠要往何處去。有位九十多歲的老人說：「我年幼時還見牠鍊子上有個牌子，上面有明代藩王官府的標記。」想來這猴子也成仙了。

郭生

郭生，邑[1]之東山人。少嗜讀，但山村無所就正[2]，年二十餘，字畫多訛[3]。先是，家中患狐，服食器用，輒多亡失[4]，深患苦之。一夜讀，卷置案頭，被狐塗鴉；甚者，狼藉不辨行墨[5]。因擇其稍潔者輯讀之，僅得六七十首。心甚恚[6]憤，而無如何。又積窗課二十餘篇，待質[7]名流。晨起，見翻攤案上，墨汁濃泚[8]殆盡。恨甚。會王生者，以故至山，素與郭善，登門造訪。見汙本，問之。郭具言所苦，且出殘課示王。王諦玩之，其所塗留，似有春秋[9]；又覆視涴[10]卷，類冗雜可刪。訝曰：「狐似有意。不惟勿患，當即以為師。」過數月，回視舊作，頓覺所塗良確。於是改作兩題，置案上，以覘[11]其異。比[12]曉，又塗之。積年餘，不復塗；但以濃墨灑作巨點，淋漓滿紙。郭異之，持以白[13]王。王閱之曰：「狐真爾師也，佳幅可售矣。」是歲，果入邑庠[14]。郭以是德狐，恆置雞黍[15]，備狐啗飲。每市房書名稿，不自選擇，但決於狐。由是兩試俱列前名，入闈中副車[16]。時葉、繆諸公稿，風雅豔麗，家傳而戶誦之。郭有抄本，愛惜臻至，忽被傾濃墨椀[17]許於上，汙蔭[18]幾無餘字；又擬題構作，自覺快意，悉浪塗之：於是漸不信狐。無何，葉公以正文體被收，又稍稍服其先見。然每作一文，經營慘澹[19]，輒被塗汙。自以屢拔前茅，心氣頗高，以是益疑狐妄。乃錄向之灑點煩多者試之，狐又盡泚之。乃笑曰：「是真妄矣！何前是而今非也？」遂不為狐設饌，取讀本鎖箱簏[20]中。旦見封錮[21]儼然。啟視，則卷面塗四畫，粗於指；第一章畫五，二章亦畫五，後即無有矣。自是狐竟寂然。後郭一次四等[22]，兩次五等，始知其兆已寓意於畫也。

異史氏曰：「滿招損，謙受益[23]，天道也。名小立，遂自以為是，執葉、繆之餘習，狃[24]而不變，勢不至大敗塗地不止也。滿之為害如是夫！」

1 邑：此處指縣市，指蒲松齡的家鄉——山東省淄川縣（古名「般陽」），即今淄博市淄川區。
2 就正：指導、指正。
3 訛：錯誤、謬誤。
4 亡失：即丟失。
5 狼藉不辨行墨：塗抹得凌亂不堪，看不清字跡。
6 恚：讀作「惠」。生氣、憤怒。
7 質：請教。
8 泚：讀作「此」。沾濡、漬染。
9 春秋：此指春秋筆法。孔子作《春秋》，常以一字一語寓褒貶之義。故後世稱文筆曲折而意含褒貶的文字為「春秋筆法」。
10 涴：讀作「握」。同「汙」。汙染、弄髒。
11 覘：讀作「沾」，觀看、察視。
12 比：讀作「畢」，俟、等到。
13 白：讀作「博」，告訴、告知。
14 邑庠：古代科舉制度下，對縣學的稱呼。庠，讀作「翔」，學校。
15 雞黍：以雞作菜，以黍作飯。指招待賓客的家常菜餚，也用以表示招待朋友情意真率。
16 入闈：此指參加科舉考試。副車：古代鄉試、會試的副榜貢生。
17 椀：同今「碗」字，是碗的異體字。
18 蔭：遮蔽。
19 經營慘澹：也作「慘澹經營」。盡心規劃。多用以形容開創事業時的艱苦。
20 簏：讀作「路」，圓形的竹箱。
21 封錮：封鎖。
22 四等：一年一次的歲試時，考生試卷分為六等：文理平通者為第一等，文理普通者為第二等，文理略通者為第三等，文理有疵者為第四等，文理荒謬者為第五等，文理不通者為第六等。
23 滿招損，謙受益：自滿會招致失敗，謙遜會得到好處。
24 狃：讀作「紐」。習慣、安於。

◆**何守奇評點**：稍有所得，便沾沾自足，郭生固非進道之器也。

稍有名氣，就沾沾自喜，志得意滿，郭生也非可造之材。

白話翻譯

郭生是本縣東山附近的人。自幼喜歡讀書，但山村沒有人可以請教。二十多歲時，字畫仍多有錯誤。先前，他家中有狐狸精作祟，衣服、食品、器物，時常丟失，他爲此深感苦惱。一晚，郭生挑燈夜讀，睡前隨手把詩卷放在桌上，結果被狐狸塗得黑漆漆一片；嚴重點的，連字跡都無法辨認。於是，他只好找稍微乾淨的挑來讀，拼拼湊湊只剩六、七十篇。他心中十分生氣，卻又無可奈何。他又陸續寫了二十多篇新作，準備請名家指教。早上起來，見詩卷被狐狸翻開攤在桌上，墨汁幾乎把字跡全塗掉了。他更加恨入骨髓。適逢王生，因事造訪東山，他向來與郭生交好，前來登門拜訪。見到被塗黑的文稿，就問他原由。郭生將他愁苦之事說了一遍，並拿出被塗壞的文稿給王生看。王生仔細玩味，發現狐仙的刪留，似隱含春秋筆法；再回頭看被牠塗汙的文稿，都是冗雜可刪的文句。王生驚訝地說：「狐仙並非亂塗一通，似有深意在其中。你不僅不該爲此煩惱，還應拜牠爲師。」過幾個月，郭生回頭審視以前的舊作，忽然覺得狐仙塗抹得很有道理。於是修改了兩篇放上桌，觀察後續變化。等到天亮破曉，果然又被狐仙塗改。如此持續一年多，狐仙不再塗；只以濃墨灑成一個個巨大黑點，潑得滿紙都是。郭生覺得奇怪，拿去告訴王生。王生看過後說：「狐仙眞是你的老師啊！可以準備應考了。」當年，他果然進了縣學。郭生從此感激狐仙，常常準備酒菜給牠吃喝。每次買別人名稿，自己不選擇，而是讓狐仙選擇。於是他在歲試、科試中都名列前茅，鄉試也中了副榜貢生。

當時，葉公、繆公等人的作品，風格典雅，辭藻華美，家家戶戶傳誦。郭生有一份抄本，愛惜備至，不料被狐仙潑了一大碗濃墨，字幾乎都看不清楚了；郭生又擬了幾個題目創作，自己感到很得意，卻又被狐仙以墨塗掉，於是郭生漸漸不相信狐仙。不久，葉公因爲文

章內容不當被囚禁，郭生又不得不佩服狐仙有先見之明。然而他每耗費心神寫出的文章，都被狐仙塗黑。他自認屢次考試都拔得頭籌，心高氣傲，因此懷疑狐仙亂來。於是拿了從前被狐仙圈點很多的文章來試牠，狐仙又全部塗汙。郭生便笑道：「這眞是胡鬧了！爲何以前肯定的文章現在卻否定呢？」於是他不再爲狐仙準備酒食，並把讀過的書都鎖在箱子裡。有天清晨，箱子的鎖完好無損，打開一看，書的封面卻被塗了四畫，每一畫都比手指粗，第一章塗了五畫，第二章也塗了五畫，後面就沒有做記號。此後狐仙沒有再前來。之後郭生在科舉考試中得了一次四等，兩次五等，才知那狐仙所畫的記號就是預告警示。

記下奇聞異事的作者如是說：「自滿招來禍患，謙虛獲得好處，這是亙古不變的道理。稍有名氣，就自以爲是，執著於葉公、繆公等人文章的窠臼，因循苟且而不知變通，難怪會到了一敗塗地，不可挽回的地步。自滿造成的禍患就是如此嚴重！」

竇氏

南三復，晉陽世家[1]也。有別墅，去所居十里餘，每馳騎日一詣之。適遇雨，途中有小村，見一農人家，門內寬敞，因投止焉。近村人固皆威重南。少頃，主人出邀，跼蹐[2]甚恭。入其舍斗如。客既坐，主人始操篲[3]，殷勤氾掃[4]。既而潑[5]蜜為茶。命之坐，始敢坐。問其姓名，自言：「廷章，姓竇。」未幾，進酒烹雛[6]，給奉周至。有笄女行炙[7]，時止戶外，稍稍露其半體，年十五六，端妙無比。南心動。雨歇既歸，繫念綦[8]切。越日，具粟帛往酬，借此階進。是後常一過竇，時攜肴酒，相與留連。女漸稔，不甚忌避，輒奔走其前。睨[9]之，則低鬟微笑。南益惑焉，無三日不往者。一日，值竇不在，坐良久，女出應客。南捉臂狎[10]之。女慚[11]急，峻拒曰：「奴雖貧，要嫁，何貴倨凌人[12]也！」時南失偶，便揖之曰：「倘獲憐眷，定不他娶。」女要誓；南指矢天日，以堅永約，女乃允之。自此為始，瞰竇他出，即過繾綣[13]。女促之曰：「桑中[14]之約，不可長也。日在帡幪[15]之下，倘肯賜以姻好，父母必以為榮，當無不諧。宜速為計！」南諾之。轉念農家豈堪匹耦[16]？姑假其詞以因循[17]之。會媒來為議姻於大家；初尚躊躇，既聞貌美財豐，志遂決。女以體孕，催併益急，南遂絕迹[18]不往。無何，女臨蓐[19]，產一男。父怒搒[20]女。女以情告，且言：「南要我矣。」竇乃釋女，使人問南；南立卻不承。竇乃棄兒，益扑女。女暗哀鄰婦，告南以苦。南亦置之。女夜亡[21]，視棄兒猶活，遂抱以奔南。款關[22]而告閽者[23]曰：「但得主人一言，我可不死。彼即不念我，寧不念兒耶？」閽人具以達南，南戒勿內。女倚戶悲啼，五更始不復聞。質明視之，女抱兒坐僵矣。竇忿，訟[24]之上官，悉以南不義，欲罪南。南懼，以千金行賂得免。大家夢女披髮抱子而告曰：「必勿許負心郎；若許，我必殺之！」大家貪南富，卒許之。既親迎，奩妝[25]豐盛，新人亦娟好。然善悲，終日未嘗睹歡容；枕席之間，時復有涕洟[26]。問之，亦不言。過數日，婦翁來，入門便淚，南未遑問故，相將入室。見女而駭曰：「適於後園，見吾女縊死桃樹上；今房中誰也？」女聞言，色暴變，仆[27]然而死。視之，則竇女。急至後園，新婦果自經[28]死。駭極，往報竇。竇發女冢[29]，棺啟尸亡。前忿未蠲[30]，倍益慘怒，復訟於官。官以其情幻，擬罪未決。南又厚餌竇，哀令休結；官亦受其賕囑[31]，乃罷。而南家自此稍替。又以異迹傳播，數年無敢字[32]者。南不得已，遠於百里外聘曹進士女。未及成禮，會民間訛傳，朝廷將選良家女充掖庭[33]，以故有女者，悉送歸夫家。一日，有嫗導一輿[34]至，自稱曹家送女者。扶女入室，謂南曰：「選嬪之事已急，倉卒不能如禮，且送小娘子來。」問：「何無客？」曰：「薄有奩妝，相從在後耳。」嫗草草徑去。南視女亦風致，遂與諧笑。女俛[35]頸引帶，神情酷類竇女。心中作惡[36]，第[37]未敢言。女登榻，引被障首而眠。亦謂是新人常態，弗為意。日斂昏[38]，曹人不至，始疑。捋[39]被問女，而女已奄然冰絕[40]。驚怪莫知其故，馳伻[41]告曹，曹竟無送女之事，相傳為異。時有姚孝廉[42]女新葬，隔宿為盜所發，破材失尸。聞其異，詣南所徵之，果其女。啟衾[43]一視，四體裸然。姚怒，質狀於官。官以南屢無行，惡之，坐發冢見尸，論死。

異史氏曰：「始亂之而終成之，非德也；況誓於初而絕於後乎？撻[44]於室，聽之；哭於門，仍聽之：抑何其忍！而所以報之者，亦比李十郎[45]慘矣！」

◆**何守奇評點**：女之報南雖酷，然南之所以待女者亦忍矣。種瓜得瓜，種豆得豆，又何過焉？

竇女報復南三復雖然殘酷，然而南三復對待她也很殘忍。種下什麼因，就注定得到什麼樣的果報，又哪裡會太過分呢？

1 昔陽：古代縣名。今山西省太原市。世家：官宦世家。
2 跼蹐：讀作「局極」。恐懼緊張的樣子。
3 操篲：打掃。篲，讀作「彗」。掃帚。
4 氾掃：灑水掃地。
5 潑：沖泡。
6 雛：小雞。此借指雞。
7 笄女：未滿十五歲的少女；笄，讀作「積」。行炙：上菜。
8 綦：讀作「其」。作動詞用，極、甚。
9 睨：讀作「逆」，斜眼看、偷窺。
10 狎：讀作「霞」，親近。此指調戲。
11 慙：羞慚。讀作「殘」。同今慚字，是慚的異體字。
12 貴倨凌人：仗勢欺人。
13 繾綣：形容男女之間情意纏綿。
14 桑中之約：男女幽會偷情。桑中，《詩經．鄘風》的篇名。共三章。根據詩序：「桑中，刺奔也（諷刺男女私奔之詩）。」
15 帡幪：讀作「平盟」。帳幕。引申為覆蓋、蔭護。
16 耦：讀作「偶」，配偶，此指妻子。
17 因循：敷衍、推託。
18 迹：蹤跡、行跡。同今跡字，是跡的異體字。
19 臨蓐：臨盆，即將生產。蓐，讀作「入」。
20 搒：讀作「蹦」，用鞭子或竹板擊打。
21 亡：逃。
22 款關：叩門通報求見。
23 閽者：守門人。閽，讀作「昏」。
24 訟：打官司。
25 匳妝：女子的嫁妝。匳，讀作「連」。同今奩字，是奩的異體字。指女子陪嫁的物品。
26 涕洟：鼻涕和眼淚。
27 仆：讀作「撲」，倒臥、跌倒而趴在地上。
28 自經：自盡。
29 冢：墳墓。
30 蠲：讀作「娟」。清除、了結。
31 賕囑：賄賂關說。賕，讀作「球」。賄賂。
32 字：當動詞用，女子許嫁。
33 充掖庭：當嬪妃。掖庭，宮殿中的旁舍，妃嬪的住所。掖，讀作「夜」。
34 輿：車子或轎子。
35 俛：低頭。同今「俯」字，是俯的異體字。
36 心中作惡：即「噁心」。形容非常嫌棄厭惡。
37 第：然而。
38 斂昏：夜幕低垂，天色昏暗。
39 捋：此處讀作「呂」，掀開、推開。
40 奄然冰絕：氣絕身亡，身體冰冷。
41 伻：讀作「崩」。使者，傳信的人。
42 孝廉：舉人。
43 衾：讀作「親」，被子。
44 撻：讀作「踏」。用棍子、鞭子打。
45 李十郎：人名。即李益（西元七四八年至八二七年），字君虞，隴西姑臧（今甘肅省武威縣）人。唐代詩人。代宗時中進士，後官至禮部尚書。擅長邊塞詩，所作七言絕句，著名於時。有詩集一卷傳世。蔣防所著的唐傳奇小說《霍小玉傳》，敘述李益與名妓霍小玉相戀，後來李益為了仕途，攀附名門，拋棄霍小玉。霍小玉鬱鬱寡歡而死，臨終之前詛咒李益與他的妻妾不得安寧。此處用以比喻、諷刺負心漢。

白話翻譯

南三復是晉陽的仕宦子弟。有一棟別墅，離住所只有十幾里遠，他每天都騎馬去一趟。這天適逢下雨，途中有個小村子，南三復見到一戶農家院落挺寬敞的，於是進去避雨。附近村民都礙於他的權勢而對南家人表達敬畏。不久，主人出門邀請他進入，態度畢恭畢敬。他進去後，見屋內狹窄。客人坐下，主人才拿起掃帚，開始殷勤打掃。接著沖泡一杯蜂蜜當作茶來招待他。南三復讓他坐下，主人才敢坐。問主人姓名，自言：「姓竇，名廷章。」不久，上酒烹雞，招待周到。有一名少女端菜上來，她經常站在門口，隱約露出半個身影，年約十五六歲，端莊曼妙。南三復見之心動。雨停回去，對她思念殷切。

第二天，南三復備妥米糧布匹前往答謝，借此接近竇家女。從此，時常來往，有時帶著酒菜，在竇家逗留。他與竇女逐漸熟稔，她也不太避諱，時常在他面前走來走去。南三復斜眼窺視，見她低頭微笑。南三復更加被她所迷，每隔三天就去拜訪一次。一天，適逢竇廷章不在，他坐了很久，竇女出來招呼客人。南三復拉著她的胳膊要與她親熱。竇女又羞又急，嚴肅拒絕道：「我雖是貧家女，即便要嫁人，也得明媒正娶，你怎可仗勢欺人？」當時南三復剛喪妻，就打躬作揖說：「倘若獲小姐憐惜眷顧，定不再娶別人。」竇女要他發誓；南三復對天發誓，永不變心，竇女才答應與他歡好。從這時開始，南三復看到竇廷章外出，就過去與竇女親熱一番。竇女催促他說：「男女偷情私會，不能長久。我家承蒙你的庇蔭接濟，倘若肯與我成婚，父母一定引以爲榮，此事必定能成。你要快點著手去辦。」南三復允諾。然轉念一想，豈能娶個農家女爲妻？暫時找些理由來敷衍她。適逢媒人幫一位富翁來南家提親；起初他還猶豫，後來聽說對方有錢又貌美，就允了這婚事。竇女身懷有孕，催婚更急切，南三復從此不去竇家。

不久，竇女臨盆，產下一男。竇父憤怒，鞭打女兒。竇女將經過說明，並且說：「南三復要娶我。」竇父才放了女兒。派人去問南三復；南三復堅決否認。竇父遂將外孫拋棄，又狠狠打了女兒一頓。竇女偷偷哀求鄰婦，將自己的艱困處境告訴南三復。南三復仍置若罔聞。竇女趁夜從家裡逃出，看到被丟棄的兒子還活著，就抱去找南三復。敲門告訴守門人說：「只要得到你主人一句話，我可以不死。他即使不念與我的舊情，難道連兒子也不管？」守門人將此事告訴南三復，南三復告誡僕人不要讓她進來。竇女倚門悲哭，時至五更才沒聽到哭聲。等到天亮再看，竇女抱著兒子坐著死了。竇廷章惱怒，上告官府，控告南三復始亂終棄，官府欲判他有罪。南三復害怕，以錢財賄賂官府才免受刑責。

與南三復訂親的那戶人家，夢見竇女披頭散髮抱著兒子來告誡：「千萬別將女兒嫁給負心郎；否則，我必殺她！」這戶人家貪圖南家富貴，最後還是將女兒許配給他。等到迎親時，嫁妝十分豐盛。新娘也清秀漂亮。只是愁眉不展，整日不見笑臉；枕席上，時常有她的鼻涕和眼淚。問她也不答。過了數日，新娘的父親前來，進門便落淚。南三復未及詳問，將他攙扶入內。他見女兒驚駭地說：「剛在後院，看見我女兒在桃樹上上吊；現在房中的是誰？」新娘聞言，臉色突變，倒在地上就死了。上前一看，竟是竇女。南三復急忙來到後院，新娘果然上吊自盡。他十分驚懼，前往告訴竇家。竇父將女兒墳墓挖開，打開棺材，屍體已不見蹤影。前憤未除，竇父更加悲慼憤怒，又去告官。官府因爲事情過於虛幻，還未決定要判南三復何罪。南三復又用重金賄賂竇父，哀求他停止控告；官府方面他也打通關節，此案才作罷。

南家從此逐漸衰落，加上靈異事件傳揚開來，數年間無人敢將女兒許配給他。南三復不得已，從百里外聘娶了曹進士的女兒。尚未成親，正好民間訛傳，朝廷將選民女入宮當妃嬪，所以家中有女兒的，都快快選個

夫家送去了。一天，有個老婦領一頂轎子來，自稱是曹家送女兒的。扶女入屋，對南三復說：「選嬪妃入宮的事態很緊急，倉促間不能遵禮成婚，先送新娘過來。」南三復問：「怎麼無娘家的人跟著過來？」老婦說：「有些嫁妝，跟在後頭，隨後就來。」老婦匆匆走了。南三復看新娘頗有風韻，就與她談笑。新娘低頭，手指搓弄衣帶，神情酷似竇女。南三復心中厭惡，卻不敢言。新娘上床，拉被子蒙頭睡下。南三復以爲是新娘嬌羞的常態，不以爲意。等到黃昏日落，曹家人沒來，他才開始懷疑。拉開被子問新娘，新娘竟已身體冰冷，氣絕身亡。南三復驚訝詫怪不知所措，派人傳訊告知曹家，曹家說沒有送女兒的事，又是一樁怪異的傳聞。當時有姚舉人的女兒剛下葬，隔夜墳墓被盜，打開棺木屍體消失不見。聽到南家怪事，到南家去看，果然是自家女兒。掀開被子一看，女兒赤身裸體。姚家憤怒，寫了狀子告官。官府因爲南三復多次做壞事，十分厭惡他，定他一個挖墳見屍的罪名，判處死刑。

記下奇聞異事的作者如是說：「開始不合禮法發生男女關係的，就算最後結爲夫婦，也是不道德；更何況開始時信誓旦旦而後始亂終棄的呢？竇女被父親關在家鞭打，南三復也放任不管；竇女上門哭求，仍然置若罔聞：於心何忍！不過他的下場報應，也比負心的李益淒慘多了。」

彭海秋

萊州諸生[1]彭好古，讀書別業，離家頗遠。中秋未歸，岑寂[2]無偶。念村中無可共語；惟丘生者，是邑[3]名士，而素有隱惡，彭常鄙之。月既上，倍益無聊，不得已，折簡[4]邀丘。飲次，有剝啄[5]者。齋僮出應門，則一書生，將謁主人。彭離席，肅客入。相揖環坐，便詢族居。客曰：「小生廣陵人，與君同姓，字海秋。值此良夜，旅邸倍苦。聞君高雅，遂乃不介而見[6]。」視其人，布衣潔整，談笑風流。彭大喜曰：「是我宗人[7]。今夕何夕，遘[8]此嘉客！」即命酌，款若夙好。察其意，似甚鄙丘；丘仰與攀談，輒傲不為禮。彭代為之慚，因撓亂其詞[9]，請先以俚歌侑飲[10]。乃仰天再咳，歌《扶風豪士》[11]之曲，相與歡笑。客曰：「僕不能韻[12]，莫報陽春[13]。倩[14]代者可乎？」彭言：「如教。」客問：「萊城有名妓無也？」彭答云：「無。」客默然良久，謂齋僮曰：「適喚一人，在門外，可導入之。」僮出，果見一女子逡巡[15]戶外。引之入。年二八已來，宛然若仙。彭驚絕，掖[16]坐。衣柳黃帔[17]；香溢四座。客便慰問：「千里頗煩跋涉也！」女含笑唯唯。彭異之，便致研詰[18]。客曰：「貴鄉苦無佳人，適於西湖舟中喚得來。」謂女曰：「適舟中所唱『薄倖郎曲』，大佳。請再反之。」女歌云：「薄倖郎，牽馬洗春沼[19]。人聲遠，馬聲杳；江天高，山月小。掉頭去不歸，庭中生白曉[20]。不怨別離多，但愁懽[21]會少。眠何處？勿作隨風絮[22]。便是不封侯，莫向臨邛[23]去！」

客於檖[24]中出玉笛，隨聲便串；曲終笛止。彭驚歎不已，曰：「西湖至此，何止千里，咄嗟[25]招來，得非仙乎？」客曰：「仙何敢言，但視萬里猶庭戶耳。今夕西湖風月，尤盛曩[26]時，不可不一觀也，能從遊否？」彭留心欲覘[27]其異，諾言：「幸甚。」客問：「舟乎，騎乎？」彭思舟坐為逸，答言：「願舟。」客曰：「此處呼舟較遠，天河[28]中當有渡者。」乃以手向空招曰：「舡[29]來舡來！我等要西湖去，不吝償也。」無何，彩船一隻，自空飄落，煙雲繞之。衆俱登。見一人持短棹[30]；棹末密排修翎[31]，形類羽扇；一搖羽清風習習[32]。舟漸上入雲霄，望南游行，其駛如箭。踰刻，舟落水中。但聞絃管敖曹[33]，鳴聲喤聒[34]。出舟一望，月印煙波，游船成市。榜人[35]罷棹，任其自流。細視，真西湖也。客於艙後，取異肴佳釀，懽然對酌。少間，一樓船漸近，相傍而行。隔窗以窺，中有二三人，圍棋喧笑。客飛一觥[36]向女曰：「引此送君行。」女飲間，彭依戀徘徊，惟恐其去，蹴[37]之以足。女斜波送盼。彭益動，請要後期。女曰：「如相見愛，但問娟娘名字，無不知者。」客即以彭綾巾授女，曰：「我為若代訂三年之約。」即起，托女子於掌中，曰：「仙乎，仙乎！」乃扳鄰窗，捉女入，窗目如盤，女伏身蛇遊而進，殊不覺隘。俄聞鄰舟曰：「娟娘醒矣。」舟即蕩去。遙見舟已就泊，舟中人紛紛並去，游興頓消。遂與客言，欲一登岸，略同眺矚。纔[38]作商榷，舟已自攏。因而離舟翔步[39]，覺有里餘。客後至，牽一馬來，令彭捉之。即復去，曰：「待再假[40]兩騎來。」久之不至。行人已稀；仰視斜月西轉，天色向曙。丘亦不知何往。捉馬營營，進退無主。振轡[41]至泊舟所，則人船俱失。念腰橐[42]空匱，倍益憂皇[43]。天大明，見馬上有小錯囊；探之，得白金三四兩。買食凝待，不覺向午。計不如暫訪娟娘，可以徐察丘耗[44]。比訊娟娘名字，並無知者，興轉蕭索。次日遂行。馬調良[45]，幸不蹇[46]劣，半月始歸。方三人之乘舟而上也，齋僮歸白：「主人已仙去。」舉家哀涕，謂其不返。彭歸，繫馬而入。家人驚喜集問，彭始具白[47]其異。因念獨還鄉井，恐丘家聞而致詰；戒家人勿播。語次，道馬所由來。眾以仙人所遺，便悉詣廄驗視。及至，則馬頓渺，但有丘生，以草韁縶櫪[48]邊。駭極，呼彭出視。見丘垂首棧下，面色灰死，問之不言，兩眸啟閉而已。彭大不忍，解扶榻上，若喪魂魄。灌以湯酡[49]，稍稍能咽。中夜少蘇，急欲登廁；扶掖而往，下馬糞數枚。又少飲啜，始能言。彭就榻研問之。丘云：「下船後，彼引我閒語。至空處，戲拍項領，遂迷悶擷踣[50]。伏定少刻，自顧已馬。心亦醒悟，但不能言耳。是大辱恥，誠不可以告妻子，乞勿洩也！」彭諾之，命僕馬馳送歸。彭自是不能忘情於娟娘。又三年，以姊丈判揚州，因往省視。州有梁公子，與彭通家，開筵邀飲。即席有歌姬數輩，俱來祗謁[51]。公子問娟娘，家人白以病。公子怒曰：「婢子聲價自高，可將索子繫之來！」彭聞娟娘名，驚問其誰。公子云：「此娼女，廣陵[52]第一人。緣有微名，遂倨[53]而無禮。」彭疑名字偶同；然突突[54]自急，極欲一見之。無何，娟娘至，公子盛氣排數[55]。彭諦視，真中秋所見者也。謂公子曰：「是與僕有舊，幸垂原恕。」娟娘向彭審顧，似亦錯愕。公子未遑深問，即命行觴。彭問：「『薄倖郎曲』猶記之否？」娟娘更駭，目注移時，始度舊曲。聽其聲，宛似當年中秋時。酒闌，公子命侍客寢。彭捉手曰：「三年之約，今始踐耶？」娟娘曰：「昔日從人泛西湖，飲不數卮[56]，忽若醉。矇矓間，被一人攜去，置一村中。一僮引妾入；席中三客，君其一焉。後乘舡至西湖，送妾自窗欞[57]歸，把手殷殷。每所凝念，謂是幻夢；而綾巾宛在，今猶什襲[58]藏之。」彭告以故，相共歎咤。娟娘縱體入懷，哽咽而言曰：「仙人已作良媒，君勿以風塵可棄，遂捨念此苦海人！」彭曰：「舟中之約，一日未嘗去心。卿倘有意，則瀉囊貨馬[59]，所不惜耳。」詰旦[60]，告公子；又稱貸[61]於別駕[62]，千金削其籍，攜之以歸。偶至別業，猶能認當年飲處云。

異史氏曰：「馬而人，必其為人而馬者也；使為馬，正恨其不為人耳。獅象鶴鵬，悉受鞭策[63]，何可謂非神人之仁愛之乎？即訂三年約，亦度苦海也。」

彭海秋
玉笛新翻
薄倖郎
酒闌夢
醒客還
鄉綾巾一
幅分明在莫
把三年舊約忘

1 萊州：今山東省萊州市。諸生：秀才。
2 岑寂：寂寞、孤獨。
3 邑：此處指當地。
4 折簡：裁紙寫信。
5 剝啄：擬聲詞。形容輕輕敲打門戶的聲音。此指叩門聲。
6 不介而見：不經引薦，便來求見。
7 宗人：同族的人。
8 遘：讀作「構」，通遭逢、遭遇。
9 撓亂其詞：打斷他們的談話。
10 俚歌：民間的通俗歌謠。侑飲：勸酒。
11 《扶風豪士》之曲：唐代詩人李白有《扶風豪士歌》，讚美扶風豪士意氣相投，情誼深厚。彭好古藉此將彭海秋比喻為扶風豪士，表達仰慕之意。扶風，古代郡名，今陝西省鳳翔縣。
12 韻：此指唱歌、唱曲。
13 陽春：歌曲名。指〈陽春白雪〉此曲。泛指高格調的歌曲，傳說為春秋時晉師曠或齊劉涓子所作。陽春取其「萬物知春，和風淡蕩」之義；白雪則取其「凜然清潔，雪竹琳琅之音」之義。
14 倩：請人幫忙。
15 逡巡：徘徊。逡，讀作「群」的一聲。
16 掖：這個字有三種音讀，此處讀作「業」。用手攙扶人的手臂。
17 柳黃帔：淺黃綠色的披肩。帔，讀作「配」，披肩。
18 研詰：追問。

19 沼：水池。
20 白曉：黎明的曙光。
21 懽：同今「歡」字，是歡的異體字。
22 隨風絮：隨風飄揚的柳絮。比喻在外遠行，四處漂泊居無定所的遊子。
23 臨邛：古代縣名。今四川省邛崍縣。邛，讀作「瓊」。
24 襪：此指鞋子。
25 咄嗟：讀作「剁皆」。片刻之間。
26 曩：讀作「囊」的三聲，以前、昔日之意。
27 覘：讀作「沾」，觀看、察視。
28 天河：銀河。
29 舡：讀作「相」。同今船字，是船的異體字。
30 棹：讀作「趙」。船槳。
31 翎：鳥羽。
32 習習：形容風舒和的樣子。
33 敖曹：形容聲音急而嘈雜。
34 喤聒：形容聲音宏亮刺耳。喤，讀作「黃」。
35 榜人：划船的人、船夫。
36 飛一觥：敬一杯酒。觥，讀作「工」，用兕（讀作「四」）牛角做成的酒器。
37 蹴：讀作「促」。踢。
38 纔：僅、只之意，通「才」二字。
39 翔步：緩慢行走。
40 假：借、借用。
41 轡：讀作「佩」，韁繩。
42 橐：讀作「陀」，袋子。

43 皇：通「惶」。恐懼、害怕。
44 耗：音訊、消息。
45 調良：訓練有素。
46 蹇：讀作「簡」。緩步慢行、行動遲緩。
47 白：讀作「博」，告訴、告知。
48 縶：讀作「直」，綁、繫。櫪：讀作「力」，馬槽、馬廄。
49 酡：讀作「移」。同今酏字，是酡的異體字。稀飯、薄粥。
50 攧踣：讀作「顛博」。跌倒。
51 祗謁：拜見。祗，讀作「支」。恭敬的。
52 廣陵：今江蘇省揚州市。
53 倨：讀作「具」。傲慢無禮。
54 突突：一解，狀聲詞。形容心跳的聲音。另一解，心急速跳動的樣子。這兩個解釋在此處都解釋得通。
55 排數：責備、奚落。
56 巵：讀作「支」。同今卮字，是巵的異體字。古代盛酒的器具。
57 櫺：讀作「凌」，窗戶框上或欄杆上雕花的格子。
58 什襲：將物品層層包裹，在此引申為慎重的珍藏品。
59 瀉囊貨馬：傾囊賣馬。
60 詰旦：翌日早晨。
61 稱貸：舉債、借錢。
62 別駕：官名，宋代以後通判又稱別駕。漢朝官制，是州刺史的輔佐官吏，因隨刺史巡行視察時，另乘車駕隨行，故稱為「別駕」。
63 獅象鶴鵬，悉受鞭策：此指仙人的坐騎，受人控制、差遣。青獅是文殊菩薩的坐騎，白象是普賢菩薩的坐騎，仙鶴是南極仙翁的坐騎，大鵬鳥是如來佛祖的坐騎。

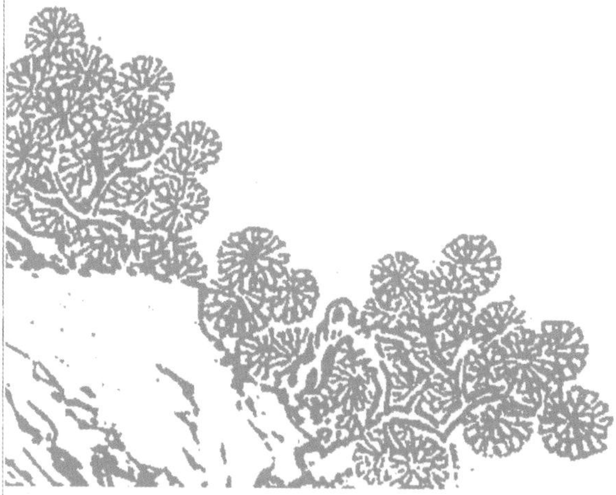

◆**何守奇評點**：擺佈丘處甚妙。如此名士，直可使變作驢。

戲弄丘生之處甚妙。這樣的秀才，將他變做馬倒還抬舉了，依我看可以直接把他變作驢。

白話翻譯

彭好古是萊州的秀才，在別墅讀書，離家很遠。彭生中秋節沒有回家，寂寞無伴。想到村中沒有聊天對象，只有一個丘生，是當地秀才，但他平素暗中作惡，彭好古一向不齒他的行為。月已高升，他更覺無聊，不得已，差人送帖子請丘生前來賞月。兩人正在飲酒，聽見有人敲門。書僮出去應門，是一名書生要求見主人。彭好古離席，恭敬地請客人進來。相互拱手施禮後圍坐在一起，彭好古便問客人的姓名住處。客人說：「在下廣陵人，與閣下同姓，字海秋。逢此良夜，旅邸獨處，心甚苦悶。聽說您是高雅之士，於是便不經引薦前來相見。」看這個客人，穿著整潔的布衣，談吐風雅。彭好古高興地說：「原來是宗親。今晚什麼好日子，逢此佳賓！」於是請他飲酒，像好友那樣招待他。彭好古察覺到彭海秋似很瞧不起丘生；丘生恭敬與他攀談，他高傲不愛搭理。彭好古替丘生感到慚愧，故意打斷他的話，提議自己先唱一首民謠助酒興。於是他仰天咳嗽兩聲，唱李白的《扶風豪士歌》。唱者與聽者都很高興。

彭海秋說：「我不懂音律，未能回報你的雅樂。請人代唱可以嗎？」彭好古說：「悉聽尊便。」彭海秋問：「萊州城可有名妓？」彭好古答：「沒有。」彭海秋沉默許久，對書僮說：「剛才喚來一人，就在門外，請領她進來。」書僮出去，果見一個女子在門外徘徊，遂領她進入。此女年約十六，貌若天仙。彭好古驚為天人，拉她坐下。女子身穿淡綠色披肩，香氣四溢。彭海秋慰問她說：「勞煩你千里迢迢跋涉來此！」女子含笑點頭答應。彭好古感到奇怪，追問女子從何處來。彭海秋說：「貴鄉無佳人，我剛才從西湖的船上把她喚來。」接著對女子說：「適才船上所唱的《薄倖郎曲》，甚好。請再唱一遍。」女子唱道：「薄倖郎，牽馬洗春沼。人聲遠，馬聲杳；江天高，山月小。掉頭去不歸，庭中空白曉。不怨別離多，但愁歡會少。眠何處？勿作隨風絮。便是不封侯，莫向臨邛去！」彭海秋從鞋子裡取出一支玉笛，隨歌聲吹起，曲罷笛聲也隨之停止。彭好古驚訝讚歎不已，說：「西湖到此，何止千里，眨眼間就招來，莫非是神仙嗎？」彭海秋說：「哪敢托大說是神仙，但萬里路途對我來說，就好比從庭院走到大門這麼遠的距離而已。今晚西湖月色比平時還好，不可不前往一觀，諸位可願與我前往遊覽？」彭好古想見識他還有什麼奇異本領，答應道：「如此甚好。」彭海秋問：「乘船還是騎馬？」彭好古心想坐船舒適，便答：「願意坐船。」彭海秋說：「此處喚船較遠，銀河中當有擺渡的人。」他伸手向空中招手，說：「船來、船來！我們要去西湖，不吝多給船錢。」不久，一艘彩船從空中飄落，煙雲繚繞。眾人皆上船。只見一人拿短槳；槳尾排著密密的長羽翎，樣子很像羽扇；一搖清風習習吹來。船漸漸升入雲霄，向南遊行，速度如箭一樣飛快。不久，船落入水中。只聞絲竹管絃嘈雜，音聲宏亮刺耳。眾人走出船艙一看，月亮倒映在煙霧籠罩的湖面上，往來遊船很多，十分熱鬧。船夫放下船槳，任由船隨水波漂流。仔細一看，果真是西湖。彭海秋在船艙後，端出佳餚美酒，眾人盡興對飲。不久，一艘畫船漸漸靠近，兩艘船並排而行。彭好古隔窗窺視，畫船中有二三人，圍著下棋喧笑。彭海秋向女子敬一杯酒，說：

「喝完這杯，就送你回去。」女子飲酒時，彭好古在她身畔流連不去，惟恐她離去，用腳踢踢她。那女子也暗送秋波。彭好古更加心動，約定日後相見日期。女子說：「如果你眞心愛我，只要問人娟娘即可，無人不曉。」彭海秋便把彭好古的絲帕給那女子，說：「我爲你們代訂三年相會之約。」說完起身，把女子托在掌心說：「仙女啊，仙女啊！」就攀住鄰船的窗子，把女子放進去。窗口如盤子大，女子伏身像蛇一樣鑽進去，一點也不覺狹窄。不久聽鄰船上說：「娟娘醒了。」船立刻划走了。

彭好古遠遠看見樓船已靠岸，船上人紛紛離去，再沒心思賞景遊玩。於是對彭海秋說，想要登岸眺望。才一商量，船已靠岸。彭好古下船在岸邊散步，不知不覺走了一里多路。彭海秋從後面趕來，牽著一匹馬，叫彭好古拉好。他又往回走，說：「等我再借兩匹馬來。」過了許久不見他回來。行人已漸稀少；抬頭仰望天際，月亮西斜，天就快亮了。丘生也不知所蹤，彭好古拉著馬走來走去，不知該如何是好。他牽著馬的疆繩來到停船的地方，人和船都消失了。他想到身無分文，更加憂愁惶恐。天亮後，他看見馬背上有個小錢袋，伸手一探，取出三四兩銀子。他拿去買東西吃，繼續等待，不知不覺已到中午。他心想不如先去尋訪娟娘，也可以慢慢打探丘生消息。待要打聽娟娘名字時，發覺無人知曉。頓時興味索然。第二天就啓程返鄉。馬調教得很好，跑得很快，半個月就回到家。

彭好古等三人乘船飛上天時，書僮回家稟報：「主人已成仙去了。」全家悲哀啼哭，以爲他回不來了。彭好古回到家，把馬拴好進屋。家人驚喜得紛紛前來詢問，彭好古這才將奇異遭遇告訴他們。但顧慮他獨自回鄉，恐怕丘生家人聽聞前來追問；故告誡家人不要四處張揚。談話間，說起馬的來歷，大家認爲是仙人所遺留，便一起到馬廄察看。到馬廄一看，馬消失無蹤，只有丘生被韁繩拴在馬槽旁邊。家人大驚，連忙呼喊彭好古來觀視。只見丘生低頭在柵欄下，面如死灰，問他話也不答，只是兩眼一眨一眨。彭好古於心不忍，替他解開繩子，攙扶到床上，丘生如同失魂落魄般。餵他稀飯，能慢慢咽下去。半夜丘生稍微醒轉，急著要上廁所；彭好古扶著他去，解下數坨馬糞。他又吃點東西才能說話。彭好古到床邊問他怎麼回事。丘生說：「下船後，彭海秋找我閒聊。到無人之處，他開玩笑地拍了我的脖子一下，於是我迷糊跌倒。趴在地上片刻，發現自己已變成了馬。心裡是清楚的，但不能說話。此乃奇恥大辱，不能讓我的妻子知道，求你不要洩露！」彭好古允諾，命僕人牽馬送他回家。

彭生從此對娟娘念念不忘。過了三年，彭好古因爲姊夫調任揚州通判，前往探望。揚州有個梁公子，與彭家是世交，設宴邀請彭好古。宴席上有數名歌妓，都來拜見。公子問娟娘怎麼沒來，家人說她病了。公子怒道：「賤婢自抬身價，用繩子將她捆來！」彭好古聽到娟娘此名，驚問她是誰。公子說：「她是個妓女，廣陵頭號歌妓。因小有名氣，便傲慢無禮。」彭好古心想同名或許是湊巧；不由得心跳加速，著急得想見她。不久，娟娘來了，公子盛氣凌人地斥責她。彭好古仔細一看，眞是那晚中秋所見的女子，便對公子說：「她與我是舊識，請你寬恕她。」娟娘望向彭好古仔細打量，似乎也頗爲驚愕。公子沒有深問，就命她斟酒。彭好古問：「你還記得《薄倖郎曲》嗎？」娟娘更加驚駭，注視他多時，才唱起這支舊曲。彭好古聽她歌聲，和當年中秋節時一樣。

散席後，公子命娟娘侍奉客人入寢。彭好古捉住她的手說：「想不到三年之約，今日竟能實現？」娟娘說：「那天我與人泛舟西湖，飲沒幾杯，忽然像醉了似的。朦朧間被一個人帶走，安置在一個村子中。一個書僮引我進屋；席間有三位客人，您是其一。後來乘船到西湖，您送我從窗口回去，依戀不捨。每當想起此事，以爲是在作夢；然而絲帕卻在，如今還珍藏著。」彭好古把從前的事告訴她，倆人驚歎不已。娟娘投入彭好古的懷中，哽咽說：「仙人已爲你我作媒，你不要因我是風塵女子就將我拋棄，忘了我這個在苦海中沉淪的人！」彭好古說：「船上之約，一日未嘗忘懷。你倘若有意，我就算是傾家蕩產，也在所不惜啊！」

第二天早晨，彭好古將自己的心意告訴了梁公子；又到姊夫家借了些錢，拿了一千兩銀子爲娟娘贖身，帶著她回家。偶爾來到別墅，她還能認出當年飲酒的地方。

記下奇聞異事的作者如是說：「馬變成人，定是他的爲人如畜牲一樣；讓他變成馬，正是恨他沒資格做人。如獅、象、鶴、鵬這類的奇珍異獸，猶受到控制，成爲神佛的坐騎。彭海秋只將丘生短暫變成馬，怎能說這不是神仙的仁愛之心呢？以彭好古與娟娘訂了三年之約這件事來看，也是助他們脫離苦海。」

堪輿

沂州[1]宋侍郎君楚[2]家，素尚堪輿[3]；即閨閣[4]中亦能讀其書，解其理。宋公卒，兩公子各立門戶，為父卜兆[5]。聞有善青烏之術[6]者，不憚[7]千里，爭羅致之。於是兩門術士，召致盈百；日日連騎徧[8]郊野，東西分道出入，如兩旅。經月餘，各得牛眠地[9]，此言封侯，彼云拜相。兄弟兩不相下，因負氣不為謀，並營壽域[10]，錦棚綵幢[11]，兩處俱備。靈輿[12]至歧路，兄弟各率其屬以爭，自晨至於日昃[13]，不能決。賓客盡引去。舁夫[14]凡十易肩，困憊不舉，相與委柩路側。因止不葬，鳩工[15]構廬，以蔽風雨。兄建舍於傍，留役居守，弟亦建舍如兄；兄再建之，弟又建之：三年而成村焉。積多年，兄弟繼逝；嫂與娣[16]始合謀，力破前人水火之議[17]，並車入野，視所擇兩地，並言不佳，遂同修聘贄[18]，請術人另相之。每得一地，必具圖呈閨闥[19]，判其可否。日進數圖，悉疵摘[20]之。旬餘，始卜一域[21]。嫂覽圖，喜曰：「可矣。」示娣。娣曰：「是地當先發一武孝廉。」葬後三年，公長孫果以武庠領鄉薦[22]。

異史氏曰：「青烏之術，或有其理；而癖而信之[23]，則癡矣。況負氣相爭，委柩路側，其於孝弟[24]之道不講，奈何冀以地理[25]福兒孫哉！如閨中宛若[26]，真雅而可傳者矣。」

1 沂州：今山東省臨沂市蘭山區。

2 宋侍郎君楚：指宋之普。崇禎元年（西元一六二八年）進士，官至戶部左侍郎。入清後，任常州（今江蘇省常州市）知府。

3 堪輿：此指研究地理風水之術。所謂風水術，指勘驗房屋或墳地的方向以及周圍的地脈、山勢、水流等，以此來決定吉凶禍福。

4 閨閣：婦女所居之內室，引申為家族中的女子。

5 卜兆：以占卜選擇墓地。

6 青烏之術：即堪輿術。相傳漢代有青烏子，亦稱青烏公或青烏先生，精於風水地理，是著名的堪輿術士。

7 憚：讀作「蛋」，畏懼、懼怕。

8 徧：同今「遍」字，是遍的異體字。

9 牛眠地：俗稱「吉地」，即風水好的墓地。出自《晉書．周訪傳》：「陶侃微時，丁艱，將葬，家中忽失牛而不知所在。遇一老父謂，曰：『前岡見一牛眠山汙中，其地若葬，位極人臣矣。』陶侃尚未發跡時，遭逢父母之喪，即將下葬，家中忽然丟了一頭牛，不知去向。遇到一位老頭說：「前面山崗見到一頭牛睡在山中凹陷處，如果在那裡下葬，後世子孫可當大官。」

10 壽域：指墳墓。

11 錦棚綵幢：喪家為禮祭死者所搭建的彩棚和懸掛的彩幡。

12 靈輿：載運靈柩的車子，即靈車。此指靈柩。

13 日昃：太陽偏西。昃，讀作「仄」。

14 舁夫：指抬靈柩的人。舁，讀作「魚」，抬、扛舉。

15 鳩工：募集工匠。

16 娣：讀作「地」，古時以此稱呼丈夫的弟媳。

17 水火之議：水火不容的爭論。

18 聘贄：聘禮。贄，讀作「至」，見面禮。

19 閨闥：閨房，女子居住的內室。闥，讀作「踏」。

20 疵摘：挑毛病。

21 域：指墓地。

22 武庠：此指武秀才。明清時府、州、縣學分文庠、武庠。庠，讀作「翔」，學校。領鄉薦：考中舉人。此指中武舉。

23 癖而信之：意謂深信成癖，今所謂迷信。癖，讀作三聲「匹」。

24 孝弟：孝順父母，友愛兄弟。弟，通「悌」。

25 地理：即風水。

26 宛若：漢代女子名。《史記．封禪書》：「神君者，長陵女子，以子死悲哀，故見神於先後宛若。」長陵女子這位尊神，她因生子難產而死，心裡哀戚，故顯靈於妯娌。後世因襲稱妯娌為宛若。宛，讀作「淵」。

◆**何守奇評點**：閨閣言如操券，乃知兩公子都不及也。

兩妯娌雖然是閨中婦人，說起話來卻言而有信，兩位公子都比不上她們。

白話翻譯

沂州宋君楚侍郎家，一向重視墓地風水之術；即使閨閣女子也能讀相關書籍，了解其中道理。宋公逝世，兩位公子各立門戶，爲父親尋找好墓穴。聽聞有擅長看風水的，不畏千里，爭相聘請。於是兩家人請來的風水師，將近百人；天天騎著馬在荒郊野外四處尋找合適的墓地，就像兩個軍隊分道東西各自出入。一個多月後，各自擇好風水寶地，這個說封侯，那個說拜相。兄弟倆彼此相爭不下，因賭氣而不肯與對方商量，各自營建墳墓，搭建彩棚與懸掛彩幡，兩處都準備妥當。靈車行駛到岔路，兄弟倆各自率領下屬互相爭奪，從早到晚，僵持不下。前來送葬的親朋好友都各自回去。抬靈柩的人左右兩肩換了幾十次，疲憊不堪，相繼把靈柩放在路邊。最後決定不葬，募集工人搭建茅屋，遮風避雨。哥哥在靈柩旁蓋房子，留家丁看守，弟弟也學哥哥蓋房子；哥哥再蓋，弟弟又蓋：三年以後這裡變成了村莊。許多年後，兄弟相繼過逝；嫂嫂與弟媳商議，破除兄弟倆水火不容的看法，一起搭車去郊外，看兩兄弟所選擇的葬地，都說風水不佳，於是一起備妥禮金，聘請風水師，另擇風水寶地。每相中一塊地，一定將圖呈入閨閣中，由妯娌二人判斷優劣。一天呈上好幾張圖，都被她們指出缺點。十幾天過後，才找到一塊墓地。嫂嫂看完圖，喜道：「行了。」拿給弟媳看。弟媳說：「這塊地會庇陰出一個武孝廉。」葬後三年，宋公的長孫果然考中武舉人。

記下奇聞異事的作者如是說：「堪輿風水之術，可能有它的道理；若是迷信盲從，就是呆子。更何況賭氣非得分出勝負，把靈柩放在路邊，既不孝順亦不友愛，怎麼期望以地理風水來福蔭兒孫呢！像嫂嫂跟弟媳這樣，才是值得後人效仿學習的風範。」

堪輿
牛眠吉壤在心田
朽骨何能餘慶
延賴有閨中賢
妯娌不教暴露
歎年年

錢流

沂水[1]劉宗玉云：其僕杜和，偶在園中，見錢流如水，深廣[2]二三尺許。杜驚喜，以兩手滿掬[3]，復偃臥[4]其上。既而起視，則錢已盡去；惟握於手者尚存。

1 沂水：今山東省沂水縣。沂，讀作「怡」。
2 深廣：此指寬度。
3 掬：讀作「菊」，以雙手捧取東西。
4 偃臥：仰面而臥。

白話翻譯

沂水縣的劉宗玉先生說：他的僕人杜和，有一次在園中，看見錢像水一樣流動，寬度約二三尺左右。杜和又驚又喜，雙手捧滿錢，又躺在錢堆上。接著站起來看，錢已經流光；只剩下握在手中的那些。

金生色

金生色，晉寧[1]人也。娶同村木姓女。生一子，方周歲。金忽病，自分[2]必死。謂妻曰：「我死，子必嫁，勿守也！」妻聞之，甘詞厚誓[3]，期以必死。金搖手呼母曰：「我死，勞看阿保[4]，勿令守也。」母哭應之。既而金果死。木媼來弔，哭已，謂金母曰：「天降凶憂，壻遽遭命[5]。女太幼弱，將何為計？」母悲悼中，聞媼言，不勝憤激。盛氣對曰：「必以守！」媼慚而罷。夜伴女寢，私謂曰：「人盡夫也[6]。以兒好手足，何患無良匹？小兒女不早作人家[7]，眈眈守此襁褓物[8]，寧非癡子？倘必令守，不宜以面目好相向。」金母過，頗聞餘語，益恚[9]。明日，謂媼曰：「亡人有遺囑，本不教婦守也。今既急不能待，乃必以守！」媼怒而去。母夜夢子來，涕泣相勸，心異之。使人言於木，約殯後聽婦所適[10]。而詢諸術家，本年墓向不利。婦思自衒以售[11]，縗絰[12]之中，不忘塗澤[13]。居家猶素妝；一歸寧[14]，則嶄然新豔。母知之，心弗善[15]也；以其將為他人婦，亦隱忍之。於是婦益肆。村中有無賴子[16]董貴者，見而好之，以金啗金鄰嫗，求通殷勤於婦。夜分，由嫗家踰垣[17]以達婦所，因與會合。往來積有旬日[18]，醜聲四塞，所不知者惟母耳。婦室夜惟一小婢，婦腹心也。一夕，兩情方洽，聞棺木震響，聲如爆竹。婢在外榻，見亡者自幃[19]後出，帶劍入寢室去。俄聞二人駭詫聲。少頃，董裸奔出。無何，金捽[20]婦髮亦出。婦大嗥[21]。母驚起，見婦赤體走去，方將啟關。問之不答。出門追視，寂不聞聲，竟迷所往。入婦室，燈火猶亮。見男子履，呼婢；婢始戰惕而出，具言其異，相與駭怪而已。董竄過鄰家，團伏牆隅。移時，聞人聲漸息，始起。身無寸縷，苦寒甚戰[22]，將假[23]衣於媼。視院中一室，雙扉虛掩，因而暫入。暗摸榻上，觸女子足，知為鄰子婦。頓生淫心，乘其寢，潛就私之。婦醒，問：「汝來乎？」應曰：「諾。」婦竟不疑，狎褻[24]備至。先是，鄰子以故赴北村，囑妻掩戶以待其歸。既返，聞室內有聲，疑而審聽，音態絕穢。大怒，操戈入室。董懼，竄於牀下。子就戮之。又欲殺妻。妻泣而告以誤，乃釋之。但不解牀下何人。呼母起，共火之，僅能辨認。視之，奄有氣息；詰[25]其所來，猶自供吐。而刃傷數處，血溢不止，少頃已絕。媼倉皇[26]失措，謂子曰：「捉姦而單戮之，子且奈何？」子不得已，遂又殺妻。是夜，木翁方寢，聞戶外拉雜之聲；出窺，則火熾於簷，而縱火人猶彷徨[27]未去。翁大呼，家人畢集。幸火初燃，尚易撲滅。命人操弓弩，逐搜縱火者。見一人趫捷[28]如猿，竟越垣去。垣外乃翁家桃園，園中四繚周墉[29]皆峻固。數人梯登以望，蹤蹟殊杳；惟牆下塊然[30]微動。問之不應，射之而耎[31]。啟扉往驗，則女子白身臥，矢貫胸腦。細燭之，則翁女而金婦也。駭告主人。翁媼驚怛[32]欲絕，不解其故。女合眸，面色灰敗，口氣細於屬絲。使人拔腦矢，不可出；足踏頂項而後出之。女嚶然一呻，血暴注，氣亦遂絕。翁大懼，計無所出。既曙，以實情白金母，長跽[33]哀乞。而金母殊不怨怒，但告以故，令自營葬。金有叔兄生光，怒登翁門，詬數前非。翁慚沮，賂令罷歸。而終不知婦所私者何名。俄鄰子以執姦自首，既薄責逐釋訖；而婦兄馬彪素健訟[34]，具詞控妹冤。官拘媼；媼懼，悉供顛末。又喚金母；母託疾，遣生光代質，具陳底裏[35]。於是前狀並發，牽木翁夫婦盡出，一切廉得其情。木以誨女嫁，坐縱婬[36]，笞[37]；使自贖，家產蕩焉。鄰嫗導淫，杖之斃。案乃結。

異史氏曰：「金氏子其神乎！諄囑醮婦[38]，抑何明也！一人不殺，而諸恨並雪，可不謂神乎！鄰嫗誘人婦，而反淫己婦；木媼愛女，而卒以殺女。嗚呼！『欲知後日因，當前作者是』[39]，報更速於來生矣！」

1 晉寧：古代縣名。今雲南省晉寧縣。
2 分：料想。
3 甘詞厚誓：甜言蜜語，發下重誓。
4 勞看阿保：勞煩費心照顧，撫養保護。
5 壻遽遭命：賢婿忽然遭逢不幸。壻：女婿。同今「婿」字，是婿的異體字。遽：忽然。
6 人盡夫也：語出《左傳・桓公十五年》：「人盡夫也，父一而已。」原意是說，父親只有一個，而全天下的男子都可能是你的丈夫，死了可以再找。此處當解作，丈夫死了可以再找，不必執守已故丈夫，與後世所謂「人盡可夫」，形容女子放蕩不守婦道，意義不同。
7 作人家：嫁人。人家，即妻子。
8 襁褓物：指小孩。襁褓，背負幼兒的布條和小被。
9 恚：讀作「惠」。生氣、憤怒。
10 適：嫁。
11 自衒以售：原指炫耀自己的優點，以獲得他人賞識。此指濃妝豔抹，搔首弄姿。衒，讀作「炫」。炫耀。
12 縗絰：讀作「崔跌」。麻布製成的喪服。
13 塗澤：以胭脂水粉裝扮自己。
14 歸寧：回娘家。
15 弗善：嗤之以鼻，即心生不滿之意。
16 無賴子：流氓無賴。
17 垣：讀作「元」，矮牆。
18 旬日：十天。
19 幛：讀作「障」。此指靈帳。
20 捽：讀作「族」，揪其髮辮。
21 嗥：讀作「豪」。大聲喊叫、哀號。
22 戰：通「顫」，顫抖。
23 假：借。
24 狎褻：淫蕩。
25 詰：讀作「傑」，問。
26 倉皇：驚慌失措、慌張。皇，通「惶」。

27 彷徨：徘徊不前。

28 趫捷：身手矯捷，動作靈敏，善於爬高奔走。趫，讀作「橋」。

29 四繚周墉：四周圍牆。繚，讀作「寮」。纏繞、圍繞。引申周圍。墉，讀作「庸」。高牆、圍牆。

30 塊然：此指有一處特別突兀。

31 耎：讀作「軟」，通「軟」。

32 驚怛：驚訝害怕。怛，讀作「達」。

33 長跽：長跪。跽，讀作「季」，古代跪禮的一種，臀部不著腳跟，直身挺腰。

34 健訟：喜好爭訟、愛打官司。

35 底裏：詳情經過。

36 婬：讀作「銀」。男女間不正當的性關係。

37 笞：讀作「癡」，鞭打。

38 醮：讀作「叫」，女子結婚，後來改嫁。

39 佛經云：「欲知前世因，今生受者是；欲知來世果，今生作者是。」（想知前世種下的因，今生所承受的便是；想知來世的果報，觀今生所作所為便能知曉。）本篇故事正符合了佛家所講因果業報之思想。

◆何守奇評點：金木婚娶，疑是寓言，然報應處可以警世。

金生色與木家女婚娶之事，恐怕是作者藉著故事傳達不可做不守婦道，以及與人通姦、教唆通姦等罪行，然而木女與人通姦一案相關人等遭到報應之處，可以警惕世人。

白話翻譯

金生色是晉寧縣人。娶同村木姓女子為妻。生一個兒子，剛滿周歲。金生色忽染重病，自忖必死無疑，就對妻子說：「我死之後，你一定要改嫁，不要為我守節！」金妻聽了，甜言蜜語發下重誓，願隨丈夫到九泉之下。金生色搖手對母親說：「我死之後，勞煩您照看撫養吾兒，不要叫媳婦守節。」金母哭著答應。不久金生色果然病死。親家母前來弔喪，哭罷，向金母說：「老天降下惡耗，賢婿慘遭不幸。我女兒年紀太輕，將來日子可怎麼過啊？」金母正在悲傷哀悼，聽親家母此言，非常生氣。憤怒答道：「一定要她守節！」親家母覺得羞慚沒再提此事。晚上陪女兒睡覺，私下說：「是男人都可以做你的丈夫。以你的相貌才能，還擔心找不到好人家改嫁？趁著年輕趕緊找人嫁了，只守著孩子，不是傻瓜嗎？假如你婆婆定要你守節，就不要給她好臉色看。」金母恰巧經過，聽到隻言片語，更加惱怒。第二天，對親家母說：「吾兒遺言，本不叫她守寡。現在既然如此迫不及待，還是讓她守寡好了！」親家母生氣地回去。金母夜晚夢到兒子回來，哭著相勸，心中覺得奇怪。遣人跟親家母說，相約下葬後就讓媳婦改嫁。然詢問風水師，說該年不利安葬死者。媳婦想要在人前炫耀自己的容貌，即使服喪期間，仍塗抹胭脂水粉。住在夫家還是淡妝；一回娘家，則濃妝豔抹。金母知情，心中不以為然；反正她遲早要改嫁，也就忍下來。於是媳婦越加肆無忌憚。

村中有個流氓叫董貴，見她打扮得花枝招展勾搭男人，就用錢買通金家的鄰婦，請他們想辦法讓媳婦知道他的思慕之意。半夜，董貴從鄰婦家爬牆到婦人寢室，兩個上床交歡。來往大約十幾天，流言紛傳，只有金母尚蒙在鼓裡。媳婦房中夜裡只有一心腹婢女侍奉。一夜，兩人正在床上打得火熱，忽聽棺木如爆竹般震響。婢女睡在外面床上，看見死去的金生從靈帳後走出來，拿著劍走進寢室。不久聽到二人驚叫。片刻，董貴裸體奪門而出。接著，金生抓著妻子的頭髮也出去了。媳婦大聲呼叫。金母被驚醒起身，看見婦人赤身露體走出去，正要開門。問她話也不答應。追出門一看，外頭寂靜什麼聲音都沒有，媳婦也不知所蹤。金母到媳婦房間，燈火還亮著。看到男人的鞋子，叫婢女來問緣由；婢女才戰戰兢兢地出來，陳述方才所見靈異事件，兩人同感驚異。

董貴逃到鄰家，在牆角縮成一團。過了好一會兒，聽見人聲平息，才敢起來。他一絲不掛，冷得發抖，想要找鄰家老婦借衣服穿。看見院子裡有一個房間，房門虛掩，就先躲進去。摸到床上，碰到女子的腳，知道是鄰居老婦的兒媳。忽生淫念，乘著她睡覺，偷偷上床要與她交歡。媳婦醒來，問：「你回來了？」董貴答：「是呀。」媳婦竟沒起疑心，兩人遂雲雨一番。

先前，鄰婦的兒子有事去北村，囑咐妻子不要關門，等他回來。他回來後，聽到室內有聲音，心中起疑仔細一聽，竟是淫聲蕩語。他大怒，拿刀衝進屋中。董貴害怕得躲到床底下。兒子一刀把他砍了。又想殺妻。妻子哀泣著說是一場誤會，才放了她。可是不知床下是誰。叫母親起來，一起點燈去看，老婦認出是董貴。見他還有一點氣息；問他爲何來此，他和盤托出。刀傷好幾處，血流不止，不久就斷氣。老母驚慌失措，跟兒子說：「捉姦在床你卻只殺一個，將來對簿公堂，要如何脫罪？」兒子不得已，也將妻子殺了。

當天夜裡，木老頭在睡覺，聽得門外吵雜；出門一看，大火燒到屋簷，而放火的人徘徊不去。木老頭大叫，全家人都出來。還好火剛燒起，很快便撲滅。叫人拿起弓弩，搜查放火的人。見一個人身手矯捷如猿猴一般，竟跳牆逃走。矮牆外是木家的桃園，園子四周圍牆都高大堅固。幾個人爬梯上去看，已看不到那人蹤跡；只有牆下似乎有東西在動。問了也沒人應答，一箭射過去，射在一個軟軟的東西上。開門去查看，一女子裸體躺臥，弓箭貫穿胸腦。仔細看，是木老頭的女兒，也就是金生色的媳婦。僕人驚駭地稟告主人。木氏夫婦悲痛欲絕，不知道何以至此。女兒閉上眼睛，臉色灰暗，氣若游絲。命人拔去頭上的箭，拔不出來；須用腳踏頭頂才拔出。女子呻吟一聲，鮮血噴湧，斷氣身亡。木老頭很驚駭，不知該當如何。天亮後，將實情告訴金母，長跪在地乞求原諒。金母也不怨恨，只把昨晚發生的怪事告訴他，叫他帶回家安葬。金生色有叔兄叫生光，氣憤地到木老頭家去，痛罵他先前種種錯處。木老頭羞慚，給錢賠罪請他回去。卻始終不知媳婦的姦夫是何姓名。

不久鄰居家的兒子捉姦自首，官府輕罰後結案；他妻子的兄長馬彪素來好打官司，遞上狀子為妹妹申冤。官府拘捕鄰家老婦；老婦懼怕，將事情始末說出。又傳喚金母上公堂；金母假託生病，請生光代替說明，把事情經過說出。於是從前事情一併鬧出來，牽扯到木氏夫婦，一切終於水落石出。木家因為慫恿女兒改嫁，坐視她通姦，罰以鞭刑；讓他繳錢贖罪，敗光家產。鄰家老婦幫助別人通姦，杖斃。此案子才了結。

記下奇聞異事的作者如是說：「金生色眞是神機妙算啊！諄諄囑咐妻子改嫁，何其高明啊！不殺一人，相關的人都得到報應，這難道還不神奇嗎？鄰家老婦誘拐別人媳婦，反使自己媳婦被人姦淫；木老婦疼愛女兒，卻將女兒給殺了。唉！『欲知後日因，當前作者是』，這個現世報比輪迴報應快多了！」

龍肉

姜太史玉璇①言：「龍堆②之下，掘地數尺，有龍肉充牣③其中。任人割取，但勿言『龍』字。或言『此龍肉也』，則霹靂震作，擊人而死。」太史曾食其肉，實不謬也。

1 姜太史玉璇：姜元衡，字玉璇，山東即墨（今山東省即墨市）人。順治六年（西元一六四九年）進士，曾任翰林宏文院侍講，故稱太史。
2 龍堆：地名，疑指白龍堆。在新疆天山南路之沙漠，沙堆形如臥龍，無頭有尾，高大者二三丈。
3 充牣：充盈，塞滿。牣，讀作「刃」。

白話翻譯

太史姜玉璇說：「在白龍堆地底下，挖地幾尺深，就能看見許多龍肉，任人割取，但不能說出『龍』字。或者說『此乃龍肉』，否則雷電交加，將人擊斃。」姜太史曾經吃過這肉，此言不虛。

◆**何守奇評點**：龍堆多龍肉，固知雁門之雁美矣。

白龍堆多龍肉，由此可知雁門關的大雁必定又多又美。

梁彥

徐州[1]梁彥，患鼽嚏[2]，久而不已。一日，方臥，覺鼻奇癢，遽[3]起大嚏。有物突出落地，狀類屋上瓦狗[4]，約指頂大。又嚏，又一枚落。四嚏，凡落四枚。蠢然而動，相聚互嗅。俄而強者齧[5]弱者以食；食一枚，則身頓長。瞬息吞併，止存其一，大於鼫鼠[6]矣。伸舌周匝[7]，自舐其吻[8]。梁大愕，踏之。物緣[9]襪而上，漸至股[10]際。捉衣而撼擺之，黏據不可下。頃入襟底，爬抓腰脅。大懼，急解衣擲地。捫[11]之，物已貼伏腰間。推之不動，掐之則痛，竟成贅疣[12]；口眼已合，如伏鼠然。

1 徐州：古代州名。今江蘇省徐州市。清雍正十一年（西元一七三三年）升為府，轄區今江蘇省銅山縣。
2 鼽嚏：因傷風而鼻塞、打噴嚏。鼽，讀作「球」。
3 遽：急忙、立刻。
4 瓦狗：屋脊兩端的裝飾物，形狀像狗，傳說可以鎮邪。
5 齧：讀作「聶」，咬。
6 鼫鼠：哺乳類動物，外型似兔，尾短、眼紅、毛色多樣，喜食五穀雜糧類，對農家造成重大危害。鼫，讀作「時」。
7 匝：圍繞；匝，讀作「紮」。
8 吻：嘴唇。
9 緣：順、沿。
10 股：大腿。
11 捫：讀作「門」，撫摸、觸摸。
12 贅疣：由濾過性病毒所引起皮膚或黏膜的角質增殖、變厚的腫瘤。也稱為「贅瘤」。疣，讀作「由」。

白話翻譯

梁彥是徐州人，感染風寒猛打噴嚏，很久都沒痊癒。一天，他正在睡覺，感到鼻子很癢，急忙起來打了一個大噴嚏。有個東西突然噴出來落到地上，形狀像屋脊上裝飾的瓦狗。有指頭頂那麼大。又打了一次，又噴出一個。一連打了四次，噴出四個。這四個小東西蠢蠢爬動，聚集到一起互相嗅聞。不久，只見強壯的吞吃弱小的；每吃一個，身體就長大一點，一眨眼全部吃完，最後只剩一個，身形比鼬鼠還大。牠伸出舌頭，繞著嘴唇舔了一圈。梁彥大驚，用腳去踩，牠竟沿著襪子往上爬，逐漸爬到大腿。梁彥抓住衣服用力抖動，牠黏在上面擺脫不掉。不久牠鑽入衣襟下，爬到梁彥的腰部又爬又抓的。梁彥很害怕，急忙將衣服脫下扔到地上。用手一摸，牠已貼伏到腰上，推不動；用指甲掐，卻很痛，竟然成了肉瘤。嘴和眼已經閉上，模樣像一隻趴著的老鼠。

卷六

06

凡塵間的功名利祿有何其大的力量，
可使厚德蔭及子孫，
亦能陷人於水深火熱中。
運用全憑一念之間，不可不戒之慎之。

潞令

宋國英，東平[1]人，以教習[2]授潞城令[3]。貪暴不仁，催科[4]尤酷，斃杖下者，狼藉[5]於庭。余鄉徐白山適過之，見其橫，諷曰：「為民父母，威燄[6]固至此乎？」宋揚揚作得意之詞曰：「喏！不敢！官雖小，蒞任百日，誅五十八人矣。」後半年，方據案視事[7]，忽瞪目而起，手足撓亂，似與人撐拒[8]狀。自言曰：「我罪當死！我罪當死！」扶入署[9]中，踰時尋卒。嗚呼！幸有陰曹兼攝陽政；不然，顛越[10]貨多，則「卓異」[11]聲起矣，流毒安窮哉！

異史氏曰：「潞子故區[12]，其人魂魄毅，故其為鬼雄。今有一官握篆[13]於上，必有一二鄙流，風承而痔舐[14]之。其方盛也，則竭攫[15]未盡之膏脂，為之具錦屏[16]；其將敗也，則驅誅未盡之肢體，為之乞保留[17]。官無貪廉，每蒞一任，必有此兩事。赫赫者[18]一日未去，則蚩蚩者[19]不敢不從。積習相傳，沿為成規，其亦取笑於潞城之鬼也已！」

1 東平：古代縣名。今山東省東平縣。
2 教習：學官名。掌理課試等事務。
3 潞城令：潞城的縣令。潞城，古代縣名。今山西省潞城市。
4 催科：催繳租稅，古代將田賦和各種稅款統稱為租稅。
5 狼藉：凌亂、散亂。
6 威燄：此指權勢。
7 據案視事：在桌案旁處理公務。據，倚靠。
8 撐拒：撐持抵抗，即搏鬥。
9 署：官府、官邸。
10 顛越：此指違法亂紀之事。
11 卓異：清代官制，吏部於三年舉行一次地方官員大考察，才能優越者，稱為「卓異」。原本「卓異」是用來嘉獎官員，但這裡是指貪贓枉法，違法亂紀情況嚴重的官員，此處有諷刺之意。

12 潞子故區：春秋時潞子封國故地。潞子，春秋時代國家名稱，是赤狄族的一支，為晉所滅。漢代在其故地設置潞縣，在今山西潞城縣東北。

13 握篆：執掌官印。古代印章多用篆文，因稱官印為「篆」。此指掌權者。

14 風承而痔舐：阿諛奉承，巴結權貴。痔舐，原意是舔舐痔瘡，此指那些逢迎拍馬之舉。

15 攫：讀作「決」，用爪子抓取。此指掠奪。

16 錦屏：銀屏風，即鏤銀之屏風。此處借指高貴的物品。

17 乞保留：指逢迎拍馬之輩假借民意，為離任官員歌功頌德，向上司遞表挽留；而離任者亦借此哄抬身價，欺世盜名。

18 赫赫者：威勢顯赫者，指地方官員。

19 蚩蚩者：敦厚素樸之輩，指平民百姓。

◆**何守奇評點**：觀其洋洋得意數語，便非為民父母之言矣。不有冥誅，曷其有極乎？

從宋國英杖殺百姓，仍洋洋得意說的那幾句話看來，就知道他不配做父母官。若非受到陰司的制裁，百姓暗無天日的日子，什麼時候才到盡頭啊？

白話翻譯

宋國英是東平縣人，曾以教習學官的身份被任命爲潞城縣令。他對待百姓貪婪暴虐，催逼賦稅尤爲殘酷，被他杖斃身亡的人，屍體隨意擱置在縣衙大堂上。我的同鄉徐白山途經潞城縣時，見他如此蠻橫暴虐，譏諷道：「身爲父母官，有生殺予奪這麼大的權力嗎？」宋國英揚揚得意地說：「喲，不敢當！我的官雖小，上任不過百日，就殺了五十八人。」半年後，宋國英正在桌前處理公務，忽然瞪大雙眼站了起來，手腳亂踢亂揮，像是與人打鬥的模樣。喃喃自語道：「我罪該萬死，我罪該萬死！」眾人把他扶進官邸，不久就死了。唉！幸虧還有陰司兼管陽世的政務；否則，越是貪贓枉法的官員，考評越高，禍害可就無窮無盡了！

記下奇聞異事的作者如是說：「潞縣是春秋時代潞國故地，民風剛強堅毅，死後都成爲鬼中豪傑。現在的風氣是只要有一個官員掌握權柄，就有一兩個下三濫的人，逢迎拍馬阿諛奉承這名高官。當勢力旺盛之時，不斷掠奪民脂民膏，供他購置珍寶；當官員地位不保時，又壓榨受害倖存的百姓，幫他求情挽留。無論是貪官還是清廉的官吏，每一次上任，必定有這兩種狀況發生。作威作福的官員只要一天不離任，敦厚老實的百姓就不敢不聽從。這些不良風氣一任傳一任，沿襲成陋規，難怪要被潞城的鬼所取笑了。」

馬介甫

楊萬石，大名[1]諸生也。生平有季常之懼[2]。妻尹氏，奇悍。少迕之，輒以鞭撻[3]從事。楊父年六十餘而鰥[4]，尹以齒奴隸數[5]。楊與弟萬鍾常竊餌翁，不敢令婦知。然衣敗絮，恐貽訕笑，不令見客。萬石四十無子，納妾王氏，旦夕不敢通一語。兄弟候試郡中，見一少年，容服都雅[6]。與語，悅之。詢其姓字，自云：「介甫，姓馬。」由此交日密，焚香為昆季之盟[7]。

既別，約半載，馬忽攜僮僕過楊。值楊翁在門外，曝陽捫蝨[8]。疑為傭僕，通姓氏使達主人。翁披絮去。或告馬：「此即其翁也。」馬方驚訝，楊兄弟岸幘[9]出迎。登堂一揖，便請朝[10]父。萬石辭以偶恙。捉坐笑語，不覺向夕。萬石屢言具[11]食，而終不見至。兄弟迭互出入，始有瘦奴持壺酒來。俄頃引盡。坐伺良久，萬石頻起催呼，額頰間熱汗蒸騰。俄瘦奴以饌具出，脫粟失飪[12]，殊不甘旨。食已，萬石草草便去。萬鍾襆被[13]來伴客寢。馬責之曰：「曩[14]以伯仲高義，遂同盟好。今老父實不溫飽，行道者羞之。」萬鍾泫然[15]曰：「在心之情，卒難申致。家門不吉，蹇[16]遭悍嫂，尊長細弱，橫被催殘。非瀝血之好[17]，此醜不敢揚也。」馬駭嘆移時，曰：「我初欲早旦而行，今得此異聞，不可不一目見之。請假閒舍，就便自炊。」萬鍾從其教，即除室[18]為馬安頓。夜深，竊餽蔬稻，惟恐婦知。馬會其意，力卻之。且請楊翁與同食寢。自詣城肆，市[19]布帛，為易袍袴[20]。父子兄弟皆感泣。萬鍾有子喜兒，方七歲，夜從翁眠。馬撫之曰：「此兒福壽，過於其父，但少年孤苦耳。」

婦聞老翁安飽，大怒，輒罵，謂馬強預人家事。初惡聲尚在閨闥[21]，漸近馬居，以示瑟歌之意[22]。楊兄弟汗體[23]徘徊，不能制止；而馬若弗聞也者。妾王，體妊五月，婦始知之，褫衣慘掠[24]。已，乃喚萬石跪受巾幗[25]，操鞭逐出。值馬在外，慚懅[26]不前。又追逼之，始出。婦亦遂出，叉手頓足，觀者填溢。馬指婦叱曰：「去，去！」婦即反奔，若被鬼逐，袴履俱脫，足纏[27]縈繞於道上，徒跣[28]而歸，面色灰死。少定，婢進襪履，著已，噭咷[29]大哭。家人無敢問者。馬曳萬石為解巾幗。萬石聳身定息[30]，如恐脫落；馬強脫之。而坐立不寧，猶懼以私脫加罪。探婦哭已，乃敢入，趑趄[31]而前，婦殊不發一語，遽[32]起，入房自寢。萬石意始舒，與弟竊奇焉。家人皆以為異，相聚偶語[33]。婦微有聞，益羞怒，徧撻[34]奴婢。呼妾，妾創劇不能起。婦以為偽，就榻搒[35]之，崩注[36]墮胎。萬石於無人處，對馬哀啼。馬慰解之。呼僮具牢[37]饌，更籌再唱[38]，不放萬石歸。

婦在閨房，恨夫不歸，方大恚忿[39]，聞撬扉聲，急呼婢，則室門已闢。有巨人入，影蔽一室，猙獰如鬼。俄又有數人入，各執利刃。婦駭絕欲號。巨人以刀刺頸，曰：「號便殺卻！」婦急以金帛贖命。巨人曰：「我冥曹使者，不要錢，但取悍婦心耳！」婦益懼，自投敗顙[40]。巨人乃以利刃畫婦心而數之曰：「如某事，謂可殺否？」即一畫。凡一切凶悍之事，責數殆盡，刀畫膚革，不啻[41]數十。末乃曰：「妾生子，亦爾宗緒[42]，何忍打墮？此事必不可宥[43]！」乃令數人反接其手，剖視悍婦心腸。婦叩頭乞命，但言知悔。俄聞中門啟閉，曰：「楊萬石來矣。既已悔過，姑留餘生。」紛然盡散。無何，萬石入，見婦赤身繃縶[44]，心頭刀痕，縱橫不可數。解而問之，得其故，大駭，竊疑馬。明日，向馬述之。馬亦駭。由是婦威漸斂，經數月不敢出一惡語。馬大喜，告萬石曰：「實告君，幸勿宣洩：前以小術懼之。既得好合，請暫別也。」遂去。

婦每日暮，挽留萬石作侶，懽[45]笑而承迎之。萬石生平不解此樂，遽遭之，覺坐立皆無所可。婦一夜憶巨人狀，瑟縮搖戰。萬石思媚婦意，微露其假。婦遽起，苦致窮詰[46]。萬石自覺失言，而不可悔，遂實告之。婦勃然大罵。萬石懼，長跽[47]牀下。婦不顧。哀至漏三下[48]。婦曰：「欲得我恕，須以刀畫汝心頭如干數，此恨始消。」乃起捉廚刀。萬石大懼而奔，婦逐之。犬吠雞騰，家人盡起。萬鍾不知何故，但以身左右翼兄。婦方詬詈[49]，忽見翁來，睹袍服，倍益烈怒；即就翁身條條割裂，批頰[50]而摘翁髭。萬鍾見之怒，以石擊婦，中顱，攧蹶[51]而斃。萬鍾曰：「我死而父兄得生，何憾！」遂投井中，救之已死。移時婦蘇，聞萬鍾死，怒亦遂解。既殯，弟婦戀兒，矢不嫁。婦唾罵不與食，醮[52]去之。遺孤兒，朝夕受鞭楚。俟家人食訖，始啗以冷塊[53]。積半歲，兒尫羸[54]，僅存氣息。

一日，馬忽至。萬石囑家人勿以告婦。馬見翁襤褸如故，大駭；又聞萬鍾殞謝[55]，頓足悲哀。兒聞馬至，便來依戀，前呼馬叔。馬不能識，審顧始辨。驚曰：「兒何憔悴至此？」翁乃囁嚅[56]具道情事。馬忿然謂萬石曰：「我曩道兄非人，果不謬。兩人止此一綫[57]，殺之，將奈何？」萬石不言，惟伏首帖耳而泣。坐語數刻，婦已知之。不敢自出逐客，但呼萬石入，批使絕馬。含涕而出，批痕儼然。馬怒之曰：「兄不能威，獨不能斷『出』[58]耶？毆父殺弟，安然忍受，何以為人？」萬石欠伸[59]，似有動容。馬又激之曰：「如渠[60]不去，理須威劫[61]；便殺卻勿懼。僕有二三知交，都居要地，必合極力，保無虧也。」萬石諾，負氣疾行，奔而入。適與婦遇，叱問：「何為？」萬石遑遽[62]失色，以手據[63]地，曰：「馬生教余出婦。」婦益恚，顧尋刀杖，萬石懼而卻走。馬唾之曰：「兄真不可教也已！」遂開篋[64]，出刀圭藥[65]，合水授萬石飲。曰：「此丈夫再造散。所以不輕用者，以能病人故耳。今不得已，暫試之。」飲下，少頃，萬石覺忿氣填胸，如烈焰中燒，刻不容忍。直抵閨闥，叫喊雷動。婦未及詰，萬石以足騰起，婦顛去數尺有咫[66]。即復握石成拳，擂擊無算。婦體幾無完膚，嘲哳[67]猶罵。萬石於腰中出佩刀。婦罵曰：「出刀子，敢殺我耶？」萬石不語，割股[68]上肉，大如掌，擲地上。方欲再割，婦哀鳴乞恕。萬石不聽，又割之。家人見萬石兇狂，相集，死力掖出。馬迎去，捉臂相用慰勞。萬石餘怒未息，屢欲奔尋。馬止之。少間，藥力漸消，嗒焉若喪[69]。馬囑曰：「兄勿餒。乾綱之振，在此一舉。夫人之所以懼者，非朝夕之故，其所由來者漸矣。譬昨死而今生，須從此滌故更新；再一餒，則不可為矣。」遣萬石入探之。婦股慄心慴[70]，倩婢扶起，將以膝行。止之，乃已。出語馬生，父子交賀。馬欲去，父子共挽之。馬曰：「我適有東海之行，故便道相過，還時可復會耳。」月餘，婦起，賓事良人[71]。久覺黔驢無技[72]，漸狎[73]，漸嘲，漸罵；居無何，舊態全作矣。翁不能堪，宵遁，至河南，隸道士籍。

萬石亦不敢尋。年餘，馬至，知其狀，怫然[74]責數已，立呼兒至，置驢子上，驅策逕去。

由此鄉人皆不齒[75]萬石。學使案臨[76]，以劣行黜名。又四五年，遭回祿[77]，居室財物，悉為煨燼[78]；延燒鄰舍。村人執以告郡，罰鍰煩苛。於是家產漸盡，至無居廬。近村相戒無以舍舍萬石[79]。尹氏兄弟怒婦所為，亦絕拒之。萬石既窮，質妾於貴家，偕妻南渡。至河南界，資斧已絕。婦不肯從，聒[80]夫再嫁。適有屠而鰥者，以錢三百貨去。萬石一身丐食於遠村近郭間。至一朱門，閽人訶拒不聽前[81]。少間，一官人出，萬石伏地啜泣。官人熟視久之，略詰姓名，驚曰：「是伯父也！何一貧至此？」萬石細審，知為喜兒，不覺大哭。從之入，見堂中金碧煥映。俄頃，父扶童子出，相對悲哽。萬石始述所遭。初，馬攜喜兒至此，數日，即出尋楊翁來，使祖孫同居。又延師教讀。十五歲入邑庠[82]，次年領鄉薦[83]，始為完婚。乃別欲去。祖孫泣留之。馬曰：「我非人，實狐仙耳。道侶相候已久。」遂去。孝廉[84]言之，不覺惻楚。因念昔與庶伯母同受酷虐，倍益感傷。遂以輿馬齎[85]金贖王氏歸。年餘，生一子，因以為嫡。

尹從屠半載，狂悖猶昔。夫怒，以屠刀孔[86]其股，穿以毛綆[87]，懸梁上，荷肉竟出。號極聲嘶，鄰人始知。解縛抽綆；一抽則呼痛之聲，震動四鄰。以是見屠來，則骨毛皆豎。後脛創雖愈，而斷芒遺肉內，終不良於行；猶夙夜服役，無敢少懈。屠既橫暴，每醉歸，則撻詈不情[88]。至此，始悟昔之施於人者，亦猶是也。一日，楊夫人及伯母燒香普陀寺，近村農婦，並來參謁。尹在中帳立不前。王氏故問：「此伊誰？」家人進白：「張屠之妻。」便訶使前，與太夫人稽首。王笑曰：「此婦從屠，當不乏肉食，何羸瘠[89]乃爾？」尹愧恨，歸欲自經

[90]，綆弱不得死。屠益惡之。歲餘，屠死。途遇萬石，遙望之，以膝行，淚下如縻[91]。萬石礙僕，未通一言。歸告姪，欲謀珠還[92]。姪固不肯。婦為里人所唾棄，久無所歸，依羣乞以食。萬石猶時就尹廢寺中。姪以為玷，陰教羣乞窘辱之，乃絕。此事余不知其究竟，後數行，乃畢公權[93]撰成之。

異史氏曰：「懼內，天下之通病也。然不意天壤之間，乃有楊郎！寧非變異？余嘗作《妙音經》[94]之續言，謹附錄以博一噱[95]：『竊以天道化生萬物，重賴坤[96]成；男兒志在四方，尤須內助。同甘獨苦，勞爾十月呻吟[97]；就濕移乾[98]，苦矣三年嚬笑[99]。此顧宗祧[100]而動念，君子所以有伉儷之求；瞻井臼[101]而懷思，古人所以有魚水之愛[102]也。第陰教[103]之旗幟日立，遂乾綱之體統[104]無存。始而不遜之聲[105]，或大施而小報[106]；繼則如賓之敬，竟有往而無來。祇緣兒女深情，遂使英雄短氣。牀上夜叉[107]坐，任金剛[108]亦須低眉。釜底毒煙生[109]，即鐵漢無能強項[110]。秋砧之杵可掬，不擣月夜之衣[111]；麻姑之爪能搔[112]，輕試蓮花之面[113]。小受大走[114]，直將代孟母投梭[115]；婦唱夫隨[116]，翻欲起周婆制禮[117]。婆娑跳擲[118]，停觀滿道行人；嘲哳鳴嘶[119]，撲落一羣嬌鳥[120]。惡乎哉！呼天籲地[121]，忽爾披髮向銀牀[122]。醜矣夫！轉目搖頭，猥[123]欲投繯延玉頸。當是時也：地下已多碎膽，天外更有驚魂。北宮黝[124]未必不逃，孟施舍[125]焉能無懼？將軍氣同雷電，一入中庭，頓歸無何有之鄉[126]；大人面若冰霜，比到寢門，遂有不可問之處。豈果脂粉之氣，不勢而威？胡乃骯髒[127]之身，不寒而慄？猶可解者：魔女翹鬟[128]來月下，何妨俯伏皈依？最冤枉者：鳩盤蓬首[129]到人間，也要香花供養[130]。聞怒獅之吼[131]，則雙孔撩天[132]；聽牝雞之鳴[133]，則五體投地。登徒子淫而忘醜，迴波詞憐而成嘲[134]。設為汾陽之壻[135]，立致尊榮，媚卿卿[136]良有故；若贅外黃之家[137]，不免奴役，拜僕僕[138]將何求？彼窮鬼自覺無顏，任其斫樹摧花[139]，止求包荒[140]於妬[141]婦；如錢神可云有勢，乃亦嬰鱗犯制[142]，不能借助於方兄[143]。豈縛游子之心，惟茲鳥道[144]？抑消霸王[145]之氣，恃此鴻溝[146]？然死同穴，生同衾[147]，何嘗教吟〈白首〉[148]？而朝行雲，暮行雨[149]，輒欲獨占巫山[150]。恨煞〈池水清〉[151]，空按紅牙玉板[152]；憐爾妾命薄，獨支永夜寒更。蟬殼鷺灘[153]，喜驪龍之方睡[154]；犢車麈尾，恨駑馬之不奔[155]。榻上共臥之人，撻去方知為舅[156]；牀前久繫之客，牽來已化為羊[157]。需之殷者僅俄頃，毒之流者無盡藏[158]。買笑纏頭[159]，而成自作之孽，太甲必曰難違[160]；俯首帖耳，而受無妄之刑，李陽[161]亦謂不可。酸風[162]凜冽，吹殘綺閣之春[163]；醋海汪洋，淹斷藍橋[164]之月。又或盛會忽逢，良朋即坐，斗酒藏而不設[165]，且由房出逐客之書[166]；故人疎[167]而不來，遂自我廣絕交之論。甚而雁影分飛[168]，涕空沾於荊樹[169]；鸞膠再覓[170]，變遂起於蘆花[171]。故飲酒陽城[172]，一堂中惟有兄弟；吹竽商子[173]，七旬餘並無室家：古人為此，有隱痛矣。嗚呼！百年鴛偶，竟成附骨之疽[174]；五兩鹿皮[175]，或買剝牀之痛[176]。髯如戟者[177]如是，膽似斗者[178]何人？固不敢於馬棧下斷絕禍胎[179]；又誰能向蠶室中斬除孽本[180]？娘子軍肆其橫暴，苦療妒之無方；胭脂虎噉[181]盡生靈，幸渡迷之有楫。天香夜爇[182]，全澄湯鑊[183]之波；花雨[184]晨飛，盡滅劍輪[185]之火。極樂之境[186]，彩翼[187]雙棲；長舌之端，青蓮並蒂[188]。拔苦惱於優婆之國[189]，立道場於愛河之濱[190]。咦！願此幾章貝葉文[191]，灑為一滴楊枝水[192]！』」

1 大名：古代府名。今河北省大名縣。
2 季常之懼：借指怕老婆。宋代陳慥（讀作「造」），字季常，他的妻子非常凶悍善妒，他對此非常懼怕。
3 鞭撻：以鞭子抽打。撻，讀作「踏」。
4 鰥：讀作「關」。妻子過世或年老無妻之人。
5 齒奴隸數：視為奴隸對待。齒，並列之意。
6 都雅：高貴典雅。
7 昆季之盟：結拜為異姓兄弟。昆季，兄弟。
8 捫蝨：捉蝨子。捫，此指捉、抓。
9 岸幘：頭巾戴得高露出額頭。形容穿著率性不拘小節。幘，讀作「則」。包頭髮的布巾。
10 朝：拜見長輩。
11 具：準備、設置。
12 失飪：烹煮食物不夠火候或煮太熟、焦黑，導致食物不美味。
13 襆被：抱著被褥。襆，讀作「樸」，行李、包袱。
14 曩：讀作「囊」的三聲，以前、昔日之意。
15 泫然：流淚的樣子。
16 蹇：發語詞，無義。讀作「簡」。
17 瀝血之好：深厚的交情。
18 除室：打掃房間。
19 市：買。
20 袴：同今「褲」字，是褲的異體字。
21 閨闥：閨房，女子居住的內室。闥，讀作「踏」。
22 以示瑟歌之意：取瑟而歌，此處指以曲折暗示的方式，讓對方知道自己的不滿。語出《論語．陽貨》：「孺悲欲見孔子，孔子辭以疾。將命者出戶，取瑟而歌，使之聞之。」孺悲求見孔子，孔子派人以身體不適為由婉拒。但在門人剛踏出門要傳話時，便取來一把瑟彈唱，讓門外的人都聽得見。
23 汗體：渾身都是汗。
24 慘掠：凶殘的毆打。
25 巾幗：古代婦女的頭巾和髮飾。送巾幗給男人，羞辱他沒有男子氣概。
26 懅：讀作「具」。羞慚。
27 足纏：婦女纏小腳用的裹腳布。
28 徒跣：赤足步行。跣，讀作「顯」。
29 噭咷：讀作「叫逃」，大聲號哭。
30 聳身定息：屏氣挺直站立。形容戰戰兢兢的樣子。
31 趑趄：讀作「資居」。徘徊不前貌。
32 遽：就、遂。
33 偶語：聚在一起相互議論或竊竊私語。
34 徧：同今「遍」字，是遍的異體字。撻：讀作「踏」。用鞭子或棍棒打。
35 搒：讀作「蹦」。用棍棒或竹板打。
36 崩注：血崩。中醫稱婦女子宮大量出血的病症。
37 牢：指牛、羊、豬等肉品。
38 更籌再唱：意指二更。更籌，古代夜晚的計時器。
39 恚忿：生氣、憤怒。恚，讀作「惠」。
40 敗顙：叩頭跪拜。顙，讀作「嗓」。叩頭。
41 不啻：不亞於。啻，讀作「斥」。
42 宗緒：子嗣、後代之意。

43 宥：讀作「右」，容忍、寬容、寬恕。
44 綳繫：用繩子綑綁。
45 懽：同今「歡」字，是歡的異體字。
46 詰：讀作「傑」，問。
47 長跽：長跪。跽，讀作「季」，古代跪禮的一種，臀部不著腳跟，直身挺腰。
48 三下：即三更。
49 詈：讀作「立」，責罵。
50 批頰：打耳光。批，用手擊打，同為打耳光之意。
51 攧蹶：跌倒。攧，讀作「顛」。跌。
52 醮：讀作「叫」。改嫁。
53 冷塊：又冷又硬的食物。
54 尩羸：瘦弱。尩，讀作「汪」。
55 殞謝：過世。
56 囁嚅：讀作「聶如」。欲言又止的樣子。
57 一綫：僅有一子傳宗接代。綫，同今「線」字，是線的異體字。
58 出：此指出妻、休妻。古人休妻有七個條件，只要符合一個，就能休妻。分別是：無子、淫佚、不事公婆、口舌、盜竊、妒忌、惡疾。
59 欠伸：原指伸懶腰。此指因為憤慨，而揮舞手足，表示將要採取行動。
60 渠：他，第三人稱。
61 威劫：以武力相逼。
62 遑遽：惶恐不安。
63 據：按住、壓住。

64 篋：讀作「竊」。置物箱。
65 刀圭：古代量藥劑量的器具。
66 有咫：有餘。咫，古代丈量長度的單位。一咫八吋。
67 嘲哳：形容聲音雜亂如鳥鳴。《字彙．口部》：「嘲哳，鳥聲。」哳，讀作「札」。同今哳字，是哳的異體字。
68 股：大腿。
69 嗒焉若喪：失魂落魄，沮喪的樣子。嗒焉，形神分離貌。
70 股慄心慴：大腿顫抖，心中畏懼。慴，讀作「哲」。害怕、恐懼。
71 賓事良人：恭敬侍奉丈夫。
72 黔驢無技：與「黔驢技窮」同義。反反覆覆都只有那幾招，再沒其他本領，比喻虛張聲勢。
73 狎：輕慢、輕忽。
74 怫然：怫，讀作「費」。氣憤、惱怒的樣子。
75 不齒：看不起，輕視。
76 案臨：指提督學政至所屬各級縣市對生員進行考核。
77 回祿：指火災。
78 煨燼：灰燼。
79 無以舍舍萬石：沒有房子讓萬石住。第一個舍為名詞，房子。第二個舍為動詞，居住。
80 聒：喧嘩、吵鬧。
81 閽人訶拒不聽前：守門人大聲喝斥，不讓他上前。閽人，守門人。訶，大聲喝斥、責罵，通「呵」。聽，任由、任憑。

82 邑庠：古代科舉制度，對縣學的稱呼。庠，讀作「翔」，學校。

83 領鄉薦：指考中舉人。唐代科舉制度，參加進士考試的人，依例由地方官員推薦，此稱鄉舉或鄉薦。後代考中舉人，稱領鄉薦，或簡稱領薦。

84 孝廉：舉人。此指喜兒。

85 齎：讀作「積」，贈送財物給人。

86 孔：作動詞用。打個窟窿、鑽洞。

87 毛綆：麻繩。

88 不情：不講人情道理。

89 羸瘠：瘦弱。

90 自經：自盡。

91 縻：牽牛用的繩子。

92 珠還：即「珠還合浦」。比喻妻子失而復得。東漢時代，合浦郡盛產珍珠，因宰守貪婪，縱容濫採，蚌就逐漸遷徙至交阯郡。後孟嘗任合浦太守，革除以前的弊端，蚌才逐漸搬回來。典故出自《後漢書．卷七六．循吏傳．孟嘗傳》。

93 畢公權：山東淄川人，名世持，字公權，是畢際有的曾孫。畢公權過世時，蒲松齡撰寫《輓畢公權》詩哀悼之，足見兩人交情甚篤。

94 妙音經：蒲松齡杜撰的佛經名。

95 噱：讀作「決」。朗聲大笑。

96 坤：乾指男性，坤指女性。

97 十月呻吟：懷胎十月，生產時的痛苦呻吟。

98 就濕移乾：比喻母親養育孩子的辛勞。孩子尿床，母親把孩子移至乾的地方睡，自己則睡尿濕的床鋪。

99 三年嚬笑：三年撫育孩子的辛勞。引申為母親關懷孩子的情緒。嚬笑，指孩子的一嚬一笑。嚬，讀作「頻」，通「顰」。

100 宗祧：傳宗接代。祧，讀作「挑」，意指祖廟。

101 井臼：指家務。

102 魚水之愛：比喻夫妻恩愛情深。

103 陰教：此指妻子的教誨、號令。

104 乾綱之體統：丈夫的威嚴。

105 不遜之聲：妻子對丈夫出言不遜、當面頂撞。

106 大施而小報：妻子對丈夫大呼小叫地斥罵，丈夫卻只是小聲回應。

107 夜叉：佛教典籍中一種凶惡的鬼。

108 金剛：佛教的護法力士。

109 釜底毒煙生：母老虎發威，指婦人大發脾氣。釜，是婦的諧音。呂湛恩注引《西陽雜俎》：「釜，婦也。」

110 強項：挺直脖子，形容不肯屈服。

111 秋砧之杵可掬，不擣月夜之衣：拿起擣衣棒和擣衣石，不擣衣服而往丈夫身上招呼。砧，讀作「真」，擣衣石，洗衣時捶打衣服的棒槌。

112 麻姑之爪能搔：此指女性用來搔癢的指甲。麻姑，古代神話中的仙女，姓黎字瓊仙，江西建昌（今奉新縣西）人，修道於吳州（今江蘇省浙江市）東南姑餘山。

113 輕試蓮花之面：抓傷丈夫的臉頰。蓮花，原為武則天面首張昌宗的代稱，此借指丈夫。

114 小受大走：此指妻子對丈夫的毆打，能夠承受的就忍耐，會傷害性命的就逃跑。

115 孟母投梭：比喻對待丈夫就像管教兒子那樣嚴厲。原來的典故是，孟子逃學回家，孟母就生氣地把織布梭子丟在地上，並割斷所織之布。意謂嚴母教子。

116 婦唱夫隨：儒家禮教中，正常的夫婦關係是夫唱婦隨，妻子跟隨丈夫。但這裡以妻子馬首是瞻，丈夫只能跟隨妻子的腳步。

117 周婆制禮：制定禮法的人是周公，此處「周婆制禮」意指家裡的規範行為準則，是由女人說了算。

118 婆娑跳擲：形容悍妻拳打腳踢，跳腳摔東西的樣子。婆娑，此指手舞足蹈。擲，扔、丟。

119 嘲哳鳴嘶：形容悍妻叫罵之聲。鳴嘶，鳴叫、嘶叫。

120 撲落一羣嬌鳥：家人也遭受池魚之殃。

121 呼天籲地：即呼天搶地。形容非常哀傷、悲痛。

122 銀牀：水井旁的圍欄。此處借指水井。

123 猥：突然。

124 北宮黝：先秦時期齊國勇士。《孟子．公孫丑上》：「北宮黝之養勇也，不膚撓，不目逃；思以一豪挫於人，若撻之於市朝。」北宮黝助長他勇猛的方法為，遇到強敵不害怕上前搔癢、不躲避目光，以強橫的態度重挫，就好像在集市上用棍棒毆打對方。

125 孟施舍：古代勇士。《孟子．公孫丑上》：「孟施舍之所養勇也，曰：『視不勝猶勝也。量敵而後進，慮勝而後會，是畏三軍者也。舍豈能為必勝哉？能無懼而已矣。』」關於如何助長勇猛，孟施舍說：「就是把沒有勝算的仗當成有勝算。若是估量敵人的實力然後進攻，或者有勝算然後才進攻，這是害怕大軍之人的做法。棄戰又怎能取勝呢？唯有無所畏懼才能天下無敵。」

126 無何有之鄉：語出《莊子．逍遙遊》：「今子有大樹，患其無用，何不樹之於無何有之鄉，廣莫之野，彷徨乎無為其側，逍遙乎寢臥其下。」惠施有一棵大樹，覺得它一無是處，只能當柴來燒。莊子就勸解他：「你如今有一棵大樹，你覺得它一無是處，為何不把它種在無何有之鄉、廣莫之野，讓它順其自然生長，還可以躺在大樹下乘涼。」這「無何有之鄉」指的不是現實世界的一個地方，而是指人們的主觀心境，我們在心中給出一個空間，不以世俗功利的價值標準去衡量這棵大樹，那麼這棵大樹反而可以安享天年，不用擔心會被伐木工人砍伐。

127 骯髒：體型高大壯碩，此比喻七尺男兒。骯，此處讀作「抗」的三聲。

128 魔女翹鬟：美艷妖嬈的女人，妝容華美。魔女，借指美女。翹鬟，髮髻挽得很高。意指梳妝得很美。

129 鳩盤蓬首：披頭散髮的惡鬼。鳩盤，即鳩槃荼，佛教神話中以人的精氣為食的鬼。蓬首，披頭散髮。

130 香花供養：以香燭、鮮花供佛，以表示對佛的尊敬虔誠。此指敬重禮遇。

131 怒獅之吼：即河東獅吼。比喻妻子凶悍，讓丈夫心生恐懼。

132 雙孔撩天：意謂受到驚嚇，倒地不起，鼻孔朝天。

133 牝雞之鳴：即牝雞司晨。原本是公雞清晨報曉，換作母雞報曉，乃是譏諷女性（妻子）當家作主之意。

134 迴波詞憐而成嘲：〈迴波詞〉原本為同情唐中宗而作，後來成為嘲笑懼內之人的曲子。〈迴波詞〉，樂府商調曲。

135 汾陽之壻：借指權貴顯赫的世家。汾陽，指郭子儀（西元六九七至七八一年），唐朝名將，華州（今陝西華縣）人。平定安史之亂有功。官拜太尉、中書令，當時人稱「郭令公」。一生事奉玄宗、肅宗、代宗、德宗四朝。他有八個兒子七個女婿，皆在朝廷做官。

136 卿卿：古人對妻子親密的稱呼。

137 贅外黃之家：入贅至富貴人家。

138 拜僕僕：跪拜頻繁。

139 斫樹摧花：比喻女子因忌妒，而遷怒花草，砍樹折花，比喻無理取鬧。斫，讀作「卓」，用刀砍。

140 包荒：此指包容、忍讓。

141 妬：妒忌。同今「妒」字，是妒的異體字。

142 嬰鱗犯制：觸犯凶悍善妒婦人的禁忌，使之動怒。嬰鱗，傳說龍的喉嚨下方長有逆鱗，若有人觸犯鱗片，龍必憤怒而殺人。犯制，違反禁忌、規矩。

143 方兄：即孔方兄。錢幣。

144 鳥道：原指狹窄的通道，僅容飛鳥通過的道路。此暗喻女性的陰道。

145 霸王：即項羽。姓項，名籍，字羽（西元前二三二至前二○二年），秦末下相人（今江蘇省宿遷縣）。力大無窮，可以舉鼎，秦二世時，與叔父項梁起兵吳中，大破秦軍，自立為「西楚霸王」。被劉邦圍困於垓下（今安徽省靈壁縣東南），自刎於烏江。

146 鴻溝：古代運河名。今河南省滎陽縣，為楚漢分界處。此暗喻女性的陰戶，也稱陰門。

147 衾：讀作「親」，被子。

148 〈白首〉：指〈白頭吟〉。漢代卓文君所作的樂府詩。卓文君與司馬相如私奔，成為一段佳話，後司馬相如欲納妾，卓文君便作〈白頭吟〉：「聞君有兩意，故來相決絕。」與他斷絕關係，司馬相如受其感動，遂打消納妾念頭。

149 朝行雲，暮行雨：古人以雲雨比喻性愛，此指男女交歡。

150 獨占巫山：此指霸佔丈夫，獨得丈夫寵愛，不許丈夫有別的女人。（古代男子可以三妻四妾，善妒的女人為當時人所不齒。）巫山，位於四川省巫山縣東。比喻男女交歡的場所。

151 〈池水清〉：古樂府曲名。此指流連花街柳巷，飲酒作樂，樂而忘歸的男人。

152 空按紅牙玉板：獨自彈奏樂器，比喻獨守空閨。紅牙，一種樂器。指拍板。多用象牙或檀木製成，漆成紅色。玉板，用玉做裝飾的拍板。

153 蟬殼鷺灘：意指丈夫晚上背著妻子和別的女人尋歡作樂。蟬殼，指金蟬脫殼，背著妻子偷偷溜出去。鷺灘，如鷺之踏灘，落地時悄然無聲。

154 喜驪龍之方睡：看到妻子熟睡，便很高興。驪龍，黑龍。此處借指妻子。

155 犢車麈尾，恨駑馬之不奔：丈夫出去偷情，被妻子發現，落荒而逃，恨馬跑得不夠快。犢車，牛車。麈尾，以麈（駝鹿）尾巴上的毛製成的拂塵。

156 榻上共臥之人，揵去方知為舅：妻子本欲捉姦，掀開被子一看，才發現與丈夫同床共枕的人，是娘家的兄長。意謂妻子醋意大發，反而自取其辱。典故出自呂湛恩注引《要錄》。

157 牀前久縶之客，牽來已化為羊：善妒凶悍的妻子，怕丈夫出去與人幽會，以繩子拴住丈夫的腳，丈夫跟巫婆商議計謀，暗中偷偷將繩子繫在羊身上，騙妻子說因為她的善妒之心觸怒祖先，讓丈夫變成了羊，妻子悔不當初，於是痛改前非。典故出自呂湛恩注引《江盈科談言》。

158 無盡藏：此指沒有窮盡的一天。

159 買笑纏頭：花錢嫖妓。此指討青樓女子的歡心。纏頭，賞賜羅錦給表演歌舞的妓女。

160 太甲必曰難違：此處意謂自作自受，無法逃避縱容妻子所帶來的苦果。太甲，人名。商朝時的君王，湯的孫子。即位後，縱欲無度，被伊尹放逐於桐（今河北省臨漳縣），三年後，太甲悔過向善，伊尹迎接他歸朝，重新執政。

161 李陽：晉朝俠士，字景祖，武帝時擔任幽州刺史。典出《世說新語．規箴》，王衍妻郭氏仗著身為賈后之親，貪財且好干預人事，但對李陽有所忌憚。王衍無法阻止其妻的荒唐行徑，於是規勸「非但我言卿不可，李陽亦謂不可。」郭氏才略為收斂。

162 酸風：指女子妒嫉的心理，俗稱「吃醋」。

163 吹殘綺閣之春：比喻妻妾之間互相妒嫉，而傷害與丈夫之間的感情。

164 藍橋：位於今陝西省藍田縣東南溪上。唐代裴航在藍橋邂逅仙女雲英，之後兩人結為夫妻。用以比喻男女定情地。

165 斗酒藏而不設：典故出自蘇軾〈後赤壁賦〉：「歸而謀諸婦，婦曰：『我有斗酒，藏之久矣，以待子不時之須！』」回家和妻子商量，妻子說：「我有十升酒，收藏許久，以備你不時之需。」此處意義正好相反，表示妻子有美酒，卻不拿出來款待客人。

166 逐客之書：此指將客人趕出家門。秦王政十年，秦宗室大臣要求秦王驅逐非本國的臣子，秦王頒下逐客令。

167 踈：同今疏字，是疏的異體字。

168 雁影分飛：意指兄弟分家，各走各路。雁影，雁群飛翔時排列成行，古人以雁行比喻兄弟。

169 涕空沾於荊樹：兄弟異心，對著枯死的紫荊樹垂淚。典出馮夢龍《醒世恆言．第二卷．三孝廉讓產立高名》，田氏兄弟三人被妻子慫恿分家，祖傳一棵紫荊樹，三兄弟決定將樹砍倒，三成三份。第二天紫荊樹枯死，三兄弟抱在一起痛哭流涕，斷了分家之念。

170 鸞膠再覓：指男子續絃再娶。鸞膠，是用鳳喙麟角熬製成的膏狀物，可將弓弩斷掉的弦重新續上。

171 變遂起於蘆花：意指後母苛待前妻所生的孩子。典故出自《孝子傳》，閔子騫小的時候被後母虐待，冬天不給他棉衣穿，讓他穿蘆花所做的衣裳。他的父親知道後欲休妻，閔子騫替後母求情才作罷。

172 飲酒陽城：陽城，人名，字亢宗，唐朝人。恐兄弟手足感情日漸疏遠，故不娶。後官拜諫議大夫，終日與眾兄弟飲酒。

173 吹竽商子：商子，指商邱子胥，七十歲，不娶妻而容顏不老。竽，樂器名，屬於吹管樂器。體型比笙大，三十六管，後減至二十三管，長四尺二寸。

174 附骨之疽：深入骨髓的毒瘡。疽：讀作「居」。一種毒瘡，長在皮肉深處。

175 五兩鹿皮：古代成婚時男方送十張鹿皮給女方作為禮物。

176 剝牀之痛：指近身的災禍。

177 髯如戟者：鬍鬚稠密，體態健美威武的男子。

178 膽似斗者：勇氣過人。

179 馬棧下斷絕禍胎：意指殺死悍妻，以絕後患。焦氏《孟子正義》：「據國策，威王使章子（匡章）將而拒秦，念其母為父所殺，埋於馬棧之下。」威王命匡章為將抵抗秦國，感念他的母親被父親所殺，埋在馬棧之下。

180 蠶室中斬除孽本：自閹，意指斷絕自己的性慾。蠶室，執行宮刑的牢房。因受宮刑的人怕被風吹，君王乃下令在陰暗的房間裡蓄火，如養蠶之屋般溫暖，故稱為「蠶室」。孽本，指男性生殖器官。

181 啖：同今「啖」字，是「啖」的異體字。

182 天香夜爇：夜晚燒香，祈求神佛相助。天香，天上傳來的香氣。比喻神仙佛祖的法力神通。爇，燒也。讀作「若」或「熱」。

183 湯鑊：指油鍋。鑊，讀作「獲」。古代用以烹煮食物的大鍋。

184 花雨：天上降下各種顏色的香花。比喻神仙佛祖的法力神通。

185 劍輪：佛家語。阿鼻地獄中的刀山劍樹，受刑者不斷被利劍所傷。

186 極樂之境：即佛教所謂的極樂世界，是依靠阿彌陀佛依願力形成的佛淨土，可讓往生極樂世界的人在此修行。此處比喻幸福美滿的生活。

187 彩翼：鳳凰的羽翼，比喻鳳凰。此處比喻夫妻。李商隱〈無題詩〉：「身無彩鳳雙飛翼，心有靈犀一點通。」

188 長舌之端，青蓮並蒂：悍妒之婦，受佛法教化，妻妾和睦相處。長舌，指悍妒之婦。青蓮，指青蓮花。即梵語優鉢羅的義譯。以蓮花並蒂，比喻妻妾和睦。

189 優婆之國：指佛國淨土，即「極樂世界」。佛教稱在家居士為「優婆塞」，女子為「優婆夷」。

190 立道場於愛河之濱：借佛法來超渡陷溺於情愛之中的男女。道場，原指佛陀證道成佛之處。佛門弟子講經論道之地。愛河，佛家語。指男女情慾。

191 貝葉文：原指佛教典籍。此指上述作者所言的規勸語。

192 楊枝水：楊枝、淨水乃觀世音菩薩手持之物，比喻解救眾生苦難。

◆**何守奇評點**：萬石直是不可救藥，投以丈夫再造散而不愈，即狐亦窮於術矣。介甫謂為非人，信然。

萬石簡直無藥可救，服下「丈夫再造散」仍未能治好懼內的毛病，狐仙也無計可施。說馬介甫非是凡人，確實不錯。

馬介甫
乾綱不振自
貽羞此病難
將藥力瘳
淂仙人勤佈
置宗嗣一綫
賴長留

白話翻譯

楊萬石是河北大名府的秀才，生平最怕妻子。妻子尹氏，凶悍異常，只要稍微不順她心意，就用鞭子抽打。楊萬石的父親六十多歲，喪妻獨居，尹氏把他當奴僕對待。楊萬石和弟弟萬鍾經常偷偷拿食物給父親吃，不敢讓尹氏知道。然而楊父衣衫襤褸，兄弟倆怕被別人譏笑，不讓他接見賓客。萬石四十歲膝下無子，納王氏爲妾，一天下來卻從不敢說上一句話。兄弟倆進城準備參加考試，見到一名少年，衣裝華麗，容貌俊美。與他攀談，相談甚歡。問他姓名，自我介紹說：「姓馬，表字介甫。」從此交往日漸密切，燒香結爲異姓兄弟。

分別後約半年光陰，一日，馬介甫帶僮僕從楊府門前路過。剛好楊父在門外，曬太陽抓蝨子。馬介甫以爲他是僕人，自報姓名要他向主人轉達。老人披著棉絮而去，便有人告訴他：「他就是楊家兄弟的父親。」馬介甫訝異不已，楊家兄弟穿著便服前來相迎。馬介甫進入大廳向楊家兄弟作揖，請求拜見楊父。萬石以父親身染疾病推辭。三人促膝而坐，有說有笑，不覺已至傍晚。萬石屢次交代僕人準備飯菜，卻沒見到菜餚上桌。兄弟倆輪番進出催促，才有一個瘦弱的僕人拿著一壺酒來。不久酒喝完了。坐著又等了許久，萬石頻頻起身催促呼喚，額頭臉頰熱汗直流。不久瘦奴僕端著餐飯食具出來，然而糙米煮得半生不熟，難以下嚥。飯後，萬石匆忙離去。萬鍾把被褥搬來陪伴客人就寢。馬介甫責備道：「我以前覺得楊兄爲人很講義氣，所以和他結爲異姓兄弟。今日看到他疏於奉養，致令老父不得溫飽，就連路過的陌生人也都感到羞恥！」萬鍾流著淚說：「我的心聲，實在難以啓齒。家門不幸，娶到一個凶悍的嫂嫂，一家老小都受她欺辱。不是知心朋友，家醜不敢外揚。」馬介甫聽完驚訝得嘆氣，許久才說：「我原先準備天亮便離去，現在聽到這個奇聞，不可不親眼瞧瞧。請借給我一間空屋，我自己料理三餐。」萬鍾按照他吩咐，即刻打掃房間，讓他安頓下來。深夜偷偷送來蔬菜米糧，惟恐被尹氏知道。馬介甫了解他的用意，極力拒絕。並請求楊父與他一起吃飯睡覺，親自到城中店鋪購買布料，爲老人換上新衣袍和褲子。父子兄弟三人都對他感激涕零。萬鍾有個兒子名喚喜兒，剛滿七歲，晚上和楊父一起睡。馬介甫拍撫他說：「這孩子的福氣和壽命，遠勝過他爹，只是小時候孤苦伶仃。」

尹氏聽說楊父吃得飽、穿得暖，憤怒非常，大聲責罵，說馬介甫強行干涉別人家務事。起初還只在自己房中罵，後來索性到馬介甫房門口，故意罵給他聽。楊氏兄弟汗流浹背，來回奔波都無法制止；而馬介甫置若罔聞。小妾王氏有身孕，藏了五個月尹氏才知情，脫掉她衣服一頓毒打。打完後叫萬石前來跪下，給他戴上婦女的頭巾羞辱他，拿著鞭子把他趕出門去。恰好馬介甫就在門外，萬石感到很羞恥，止步不前。尹氏又追上去，逼他往前走，萬石這才出門。尹氏也跟出去，雙手叉腰，以腳頓地，圍觀的人很多。馬介甫指著尹氏呵斥道：「走，走開！」尹氏轉身狂奔，好像被鬼追一樣。褲子和鞋子都在慌亂中掉在路上，裹腳布也散落在地，光著腳回去，面如死灰。過了一會兒才稍微鎮定，婢女送上鞋襪。尹氏穿妥後，嚎啕大哭。家中無人敢問。馬介甫將萬石拉住，幫他解開頭巾。萬石直立身子屏住呼吸，害怕頭巾脫落；馬介甫強行要脫下就坐立不安，害怕尹氏會因他擅自脫掉，再給他多加罪名。窺見尹氏哭畢，他才敢進屋，卻又心驚膽顫，不敢上前。尹氏一言不發，突然起身，入房獨自就寢。萬石才放下心來，與弟弟暗自覺得驚訝。家人也都感到奇怪，偶然聚在一起談論此事。傳到尹氏耳中，更加惱羞成怒，把家中奴婢全打了一遍。喚小妾前來，小妾傷得很重無法下床。尹氏以為她在裝病，就跑到床前去打，使王氏血崩流產。萬石在無人之處，對著馬介甫哭訴。馬介甫好言勸慰。又喚僮僕準備酒菜，兩人直喝到二更，不放萬石回去。

尹氏在房中，氣憤丈夫不回來，正在大發雷霆。聽到撬門聲，急忙呼喊婢女，此時房門已開。有巨人闖入，身形巨大，影子遮住整間房，面目猙獰如鬼。不久又有幾個人，紛紛手持利刃。尹氏嚇得大聲喊叫，巨人用刀刺入她的脖子說：「你敢叫就把你殺掉！」尹氏急忙拿錢財欲贖小命。巨人說：「我是陰間使者，不要錢，只是來挖潑婦的心！」尹氏更加害怕，立刻跪地磕頭，額頭都磕破了。

巨人以利刃指劃尹氏胸口，責備她道：「像你這樣的作為，你說是否該殺？」就在她身上劃下一刀。舉凡尹氏所為凶殘之事，一樁樁責罵一遍，刀子跟著在皮膚上劃下幾十道傷痕。結束才說：「小妾產子，也算是你的孩子，怎麼忍心打掉？此事絕不可寬恕！」就命幾個人將她的雙手反綁，要剖開尹氏的心腸看看。尹氏叩頭求饒，只說知道錯了。不久聽到內院開關門的聲響，說：「楊萬石來了。既然已經知錯，暫且留她一條命。」眾人各自離去。不久，萬石進來，見尹氏赤身露體被捆綁，心口處的刀痕數之不盡。萬石解開繩索，問她發生何事，知道緣由後十分害怕，心中懷疑是馬介甫所爲。第二天向馬介甫講述此事。馬介甫也很驚駭。從此之後，尹氏脾氣收斂不少，幾個月不敢說一句狠話。馬介甫很高興，向楊萬石說：「實話告訴你，千萬別說出去：我先前用了小法術令她懼怕。既然夫妻和睦，就暫時分別。」說完便離去。

尹氏每晚都留萬石作伴，笑顏以對討好他。萬石從來沒嚐過魚水之歡，突然遇到了，覺得坐立不安。尹氏一晚回憶起巨人凶神惡煞的模樣，瑟縮得發抖。萬石想討好尹氏，稍微說漏了嘴。尹氏就馬上跳起來，刨根究底。萬石自知說錯話，悔之無用，便實言告知。尹氏勃然大怒，破口大罵。萬石害怕，在床下長跪。尹氏不予理會。萬石哀求至三更天。尹氏才說：「想要我原諒你，我當時被巨人在心口劃多少刀，也得同樣加諸在你身上，我才能消此恨！」於是到廚房拿菜刀。萬石害怕得逃走，尹氏緊追不捨。弄得雞犬不寧，全家都起來一看究竟。萬鍾不知發生何事，擋在兄長身前。尹氏正在大罵，忽然看見楊父前來，見他穿戴整齊，更加憤怒，用刀把楊父的衣服割成一條條破布，打他的臉頰、揪他的鬍鬚。萬鍾看到大怒，用石頭丟尹氏，打中她的頭，倒地而亡。萬鍾說：「以我一條命，可換得父兄活著，已無遺憾！」便跳井自殺，救上來已經斷氣。不久，尹氏甦醒，聽說萬鍾已死，也就消氣。出殯後，弟媳婦不捨得兒子，立誓不改嫁。尹氏唾罵又不給她飯吃，她才改嫁離去。留下喜兒一人，早晚受鞭打，等全家人都吃完飯，尹氏才給點剩菜剩飯。過了半年，喜兒瘦弱得只剩下一口氣。

一天，馬介甫忽然前來。萬石囑咐家人，不要告訴尹氏。馬介甫見楊父和以前一樣衣衫襤褸，頗爲驚訝；又聽說萬鍾已死，悲傷跺起腳來。喜兒聽說馬介甫來到，前來相伴，馬叔叔前、馬叔叔後地喊他。馬介甫第一眼認不出他是誰，仔細一看後才認出來。驚訝道：「喜兒爲何如此憔悴！」楊父這才吞吞吐吐把事情原委細說一遍。馬介甫對萬石怒道：「我以前就說楊兄你簡直不是人，果然沒錯！你們兄弟倆只有喜兒這一個血脈，要是被尊夫人折磨死了，該當如何？」萬石不出聲，只是垂頭喪氣地哭。眾人坐著說了一會兒話，尹氏已知馬介甫前來，不敢親自出來下逐客令，只是叫萬石進屋，打他耳光逼他與馬介甫絕交。萬石含淚走出來，臉頰上的摑痕仍在。馬介甫憤怒地說：「你要是不能振夫綱，爲何不乾脆休掉她？她毆打公公殺害小叔，你卻逆來順受，今後該如何做人？」萬石握緊拳頭，朝空中揮舞，似乎想要有一番作爲。馬介甫又刺激他說：「如果她不肯走，就威脅她；就算把她殺了也別怕。我有幾個知己好友，都在朝廷身居要職，一定會盡力相助，保你無事。」萬石點頭答應，懷抱怒氣衝進屋去。剛好撞見尹氏，她喝斥道：「要做什麼？」萬石驚慌失色，雙手按地說：「馬介甫教我休妻。」尹氏更加憤怒，環顧四周尋找刀棍，萬石嚇得逃走。馬介甫吐他口水說：「楊兄眞是朽木不可雕也！」於是打開箱子，取出一小勺藥，和水讓楊萬石喝下。說：「這是『丈夫再造散』。之所以不隨便拿出來使用，是因為它會對人體造成傷害。今天實屬不得已，只好姑且一試。」萬石喝下，不久，覺得一股怒氣充斥胸口，如烈火中燒，刻不容緩。他直奔臥室，罵聲如雷。尹氏還沒來得及問，萬石一躍而起，把尹氏踢到好幾尺外。又握起拳頭，不停揮拳打她。尹氏幾乎遍體鱗傷，仍然罵個不停。萬石從腰中拔出佩刀。尹氏罵道：「拿出刀子，你有膽子殺我嗎？」萬石不說話，割她大腿上的一塊肉，如巴掌那麼大，丟在地下。剛要再割，尹氏哀叫求饒。萬石不理會，又割下一塊肉。家人見萬石凶狠發狂，紛紛聚到一處，奮力將他拉出房間。馬介甫迎面走來，捉著手臂嘉獎他的勇氣。萬石盛怒未消，好幾次想跑去找尹氏算帳，馬介甫勸阻才作罷。不久，藥力逐漸減退，萬石又恢復成頹廢不振的樣子。馬介甫囑咐他說：「楊兄不要沮喪。振興夫綱，在此一舉。你之所以懼內，非一天一夜所能造成，是日積月累的結果。就好像昨天的你已經死了，今天重獲新生，必須從今天起改掉過去的壞習慣；如果再一蹶不振，就真的回天乏術了。」說完就教萬石回房探視情況。尹氏大腿發抖，膽戰心驚，要婢女扶她起身，跪著行走迎接他。萬石表示不必如此，她才作罷。萬石將此狀況告訴馬介甫，父子倆額手稱慶。馬介甫欲辭別，父子倆再三挽留。馬介甫說：「我原是要去東海一趟，順便路過前來拜訪，回來時可以再見一面。」一個月後，尹氏能夠下床走動，侍奉丈夫非常恭敬。日子久了，又開始覺得萬石根本是紙老虎，漸漸戲弄他、嘲笑他、辱罵他，沒過多久，舊態復萌。楊父實在受不了，連夜離家出走，到河南出家當道士。萬石也不敢去尋找。過了一年有餘，馬介甫又來拜訪，知道這個情況後，生氣得責備萬石，立刻將喜兒喚來，將他抱到驢子上坐著，揮舞鞭子，頭也不回地走了。

從此，鄉里的人都看不起楊萬石。提督學政前來考核，他因爲品行惡劣所以被除去功名。又過四五年，房屋失火，家中財物全被燒成灰燼；火勢還延燒到鄰居房屋。村民將他綁了前去告官，被課以很重的罰金。因此家產逐漸耗盡，甚至沒房子可住。鄰村的人都互相告誡，不要把房子租給他。尹氏的兄弟也對尹氏感到憤怒，也拒絕收留他們。萬石身無分文，就把小妾抵押給富豪，帶著妻子到南方去。到河南境內，盤纏用罄。尹氏不肯再跟楊萬石過苦日子，在丈夫面前吵著要改嫁。正巧有一個屠夫死了妻子，用三百錢買下尹氏。萬石孑然一身，在遠村近鄰間行乞爲生。來到一間大宅院前，守門人將他趕走不讓他上前。不久，一名男子從裡面走出，萬石趴在地上啜泣。那男子覺得萬石很面熟，問他姓名，驚訝道：「原來是伯父啊！何以潦倒至此？」萬石仔細一看，認出是喜兒，忍不住放聲大哭。跟隨喜兒入內，見到大廳裡金碧輝煌。不久，楊父被僮僕攙扶著走出，父子相見，悲傷哭泣。萬石這才講述自己的遭遇。先前，馬介甫帶喜兒來此，數日後，又外出把楊父接來，讓祖孫倆住在一塊。又聘請老師教喜兒讀書。十五歲就考中秀才，隔年又中了舉人，這才成了親。馬介甫欲離去，祖孫哭著挽留他。馬介甫說：「我其實不是人，乃是狐狸所變。道友們已經等我很久了。」便離去了。喜兒談到馬介甫，不禁悲傷哀戚。因想起從前和庶伯母一同遭受尹氏虐待，更加悲傷。就派人用車馬運送金子，將王氏贖回。一年後，王氏生了個兒子，萬石便將她立爲正室。

尹氏嫁給屠夫半年，和以前一樣狂妄暴躁。丈夫暴怒，用屠刀在她大腿上挖洞，用麻繩穿過去，懸掛在屋樑上，便挑起肉擔外出做買賣。尹氏喊得聲嘶力竭，鄰居這才知道。替她鬆綁，幫她把腿上的繩子抽出來，一抽動，她痛得大聲喊叫，四周鄰居全聽見了。尹氏見到屠夫回來，嚇得汗毛都豎立起來。腿傷雖然痊癒，麻繩的殘渣卻留在皮肉裡，一走路就隱隱作痛，不良於行；但她仍要從早到晚辛苦工作，不敢稍有懈怠。屠夫凶殘暴力，每次喝醉酒回來，就對她又打又罵不近人情。到此時，她才恍然大悟，從前也是如此對待別人。

一天，楊孝廉的夫人和伯母王氏到普陀寺燒香，鄰村農婦都前來參拜。尹氏悵然若失地站在人群中不肯上前。王氏故意問：「這是何人？」家人上前稟告：「她是張屠夫的妻子。」便喝斥她上前，向太夫人磕頭。王氏笑道：「這個婦人既然嫁給屠夫，應當不缺肉吃，爲什麼卻瘦成這樣？」尹氏羞愧悔恨，回家欲上吊自盡，因繩子太細，尋死不成。屠夫更加討厭她。一年後，屠夫過世。她在路上遇到萬石，遠遠望他一眼，就以膝蓋行走到萬石面前，淚如雨下。萬石礙著僕人在旁，不發一言。回家後告訴喜兒，想將尹氏接回。喜兒堅持反對。尹氏被鄉里人唾棄，在外流離失所許久，跟著一群乞丐出外乞討。萬石時常去破廟中探望尹氏。喜兒認爲有辱門風，暗中叫那些乞丐羞辱他們，萬石與尹氏才斷絕來往。這件事我不知結果如何，後面幾行，由畢公權先生續寫而成。

記下奇聞異事的作者如是說：「畏懼妻子，是天下人的通病。不曾想天地之間，竟有楊萬石這樣軟弱的人！難道不是一種怪異的現象嗎？我曾寫過《妙音經》的續言，附錄於後，博君一笑：

「我以為天道創生萬物，主要仰賴大地滋養；男兒志在四方，更需妻子幫助。結為夫妻，女子卻獨自承受懷胎十月的痛苦；母親犧牲自己，忍受三年哺育孩兒的辛苦，只為給孩子舒適生活。為了傳宗接代，所以君子追求淑女，共效于飛；需要有人照料家中，所以有夫妻之愛。妻子氣焰日益升高，丈夫威嚴蕩然無存。剛開始妻子出言不遜，丈夫悶不吭聲；接著丈夫對待妻子小心恭謹，妻子卻沒有給予同等回報。只因兒女情長，使得英雄氣短。母夜叉坐在床上，就算金剛也需低頭。母老虎發威，鐵漢也得屈服。拿起擣衣棒往丈夫身上招呼，纖纖十指抓傷丈夫的臉龐。小杖則受，大杖則逃走，像孟母管教孩兒般對待丈夫；婦唱夫隨，儼然牝雞司晨之勢。

「悍婦撒野，暴跳如雷，惹得行人圍觀；悍婦當街叫罵，無辜的人也遭受牽連。唉！呼天搶地，忽然披頭散髮衝向井邊。真是醜態畢露啊！有的時候，是伸長脖子要上吊。這個時候：丈夫的膽已經被嚇碎一地，魂魄飛到天外。即使壯士也得逃跑，勇猛的人豈能不畏懼？將軍們如同雷電般威猛，一回到家中，氣勢瞬間煙消雲散；當官的威風八面，回到寢室，各個都有難言之隱。難道是女子的氣勢，真能不怒自威？可令七尺昂藏之軀，不寒而慄？稍能理解的情況是：美豔的女子在月下前來，男子就算拜倒在她的羅裙下，又有何妨？最冤枉的情況是：惡鬼蓬頭垢面來到人間，也要男人把她們當菩薩般供養膜拜。懦弱的男人一聽到妻子怒吼發威，立刻癱軟在地，四腳朝天；聽到妻子發號施令，便嚇得五體投地，不敢不遵從。好色的男人只顧肉體的歡愉，而無視妻子的面貌醜陋；唐中宗懼怕妻子，成為臣民的笑柄。如果夫憑妻貴，得以高官厚祿，而諂媚妻子這還情有可原；如果入贅富室，免不了做牛做馬，對妻子頻頻跪拜，這又是何苦？窮途潦倒之人，依靠妻子度日，自慚形穢，任由妻子醋勁大發，無理取鬧，只求妻子的寬諒；有錢有勢的財主，觸犯到妻子的禁忌，無法藉由金錢來化消。難道束縛男人的心，只憑女人的陰道？讓霸王氣勢全消，只依恃陰戶？

「夫妻死後埋葬在一起，活著的時候同眠共枕，丈夫何曾有另結新歡之意？妻子白天想與丈夫形影不離，夜晚想要享受魚水之歡，獨佔丈夫的寵愛。最遺憾的是男人在外尋歡作樂不成，辜負秦樓楚館夜夜笙歌；可憐妻子薄命，漫漫長夜寂寞難熬。丈夫晚上出外尋歡，慶幸妻子剛剛睡著；丈夫在外金屋藏嬌，被妻子發現時趕緊逃跑，惟恨馬跑不快。妻子前來捉姦，將與丈夫在床上同寢之人趕走時，才知道原來是自家兄長；有的妻子千方百計將丈夫拴在身邊，牽來一看才發現丈夫竟然變成一頭羊。男人需要女人的時間非常短暫，但女人帶給男人的毒害卻是無窮無盡。費盡心思討好妻子，變成自作自受，連商君太甲都要說『難違』；對妻子千依百順，卻受到無妄之災，連俠士李陽都要說『不可』。妻子爭風吃醋，把夫妻間的濃情蜜意摧毀殆盡；掀起醋海波浪，破壞夫妻溝通的橋樑。或者設宴款待朋友，妻子卻不肯把珍藏佳釀拿出來款待貴客，甚而下令逐客；是以朋友逐漸疏於交往，不肯登門拜訪，於是丈夫就只能閉門謝客。甚至與兄弟反目，對著象徵兄弟之情的荊樹空自垂淚；妻子死了續弦再娶，卻對繼子多加虐待。所以唐朝陽城寧願終身不娶，與兄弟們飲酒作樂；商丘子胥，七十多歲仍未成家。古人之所以這樣做，是有難言之隱。

「唉！百年的夫妻，竟然成為深入骨髓的毒瘡；以貴重聘禮娶回來的妻子，換來的竟是切膚之痛。即便是鬍鬚豐美，體型魁梧的男子，也難逃懼內的命運；勇氣過人的英雄豪傑，也不過如此。無人敢殺害妻子，永絕禍患；又有誰有勇氣，給自己處以宮刑，徹底除去自己的生理欲求。悍婦在家逞凶發威，做丈夫的苦無治療忌妒的良藥；母老虎荼毒丈夫，期盼佛祖能指點迷津。只能夜晚燒香祈禱，可以脫離刀山油鍋之苦；早晨念誦佛經，祈求佛祖顯靈，拯救眾生於水火。希望有朝一日能夠鳳凰于飛，幸福美滿；夫妻同心共修佛法，並蒂花開。只能皈依佛門，早日修成正果脫離苦海；借助佛陀的教法，脫離情慾的糾纏。唉！但願上述這段勸世的佛經，能成為淨化世間的楊枝甘露，拯救蒼生於苦難之中！」

魁星◆

鄆城[1]張濟宇，臥而未寐，忽見光明滿室。驚視之，一鬼執筆立，若魁星[2]狀。急起拜叩。光亦尋滅。由此自負，以為元魁[3]之先兆也。後竟落拓無成；家亦彫落[4]，骨肉相繼死，惟生一人存焉。彼魁星者，何以不為福而為禍也？

1 鄆城：鄆，讀作「運」。古代縣名。今山東省鄆城縣。
2 魁星：神話傳說中掌文運的神。本作奎星，俗就魁字取象。頭部鬼形，一腳向右翹，一手執筆，一手捧斗的形像。
3 魁：即魁首。在考試中獲得第一名。
4 彫落：衰敗。彫，通「凋」。

張濟宇是鄆城人。一天，他躺在床上還沒睡著，忽然看到整個房間大放光明。他驚訝地看見一個鬼拿著筆站在眼前，一副魁星的樣子。他急忙起來跪拜叩首。光明也隨即消失。從此張濟宇就很自負，以爲是科考奪魁的預兆。後來他竟然名落孫山，一事無成；家道中落，親人又接連死去，只有他一個人活著。那個魁星，爲什麼不爲他賜福，反而降禍呢？

◆**仙舫評點**：按天上主文之星，乃二十八宿之奎，不從魁。自書字一訛，而俗工遂肖之若鬼然，執以斗，非古也。若張濟宇者，所見其厲鬼歟？

評點者按，天上掌管文運的星宿，是二十八星宿的奎宿，而非魁這個字。寫錯一個字，一般民間所畫的「魁」形象很像是鬼，手持斗，非古時奎星。像張濟宇這樣的人，看到的大概是厲鬼吧？

厙將軍

厙大有[1]，字君實，漢中洋縣[2]人。以武舉隸祖述舜[3]麾下。祖厚遇之，屢蒙拔擢，遷偽周總戎[4]。後覺大勢既去，潛以兵乘祖。祖格拒傷手，因就縛之，納款於總督蔡[5]。至都[6]，夢至冥司，冥王怒其不義，命鬼以沸油澆其足。既醒，足痛不可忍。後腫潰，指盡墮。又益之瘧。輒呼曰：「我誠負義！」遂死。

異史氏曰：「事偽朝固不足言忠；然國士庸人，因知為報[7]，賢豪之自命[8]宜爾也。是誠可以惕天下之人臣而懷二心者矣。」

1 厙大有：清順治十七年（西元一六六〇年）武舉人，官至總兵。厙，讀作「社」。

2 漢中洋縣：今陝西省洋縣。

3 祖述舜：吳三桂帳下親軍後將軍，駐守岳州（今湖南省岳陽市），後退守辰州（今湖南省沅陵縣）。清軍攻佔辰州後，率兵投降。一說是所屬將士擒獻投降。

4 偽周：指清初明降將吳三桂叛清之後，在雲南所建立的地方割據政權

◆**但明倫評點**：《論語》云：「因不失其親，亦可宗也。」所因非人，識者鄙之；況已受其偽職，所謂策名委贄，貳乃辟也。覺大勢既去，然後以兵乘其偽帥而縛之，於國為叛民，於逆為叛將。沸油澆足，可以警世之立腳不穩者。

《論語》說：「親近值得親近的人，那麼此人就值得尊敬。」所親近的是不值得親近的人，有見聞的人都鄙視他；更何況厙大有已經接受偽政府的官職，所謂「既然接受官職就應該效忠，不當存有二心。」厙大有察覺吳三桂大勢已去，發兵將偽政府的統帥給擒捉，對於國家來說是叛民，對於吳三桂來說是叛將。陰司對他處以熱油澆灌雙腳的刑罰，正好可以警惕那些搖擺不定，三心二意的人。

（西元一六七三至一六八一年）。總戎：統帥、統管軍務。清代稱各省提督下所設的總兵為總戎。
5納款於總督蔡：向姓蔡的總督表示歸順。總督，明清地方軍事最高長官。蔡，指蔡毓榮，字仁庵，滿清漢軍正白旗人。吳三桂叛清作亂時，以綏遠將軍總督雲貴。納款，歸順投降。
6都：北京、京城。
7國士庸人，因知為報：謂無論是什麼身分的人，別人如何待我，我就應當如何回報。國士，一國之中才德兼備之人。庸人，眾人，普通人。
8自命：自我期許。

白話翻譯

庫大有，字君實，漢中洋縣人氏，以武舉人的身分在祖述舜麾下任職。祖述舜對他很禮遇，多次提拔他，並晉升他爲僞周政權的總兵。後來，庫大有察覺吳三桂大勢已去，發兵偷襲祖述舜。祖述舜在戰鬥中傷了手，庫大有將他捆綁起來，向雲貴總督蔡毓榮投降。來到京城，庫大有夢見了陰司。冥王恨他不忠不義，遂命小鬼用滾沸的油澆他的腳。他醒來後，雙腳疼得難以忍受。後來他的雙腳腫爛了，腳指全部脫落。接著又染上瘧疾，病中不斷喊著：「我眞是忘恩負義啊！」不久就死了。

記下奇聞異事的作者如是說：「雖然庫大有任職僞政府，不能稱得上是『忠』；但無論是誰，只要他人如何待我，我就應當如何回報，賢士豪傑應自我如此期許。庫大有此事，可以對那些爲人臣者，卻對主上不忠之人一個警惕！」

絳妃

癸亥歲[1]，余館[2]於畢刺史[3]公之綽然堂。公家花木最盛，暇輒從公杖履[4]，得恣游賞。一日，眺覽既歸，倦極思寢，解屨登牀。夢二女郎，被服豔麗，近請曰：「有所奉託，敢屈移玉[5]。」余愕然起，問：「誰相見召？」曰：「絳妃耳。」恍惚不解所謂，遽從之去。俄睹殿閣，高接雲漢。下有石階，層層而上，約盡百餘級，始至顛頭[6]。見朱門洞敞[7]。又有二三麗者，趨入通客。無何，詣一殿外，金鉤碧箔[8]，光明射眼。內一女人降階出，環佩鏘然，狀若貴嬪[9]。方思展拜，妃便先言：「敬屈先生，理須首謝。」呼左右以毯貼地，若將行禮。余惶悚無以為地[10]，因啟曰：「草莽微賤，得辱寵召，已有餘榮。況敢分庭抗禮，益臣之罪，折臣之福！」妃命撤毯設宴，對筵相向。酒數行，余辭曰：「臣飲少輒醉，懼有愆儀[11]。教命云何？幸釋疑慮。」妃不言，但以巨杯促飲。余屢請命。乃言：「妾，花神也。合家細弱，依棲於此，屢被封家婢子[12]，橫見摧殘。今欲背城借一[13]，煩君屬檄草[14]耳。」余皇然[15]起奏：「臣學陋不文，恐負重託；但承寵命，敢不竭肝鬲[16]之愚。」妃喜，即殿上賜筆札。諸麗者拭案拂座，磨墨濡毫。又一垂髫[17]人，折紙為範[18]，置腕下。略寫一兩句，便二三輩疊背相窺。余素遲鈍，此時覺文思若湧。少間，稿脫，爭持去，啟呈絳妃。妃展閱一過，頗謂不疵[19]，遂復送余歸。醒而憶之，情事宛然。但檄詞強半遺忘，因足而成之：

「謹按封氏：飛揚成性，忌嫉為心。濟惡以才[20]，妒同醉骨[21]；射人於暗，奸類含沙[22]。昔虞帝[23]受其狐媚，英、皇[24]不足解憂，反借渠[25]以解慍[26]；楚王[27]蒙其蠱惑，賢才未能稱意，惟得彼以稱雄[28]。沛上英雄[29]，雲飛而思猛士[30]；茂陵天子[31]，秋高而念佳人[32]。從此怙寵日恣，因而肆狂無忌。怒號萬竅[33]，響碎玉於王宮[34]；淜湃[35]中宵，弄寒聲於秋樹。倏向山林叢裏，假虎之威[36]；時於灩澦堆[37]中，生江之浪。且也，簾鉤頻動，發高閣之清商[38]；簷鐵[39]忽敲，破離人之幽夢。尋帷下榻，反同入幕之賓[40]；排闥[41]登堂，竟作翻書之客[42]。不曾於生平識面，直開門戶而來；若非是掌上留裙[43]，幾掠妃子而去。吐虹絲於碧落[44]，乃敢因月成闌[45]；翻柳浪於青郊[46]，謬說為花寄信[47]。賦歸田者[48]，歸途纔就，飄飄吹薜荔[49]之衣；登高臺者[50]，高興方濃，輕輕落茱萸之帽[51]。蓬梗[52]卷兮上下，三秋之羊角搏空[53]；箏聲[54]入乎雲霄，百尺之鳶絲[55]斷繫。不奉太后之詔，欲速花開[56]；未絕座客之纓，竟吹燈滅[57]。甚則揚塵播土，吹平李賀之山[58]；叫雨呼雲，捲破杜陵之屋[59]。馮夷起而擊鼓[60]，少女[61]進而吹笙。蕩漾以來，草皆成偃；吼奔而至，瓦欲為飛。未施搏水[62]之威，浮水江豚[63]時出拜；陡出障天之勢，書天雁字[64]不成行。助馬當之輕帆[65]，彼有取爾；牽瑤臺[66]之翠帳，於意云何？至於海鳥有靈，尚依魯門以避[67]；但使行人無恙[68]，願喚尤郎以歸[69]。古有賢豪，乘而破者萬里[70]；世無高士，御以行者[71]幾人？駕礮車之狂雲[72]，遂以夜郎自大[73]；恃貪狼[74]之逆氣，漫以河伯為尊[75]。姊妹俱受其摧殘，彙族[60]悉為其蹂躪。紛紅駭綠[77]，掩苒[78]何窮？擘柳鳴條[79]，蕭騷[80]無際。雨零金谷[81]，綴為藉客之裀[82]；露冷華林[83]，去作沾泥之絮。埋香瘞玉[84]，殘妝卸而翻飛；朱榭雕欄，雜珮紛其零落。減春光於旦夕，萬點正飄愁[85]；覓殘紅於西東[86]，五更非錯恨。翩躚江漢女[87]，弓鞋[88]漫踏春園；寂寞玉樓人，珠勒徒嘶芳草[89]。斯時也：傷春者有難乎為情[90]之怨，尋勝者作無可奈何之歌[91]。爾[92]乃趾高氣揚，發無端之踔厲[93]；催蒙振落[94]，動不已之瓓珊[95]。傷哉綠樹猶存，簌簌者[96]繞牆自落；久矣朱旛[97]不豎，娟娟者霣[98]涕誰憐？墮溷[99]沾籬，畢芳魂於一日；朝榮夕悴，免荼毒以何年？怨羅裳之易開，罵空聞於子夜[100]；訟狂伯之肆虐，章未報於天庭。誕告芳鄰，學作蛾眉之陣[101]：凡屬同氣[102]，羣興草木之兵[103]。莫言蒲柳無能，但須藩籬有志。且看鶯儔燕侶[104]，公覆[105]奪愛之仇；請與蝶友蜂交，共發同心之誓。蘭橈桂楫[106]，可教戰於昆明[107]；桑蓋柳旌，用觀兵於上苑[108]。東籬處士，亦出茅廬[109]；大樹將軍[110]，應懷義憤。殺其氣燄，洗千年粉黛[111]之冤；殲爾豪強，銷萬古風流[112]之恨！」

1 癸亥歲：康熙二十二年，西元一六八三年。
2 館：設帳，開學堂授徒。
3 畢刺史：名際有，字載績，號存吾。山東淄川人。刺史是清代知州的別稱，地方長官名。
4 杖履：拐杖和鞋子。引申為腳步、足跡。用以對長輩的敬詞。
5 敢屈移玉：邀請人到某地，即請移尊駕之意。
6 顛頭：頂點、最高處之意。
7 洞敞：敞開。
8 金鉤碧箔：金色的簾鉤，碧綠色的門簾或窗簾。

9 貴嬪：魏文帝時所設置的女官名稱。地位次於皇后。
10 惶悚無以為地：惶恐不知如何是好。
11 愆儀：失態。
12 封家婢子：神話中的風神，又稱封姨、封十八姨。此處用語為貶意。
13 背城借一：與敵人背水一戰。
14 屬檄草：草擬檄文。屬，讀作「主」，撰寫。檄文，軍中官方文書的通稱，用以向敵人宣戰、宣示對方的罪狀、徵召等。
15 皇然：驚慌、惶恐。皇，通「惶」。

16肝鬲：肺腑。鬲，讀作「隔」。通「隔」字。
17垂髫：此指女童。古時孩童不束髮，故稱。髫，讀作「條」。
18折紙為範：古時寫字用紙沒有格線，為使書寫維持端正筆直，會事先將紙張折出數條直行折痕，稱之為範。
19不疵：沒有瑕疵、缺失。
20濟惡以才：憑藉自己的才能，到處興風作浪。
21醉骨：指一種銷魂蝕骨的毒酒。
22含沙：比喻暗箭傷人。典出《詩經．小雅》：「為鬼為蜮，則不可得。」蜮是一種水中毒蟲，能含沙噴射人，被射中皮膚會潰爛。
23虞帝：指賢君舜。姓姚，名重華。因改國號為虞，史稱「虞舜」。
24英、皇：指娥皇、女英。舜的兩名妃子，名喚娥皇、女英，舜死後雙雙投湘江而死，後人稱湘妃。
25渠：他，第三人稱。
26解慍：消煩解憂。典出《禮記．樂記》：「昔者舜作五絃之琴以歌《南風》。」《南風》傳為舜帝所作之詩：「南風之薰兮，可以解吾民之慍兮。」用以讚頌南風的溫煦帶來國泰民安。此處諷刺虞舜奢望以和風解決民生困頓。
27楚王：楚襄王，西元前二九八至前二六三年在位。
28稱雄：典故出自宋玉〈風賦〉。楚襄王和宋玉、景差等臣子在蘭臺之宮遊賞，突然颳來一陣風，楚襄王敞開衣裳，坦露胸襟享受此風。宋玉則以風有雌雄之差，稱楚王之風為雄風；平民百姓的風為雌風，以諷刺楚王不知民間疾苦。
29沛上英雄：指漢高祖劉邦（西元前二四七至前一九五年），字季，沛縣豐邑（今江蘇省豐縣）人，漢代開國之君。劉邦在沛縣起義，故當時人稱「沛公」。與項羽一同討伐秦國，後殺了項羽而有天下，在位十二年。國號漢，定都長安。廟號高祖。
30雲飛而思猛士：劉邦作《大風歌》：「大風起兮雲飛揚。威加海內兮歸故鄉，安得猛士兮守四方。」
31茂陵天子：漢武帝劉徹（西元前一五六至前八七年）。武帝繼承文帝、景帝之功績，安內攘外。接受董仲舒建議罷黜百家，獨尊儒術。在位五十四年崩，葬於茂陵，所以稱茂陵天子，廟號武帝。
32秋高而念佳人：佳人，指賢能的臣子。漢武帝曾作〈秋風辭〉，借秋風起興，有思賢臣之意。
33怒號萬竅：典故出自《莊子．齊物論》：「子綦曰：『夫大塊噫氣，其名為風。是唯无作，作則萬竅怒呺。』」天地吐氣，就叫做風。不吹則已，一吹大地上所有孔竅都發出聲響。
34響碎玉於王宮：唐睿宗第四個兒子岐王李範，在宮中竹林懸掛碎玉片，只要聽到碎玉互相敲擊之聲，便知有風。
35淜湃：亦作「彭湃」。海浪互相撞擊所發出的聲音。淜，讀作「朋」。
36假虎之威：即狐假虎威。典故出自《戰國策．楚策一》。老虎捉獲一隻狐狸，要吃牠。狐狸騙老虎說百獸都懼怕牠，便與老虎同行，借老虎的威風嚇走百獸，讓老虎誤以為百獸懼怕狐狸。

37 灩澦堆：位於四川省奉節縣東十里瞿塘峽口的險灘，俗稱燕窩石。

38 清商：原是清商樂曲的簡稱，此處借指秋風。清商樂曲，泛指從漢代以至唐代的民間音樂。

39 簷鐵：即風鈴。以金屬片或玉片掛在屋簷下，風吹則互相撞擊作響。

40 入幕之賓：進入內室的客人，比喻兩人關係極為親密。典故出自《晉書‧卷六七‧郗鑒傳》。謝安與王坦之拜訪桓溫議事，桓溫令郗超討在帳內偷聽，風將簾帳吹開，謝安笑說：「郗生可謂入幕之賓矣！」

41 排闥：把門推開。闥，讀作「踏」。

42 翻書之客：指南風。宋朝劉攽〈新晴〉詩：「惟有南風舊相識，偷開門戶又翻書。」

43 掌上留裙：漢成帝的皇后趙飛燕體態輕盈，能在掌上起舞。一天颳起大風，她說要隨風仙去，成帝命人急忙拉住她的裙子。

44 吐虹絲於碧落：把彩色的光線噴灑至天空。虹絲，彩光。碧落，道家稱呼天為碧落。

45 因月成闌：製造月暈。古人認為有月暈時，是風將起之兆。

46 青郊：春郊。

47 信：訊息、消息。

48 賦歸田者：指陶淵明（西元三六五至四二七年），東晉潯陽柴桑人。曾任彭澤令，後解授印離去，作〈歸去來辭〉以明心志。

49 薜荔：植物名。常綠蔓莖灌木。可入藥。也稱「木蓮」。

50 登高臺者：指孟嘉。字萬年，東晉江陵（今湖北省荊州市）人。陶淵明的外祖父。歷任廬陵從事、江州別駕、征西參軍等職，晚年在桓溫幕府任職。

51 茱萸之帽：古人九月九日重陽節，有將茱萸插戴頭上的習俗，所以稱戴茱萸之帽。

52 蓬梗：蓬草多分支的莖。

53 三秋之羊角摶空：九月的旋風盤旋而上。三秋，即九月。羊角，旋風。形似羊角。摶，讀作「團」，以手抓取，此處指憑風騰空而上。

54 箏聲：風箏所發出的聲音。五代時在紙鳶上綁上竹哨，飛到天空時，風灌入其中，便能發出像古箏的聲音，所以稱為風箏。

55 鳶絲：風箏的絲線。

56 不奉太后之詔，欲速花開：武則天曾在冬日命百花齊放，唯有牡丹不服詔令，拒絕開花，故貶至洛陽。這裡反用此典故，意指風違背時令，吹拂令花盛開。

57 未絕座客之纓，竟吹燈滅：風將燈吹滅，幫助歹人做壞事。典故出自《說苑‧復恩》，楚莊王大宴群臣，燈燭忽滅，有人拉扯美人衣服，那位美人因此取走那人的帽帶。但楚莊王不想因保全婦女名節而羞辱群臣，所以命所有人都取下帽帶。纓，帽帶。

58 吹平李賀之山：李賀（西元七九〇至八一六年），字長吉，福昌（今河南省宜陽縣西）人。唐代詩人。少時聰穎，七歲能屬文，詩文尤工。曾作〈浩歌〉詩，云：「南風吹山作平地，帝遣天吳移海水。」

59 捲破杜陵之屋：杜陵，即杜甫（西元七一二至七七〇年），字子美，號少陵，有「詩聖」之稱。唐代詩人。祖籍湖北襄陽（今襄陽市），出生於河南鞏縣（今鞏義市）。官拜左拾遺、工部員外郎，因此也稱為「杜工部」。詩歌反映當時代的社會現狀。也稱「杜陵布衣」、「老杜」。曾作〈茅屋為秋風所破歌〉。

60 馮夷起而擊鼓：馮夷，河神名，指河伯。曹植〈洛神賦〉：「馮夷擊鼓，女媧清歌。」

61 少女：指少女風，即西風。

62 搏水：掀起波瀾。

63 江豚：一種水中動物，鯨豚哺乳類。全身黑色，背側灰藍，腹側白。頭圓，眼小。以魚、蝦等小動物為食。相傳江豚在江上出現時，就會颳風。

64 雁字：雁群在天際飛翔時，會排成一字或人字形。

65 助馬當之輕帆：典故出自宋代曾慥《類說》。初唐詩人王勃要前往滕王閣赴宴，乘舟行至馬當。馬當離南昌七百里，王勃幸得風神相助，竟然在第二天及時趕到，並在會上作滕王閣序享譽文壇。

66 瑤臺：神仙居住的地方。

67 海鳥有靈，尚依魯門以避：聰明的海鳥，懂得在魯國東門躲避寒風。事見《國語．魯語上》。

68 行人無恙：在遠方的旅人，無災無難。典故出自《世說新語．排調》：「行人安穩，布帆無恙。」

69 願喚尤郎以歸：指石尤風，意即逆風、頂頭風。典故出自見元朝伊世珍《瑯嬛記．卷中》引《江湖紀聞》。相傳石氏與她的丈夫尤郎夫妻感情很好，尤郎外出經商，許久未回，石氏因思念丈夫，身染重病，臨終時長嘆說：「吾恨不能阻其行，以至於此，今凡商旅遠行，吾當作大風為天下婦人阻之。」我只恨自己不能阻止丈夫出遠門，才會變成如今這樣子。從現在起只要有商旅出遠門，我就要颳起大風，替天下妻子阻止她們的丈夫。

70 乘而破者萬里：指宗慤（讀作「卻」）的事蹟。宗慤，字元干，南朝宋名將，南陽郡涅陽（今河南省鎮平縣南）人，年少時，曾說願乘長風破萬里浪。

71 御以行者：御風而行，指列子。《莊子．逍遙遊》：「夫列子御風而行，泠然善也，旬有五日而後反。」列子乘風而行，十五天後又回到原地。

72 駕礮車之狂雲：即礮車雲。吹起大風，飛沙走石就像拋石車在投石。礮，同今砲字，是砲的異體字。礮車，拋石車，古代的戰車。

73 夜郎自大：夜郎是漢代西南邊境的一個小國，夜郎國王以為自己國家是世界上最大的，故問漢朝使者：「漢孰與我大？」典故出自《漢書．卷九五．西南夷傳》。比喻人的見識淺短。

74 貪狼：指貪狼風。是一種強風，能吹倒房屋，將樹連根拔起。

75 河伯為尊：《莊子．秋水篇》載：「秋水時至，百川灌河，涇流之大，兩涘渚崖之間，不辯牛馬。於是焉河伯欣然自喜，以天下之美為盡在己。」河伯，即河神。他看到河川之廣大，便沾沾自喜，以為自己是天下最大的。指見識之淺短。

76 彙族：全族，整個族群。

77 紛紅駭綠：此指一陣風吹過，整個花枝都震撼動搖。

78 掩苒：搖動的樣子。

79 鳴條：風吹過樹枝而發出的聲響。

80 蕭騷：擬聲詞。形容下雨的聲音，風吹樹木所發出的聲響。

81 金谷：指金谷園。今河南省洛陽市西北。

82 綴為藉客之裀：落花聚集在一處，可以當坐墊。裀，讀作「因」，墊褥。

83 華林：宮苑名。華林園的簡稱。華林園共有三處：一是於三國吳建。故址在今南京市雞鳴山南古台城內。二是東漢芳林園，故址在今河南洛陽東洛陽故城內。三是後趙石虎定都鄴城後建。故址在今河北臨漳西南古鄴城北。

84 埋香瘞玉：此指花朵凋謝。瘞，讀作「意」，用土掩埋、埋葬。

85 萬點正飄愁：語出杜甫詩〈曲江二首．其一〉：「一片花飛減卻春，風飄萬點正愁人。」

86 覓殘紅於西東：語出王建〈宮詞〉：「樹頭樹底覓殘紅，一片西飛一片東。」

87 翩躚江漢女：窈窕的南方美女。躚，讀作「先」，形容儀態曼妙。

88 弓鞋：古代婦女綁小腳所穿的弓形鞋子，又稱三寸金蓮。

89 寂寞玉樓人，珠勒徒嘶芳草：眾花凋零，千金小姐深閨寂寞，珠勒馬空自嘶鳴。玉樓人，有錢人家的千金小姐。珠勒，以珠為裝飾的馬頭絡銜。

90 難乎為情：不堪承受。

91 無可奈何之歌：宋．晏殊〈浣溪紗〉：「無可奈何花落去，似曾相識燕歸來。」

92 爾：你，第二人稱，此指風神。

93 踔厲：藏詞「風發」，形容文章議論精闢，此指風勢強勁。踔，讀作「卓」。

94 催蒙振落：本作「發蒙振落」。揭去覆蓋在眼上的阻礙物，振落樹枝上枯萎的葉子。比喻輕而易舉，不費吹灰之力。

95 瓓珊：此指闌風。風吹襲不停歇。

96 簌簌者：此指落花。

97 朱旛：一種朱紅色長條形，直立垂掛的旗幟，用以止風。《今古奇觀．第八卷．灌園叟晚逢仙女》中記載：崔玄微受花精所託，幫她們對付封十八姨，要求崔玄微每年元旦作一朱幡，上面畫日月五星之文，插於苑東。到了那天，狂風振地，飛沙走石。自洛南一路，摧林折樹；只有苑中繁花不動。旛，讀作「番」，通「幡」。

98 霣：掉落、墜落。通「隕」。

99 溷：茅坑。溷，讀作四聲「混」。

100 怨羅裳之易開，罵空聞於子夜：風將少女的羅裙撩撥開，受到〈子夜歌〉作者的責罵。〈子夜歌〉：「羅裳易飄颺，小開罵春風。」

101 蛾眉之陣：由女子組成的軍隊。

102 同氣：志同道合之輩，此指百花。

103 草木之兵：草木幻化成的軍隊。出自《晉書．前秦載記．符堅下》中「草木皆兵」的典故。

104 鶯儔燕侶：眾女眷們，此指眾花。鶯、燕皆於春季飛鳴，用以代稱少女。

105 公覆：共同報復。覆，通「復」。

106 蘭橈桂楫：指船。蘭橈，用木蘭樹製成的船槳。橈，讀作「撓」；楫，讀作「集」，皆為船槳之意。

107 昆明：原指昆明池（今陝西省西安市長安區西南），此處指水池。

108 上苑：供帝王遊賞或打獵的園囿。

109 東籬處士，亦出茅蘆：品行高潔的菊花一同挺身相助。典出陶淵明詩〈飲酒．其五〉：「採菊東籬下，悠然見南山。」東籬在此借指菊花。茅蘆，簡陋低矮的房舍，以居於茅蘆代指品行孤高不問凡塵俗事。

110 大樹將軍：指東漢馮異，人稱大樹將軍。此指樹木。

111 粉黛：婦女化妝所用的顏料。此指花卉。

112 風流：懂得品鑑花卉的文人雅士。

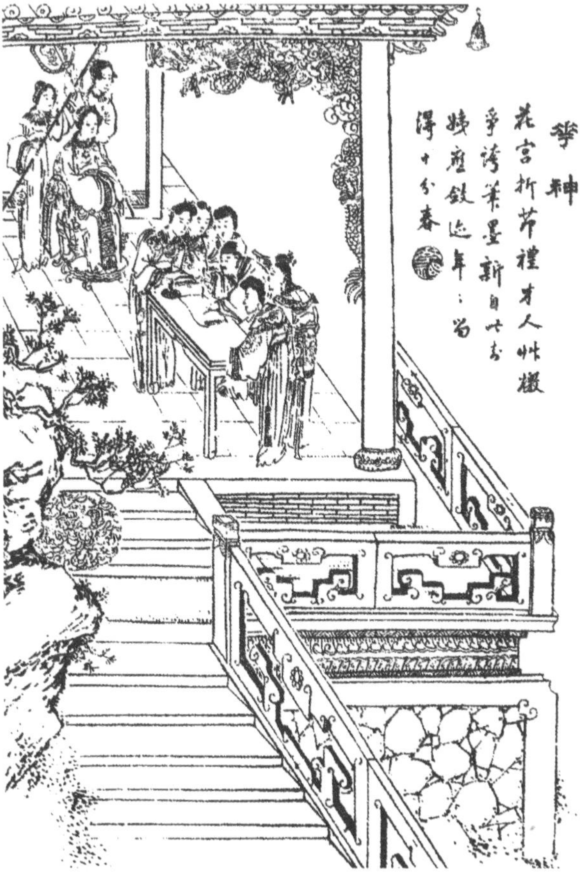

◆**馮鎮巒評點**：殿以此篇，抬文人之身分，成得意之文章。

有些版本此篇為最後一篇，所以說這篇是壓軸之作，藉以抬高文人的身份，以成就作者得意之文章。

白話翻譯

康熙二十二年，我在畢知州家中的綽然堂設館教書。畢大人家中花木繁多，有空時就隨他在園中閒逛，盡情遊賞。一天，遊覽回房，我感到很疲累，就脫下鞋子打算上床就寢了。夢見兩名女子，衣著華麗，走近說：「有事相托，請移駕隨我們走一趟。」我驚愕起身，問：「是何人相邀？」女子說：「是絳妃。」我迷迷糊糊不知她們口中說的是誰，就匆匆跟她們走了。不久看見一座巍峨宮殿，高聳入雲，下有石階，一階一階往上走，大約走了一百多層，才走到頂層。眼前只見朱紅色的大門敞開，又有兩三個美女，進入通報客人已到。不久，走到一座宮殿外，金鉤碧簾，璀璨耀眼。一名女子從殿中出來，走下台階，身上佩戴的環佩互相敲擊作響，樣貌像是尊貴的王妃。我正想向她行禮，絳妃便先開口：「有勞先生屈尊蒞臨，理應先向您致謝。」說著便命人鋪上地毯，像要向我行禮。我惶恐得手足無措，便道：「我一介平民，承蒙您相召，已是萬分榮幸，怎敢與您分庭抗禮，這是增加我的罪過，折我的福啊！」絳妃這才命人將地毯撤走，擺上筵席。我與絳妃在席上相對而坐。飲過數巡酒後，我便推辭說：「臣不勝酒力，恐怕酒後失態。您請我前來有何見教？還請您為我解惑。」絳妃不言，只是拿起大酒杯勸酒。我幾次三番詢問，她才說：「妾乃花神。全家老小，都住於此，屢次被封姨無情摧殘。今欲與她背水一戰，勞煩閣下寫一篇檄文。」我惶恐地站起說：「在下才疏學淺，文筆拙劣，恐負重托；承蒙您看得起我，豈敢不殫精竭慮，報效萬一。」絳妃欣喜，就在殿上賜與紙筆。一眾侍女擦拭案臺、座椅，沾筆磨墨。又有一個小女孩，拿紙折出行距，放在我的手腕下。剛寫一兩句，就有兩三個人競相窺視。我素來腦筋轉得慢，此時卻感到文思泉湧。須臾便完成了，侍女們爭著搶走，呈給絳妃。絳妃展卷閱覽一番，說寫得還行，就送我回去。甦醒後回憶此事，人事物歷歷在目。那檄文的詞句卻遺忘了大部分，於是將它補成一篇完整的文章：

據可靠消息來源：封（風）氏放蕩不拘，心懷忌妒。倚仗自己的才能四處作惡，忌妒成性如同銷魂噬骨的毒酒；含沙射影，暗處傷人。昔年虞帝受其媚惑，娥皇、女英二妃無法替他排解，反靠封氏消解愁悶。楚王受到封氏蠱惑，能人賢士都無法令君王滿意，只有靠她來稱雄。沛公見風起雲飛而渴求保家衛國的勇士；漢武帝見秋風起白雲飛而思賢臣。從此恃寵恣意，狂悖肆無忌憚。大地上的孔竅發出鳴聲，王宮懸掛的玉片也響個不停；三更半夜的陰風吹得海浪翻騰，秋風吹得群樹沙沙作響。忽而奔向山林，借虎發威；再至急流險灘，興風作浪。她的惡行不止於此，不斷吹動簾鉤，秋天在高樓吹出幽怨曲調；屋簷懸掛的風鈴忽然響動，驚擾在外遠行的遊子夢鄉。順著帷幕上床，如同親信般親密；推開門扉進入廳堂，竟然化作書生的舊相識。素未謀面，卻直接登門踏戶；若非漢成帝命人拉住趙飛燕的裙襬，美人就要被狂風掠去。在天空吐出彩光之時，竟敢造出月暈；在春天郊外掀起陣陣柳浪，謊稱為百花傳遞訊息。辭官歸隱的詩人，才到半途，就被風吹得衣袂飄飄；九月重陽登高望遠，正在興濃，又頑皮吹落插在頭上的茱萸。暮秋的羊角風摶扶搖直上，將蓬草颳得漫天飛舞；她扯斷紙鳶絲線，使得風箏的竹哨聲飄入九霄雲外。朱奉武則天詔令，擅自催促百花盛開；將燈火吹滅，使歹徒奸計得逞。更有甚者吹得塵土飛揚，將山吹成平地；呼雲喚雨，將杜甫的茅草屋頂給捲走。河伯擊鼓，少女吹笙。風行草偃；呼嘯得將屋瓦捲走。她還沒捲起波浪，江豚就浮出水面朝拜；突然使出遮天蔽日之陣仗，天空飛行的雁被吹得東倒西歪。她助王勃的船一夜之間趕上赴宴，還算有可取之處；時常吹動仙人居住瑤臺的簾帳，不知意欲何為？有靈性的海鳥，尚知在魯國城門躲避風災；只求出門在外的遊子能安穩無恙，石氏女願化作大風阻止丈夫遠行。古有英雄豪傑，立志乘風破浪；當今世上並無高人，有幾人能像列子御風而行？御使礮車雲，便妄自尊大；依恃貪狼凶猛的風勢，便目中無人。百花都受到風的殘害，整個族群受到風的蹂躪踐踏。紅花綠葉，搖晃不安要到幾時？劈柳響枝，蕭瑟聲音永無止境。雨落金谷園，落花聚成賓客坐墊；帝王園林結霜，落花都沾了塵泥。花朵埋於塵土，花朵凋零落在地上；富麗堂皇的宮室，凋零的花朵散落一地。一片花飛使春色黯淡，風吹萬點使人發愁；四處尋找落花，五更風並非遭人錯怨。窈窕佳人，穿著弓鞋在繁花落盡的春園漫步；春閨寂寞的千金小姐，騎著馬前往郊外，只能在一片綠草中感嘆。這個時候：傷春的人難免睹物傷情，前往尋幽訪勝之輩只能無可奈何地回去。封氏趾高氣昂，意氣風發地發威逞凶；輕而易舉振落枯葉，沒日沒夜吹個不停。落花圍著牆落下；止風的朱幡許久未豎立，嬌花殞落有誰憐惜？落於茅廁籬笆，一日之間結束生命；早上繁茂盛放，夜晚憔悴凋零，何年何月才能免於封氏荼毒？埋怨羅裙易被風吹開，在〈子夜歌〉中埋怨她的輕薄；控告狂風肆虐，未能上報於天庭。昭告這些百花姊妹，學做娘子軍；號召同志，組成草木大軍。莫言蒲柳軟弱無能，需要姊妹們上下一心。聯合鶯燕同伴，共報辣手摧花之仇；請蝶蜂也加入我們反抗的陣營，一起同仇敵愾。蘭舟桂槳，可在昆明池上演練水戰；桑蓋柳旌，可在園內閱兵。高潔的菊花居士不畏艱險挺身相助；大樹將軍同樣奮起作戰。摧毀封氏囂張氣焰，洗清千年來被她摧殘花朵的冤屈；殲滅威勢，消除萬古騷人墨客的憾恨！

河間生

河間[1]某生，場中積麥穰[2]如丘，家人日取為薪，洞[3]之。有狐居其中，常與主人相見，老翁也。一日，屈[4]主人飲，拱生入洞。生難之，強而後入。入則廊舍華好。即坐，茶酒香烈。但日色蒼黃，不辨中夕[5]。筵罷既出，景物俱杳。翁每夜往夙歸，人莫能迹[6]。問之，則言友朋招飲。生請與俱，翁不可。固請之，翁始諾。挽生臂，疾如乘風，可炊黍時[7]，至一城市。入酒肆[8]，見坐客良多，聚飲頗嘩。乃引生登樓上。下視飲者，几案柈飱[9]，可以指數。翁自下樓，任意取案上酒果，抔[10]來供生，筵中人曾莫之禁。移時，生視一朱衣人前列金橘，命翁取之。翁曰：「此正人，不可近。」生默念：狐與我游，必我邪也。自今以往，我必正！方一注想，覺身不自主，眩[11]墮樓下。飲者大駭，相譁以妖。生仰視，竟非樓上，乃梁間耳。以實告眾。眾審其情確，贈而遣之。問其處，乃魚臺[12]，去河間千里云。

1 河間：清代府名。今河北省河間市。
2 穰：讀作「攘」。稻、麥的莖，即稈子。
3 洞：動詞，掏洞。
4 屈：延請，敬邀某人屈駕。
5 中夕：日夜。

6 迹：蹤跡、行跡、痕跡。同今跡字，是跡的異體字。
7 炊黍時：煮一鍋飯的時間。
8 肆：市集的店鋪。
9 柈：讀作「盤」。盤子。同「盤」、「槃」。飱：讀作「孫」。同今飧字，是飱的異體字。煮熟的飯菜。

10 抔：讀作「掊」。雙手捧物。

11 眩：頭昏眼花。

12 魚臺：古代縣名。今山東省魚臺縣。

河間生
喜與狐翁
共往還無
端身忽墮
梁間祇從
一念分
邪正人
歡由來
判此關

◆**何守奇評點**：只一轉念間邪正自別。所謂仁與欲非有兩心，欲與至非有兩候者如此。

是正是邪只在一念之間。正所謂仁心與私慾本是出自一心，仁心發動時便是仁；心被外物牽引而出，則是私慾。想要去做與已然做到其實只在一瞬之間，非是兩段不同的時間。

白話翻譯

河間縣有位書生，將曬穀場上的麥稈子堆得像山丘一樣高，家人天天拿來當柴燒，時間長了，就掏出一個洞。有隻狐狸住在裡面，經常變化成老翁的模樣跟書生見面。一天，老翁邀請書生前去喝酒，拱手請書生入洞。書生面有難色，老翁硬是邀了進去。入洞後只見房舍華麗非常。兩人就坐，老翁所招待的茶、酒都芬芳甘醇。只是洞中光線暗淡，難分日夜。筵席結束後走出洞外，剛才見到的景物都消失了。老翁經常在晚上外出，清晨方歸，難以知道牠的蹤跡。問牠，就說是有朋友邀請去喝酒。書生請求帶他一同前往，老翁起初不肯。書生再三懇求，老翁才答應。牠挽著書生的手臂，如疾風般向前疾馳而去，約莫煮熟一鍋飯的時間，便到達一座城市。兩人進入一家酒店，見店內客人很多，聚在一起喝酒聊天。老翁領著書生來到樓上，往下看下邊喝酒的人，桌几上擺放的菜肴都清楚可數。老翁逕自下樓，任意拿桌上的酒菜，捧上樓給書生吃，筵席中的客人都沒制止。不久，書生見樓下一個紅衣人桌上擺著金橘，請老翁去拿。老翁說：「那人是個正人君子，我不能接近他。」書生心想：狐翁與我相交，定是因爲我是個其身不正的人。從今以後，我要做個正人君子！心念方動，感到身體不由自主，頭暈目眩掉到樓下。樓下喝酒的人吃驚，大聲喧嘩以爲他是妖怪。書生仰頭往上看，竟然不是樓上，原來剛才是在屋樑上！書生將實情告訴眾人，眾人確認他說的確有其事，便贈他路費，送他回去。書生問他們這是何處，得知是山東魚臺，離河間有千里之遙。

雲翠仙

梁有才，故晉[1]人，流寓於濟[2]，作小負販[3]。無妻子田產。從村人登岱[4]。岱，四月交[5]，香侶雜沓。又有優婆夷、塞[6]，率眾男子以百十，雜跪神座下，視香炷為度[7]，名曰「跪香」。才視眾中有女郎，年十七八而美，悅之。詐為香客，近女郎跪；又偽為膝困無力狀，故以手據女郎足。女回首似嗔，膝行而遠之。才又膝行近之；少間，又據之。女郎覺，遽起，不跪，出門去。才亦起，出履其迹[8]，不知其往。心無望，怏怏而行。途中見女郎從媼，似為女也母者，才趨之。媼女行且語。媼云：「汝能參禮娘娘，大好事！汝又無弟妹，但獲娘娘冥加護，護汝得快壻[9]，但能相孝順，都不必貴公子、富王孫也。」才竊喜，漸漬詰[10]媼。媼自言為雲氏，女名翠仙，其出也。家西山四十里。才曰：「山路澀[11]，母如此蹜蹜[12]，妹如此纖纖[13]，何能便至？」曰：「日已晚，將寄舅家宿耳。」才曰：「適言相壻，不以貧嫌，不以賤鄙，我又未婚，頗當母意否？」媼以問女，女不應。媼數問，女曰：「渠[14]寡福，又蕩無行，輕薄之心，還易翻覆。兒不能為遢伎兒[15]作婦！」才聞，樸誠自表，切矢皦日[16]。媼喜，竟諾之。女不樂，勃然[17]而已。母又強拍咻[18]之。才殷勤，手於橐[19]，覓山兜[20]二，舁[21]媼及女。己步從，若為僕。過隘[22]，輒訶[23]兜夫不得顛搖動，良殷。俄抵村舍，便邀才同入舅家。舅出翁，媼出媼[24]也。雲兄之嫂之[25]。謂：「才吾壻。日適良，不須別擇，便取今夕。」

舅亦喜，出酒肴餌才。既，嚴妝翠仙出，拂榻促眠。女曰：「我固知郎不義，迫母命，漫[26]相隨。郎若人也，當不須憂偕活。」才唯唯聽受。明日早起，母謂才：「宜先去，我以[27]女繼至。」才歸，掃戶闥[28]。媼果送女至。入視室中，虛無有。便云：「似此何能自給？老身速歸，當小助汝辛苦。」遂去。次日，有男女數輩，各攜服食器具，布一室滿之。不飯俱去，但留一婢。才由此坐溫飽，惟日引里無賴，朋飲競賭，漸盜女郎簪珥[29]佐博。女勸之，不聽；頗不耐之，惟嚴守箱匳[30]，如防寇。一日，博黨款門訪才，窺見女，適適[31]驚。戲謂才曰：「子大富貴，何憂貧耶？」才問故。答曰：「曩[32]見夫人，實仙人也。適與子家道不相稱。貨為媵[33]，金可得百；為妓，可得千。千金在室，而聽[34]飲博無貲[35]耶？」才不言，而心然之。歸輒向女欷歔，時時言貧不可度。女不顧，才頻頻擊桌，拋匕箸，罵婢，作諸態。一夕，女沽酒與飲。忽曰：「郎以貧故，日焦心。我又不能御窮，分郎憂，中豈不愧怍？但無長物，止有此婢，鬻[36]之，可稍稍佐經營[37]。」才搖首曰：「其直[38]幾許！」又飲少時，女曰：「妾於郎，有何不相承？但力竭耳。念一貧如此，便死相從，不過均此百年苦，有何發迹[39]？不如以妾鬻貴家，兩所便益，得直或較婢多。」才故愕言：「何得至此！」女固言之，色作莊[40]。才喜曰：「容再計之。」遂緣中貴人[41]，貨隸樂籍[42]。中貴人親詣才，見女大悅。恐不能即得，立券八百緡[43]，事濱[44]就矣。女曰：「母日以壻家貧，常常縈念，今意斷矣，我將暫歸省；且郎與妾絕，何得不告母？」才慮母阻。女曰：「我顧自樂之，保無差貸。」才從之。夜將半，始抵母家。撾闔[45]入，見樓舍華好，婢僕輩往來憧憧[46]。才日與女居，每請詣母，女輒止之。故為甥館[47]年餘，曾未一臨岳家。至此大駭，以其家巨，恐媵妓所不甘也。女引才登樓上。媪驚問夫妻何來。女怨曰：「我固道渠不義，今果然！」乃於衣底出黃金二鋌[48]置几上，曰：「幸不為小人賺脫，今仍以還母。」母駭問故。女曰：「渠將鬻我，故藏金無用處。」乃指才罵曰：「豺鼠子！曩日負肩擔，面沾塵如鬼。初近我，熏熏作汗腥，膚垢欲傾塌，足手皴[49]一寸厚，使人終夜惡。自我歸汝家，安坐餐飯，鬼皮始脫。母在前，我豈誣耶？」才垂首，不敢少出氣。女又曰：「自顧無傾城姿，不堪奉貴人；似若輩男子，我自謂猶相匹。有何虧負，遂無一念香火情[50]？我豈不能起樓宇、買良沃，念汝儇薄[51]骨、乞丐相，終不是白頭侶！」言次，婢嫗連衿臂[52]，旋旋[53]圍遶之。聞女責數，便都唾罵，共言：「不如殺卻，何須復云云！」才大懼，據地自投，但言知悔。女又盛氣曰：「鬻妻子已大惡，猶未便是劇[54]；何忍以同衾人賺作娼！」言未已，眾眥裂[55]，悉以銳簪翦刀股[56]攢刺脅腂[57]。才號悲乞命。女止之曰：「可暫釋卻。渠便無仁義，我不忍其觳觫[58]。」乃率眾下樓去。才坐聽移時，語聲俱寂，思欲潛遁。忽仰視見星漢，東方已白，野色蒼莽；燈亦尋滅。並無屋宇，身坐削壁上。俯瞰絕壑，深無底。駭絕，懼墮。身稍移，塌然一聲，墮石崩墜。壁半有枯橫焉，罥[59]不得墮。以枯受腹，手足無著。下視茫茫，不知幾何尋丈。不敢轉側，嗥怖聲嘶，一身盡腫，眼耳鼻舌身力俱竭。日漸高，始有樵人望見之；尋綆來，縋[60]而下，取置崖上，奄將澌斃[61]。舁歸其家。至則門洞敞，家荒荒如敗寺，牀簏[62]什器俱杳，惟有繩牀敗案，是己家舊物，零落猶存。嗒然[63]自臥。飢時，日一乞食於鄰。既而腫潰為癩[64]。里黨薄其行，悉唾棄之。才無計，貨屋而穴居，行乞於道，以刀自隨。或勸以刀易餌，才不肯曰：「野居防虎狼，用自衛耳。」後遇向勸鬻妻者於途，近而哀語，遽出刀揕[65]而殺之，遂被收。官廉得其情，亦未忍酷虐之，繫獄中，尋瘐死[66]。

異史氏曰：「得遠山芙蓉[67]，與共四壁，與以南面王[68]豈易哉！己則非人，而怨逢惡[69]之友；故為友者不可不知戒也。凡狹邪子[70]誘人淫博，為諸不義，其事不敗，雖則不怨亦不德[71]。迨於身無襦，婦無袴[72]，千人所指，無疾將死，窮敗之念，無時不縈於心，窮敗之恨，無時不切於齒；清夜牛衣[73]中，輾轉不寐。夫然後歷歷想未落時，歷歷想將落時，又歷歷想致落之故，而因以及發端致落之人。至於此，弱者起，擁絮[74]坐詛；強者忍凍裸行，篝火[75]索刀，霍霍磨之，不待終夜矣。故以善規人，如贈橄欖；以惡誘人，如餽漏脯[76]也。聽者固當省，言者可勿懼哉！」

1 晉：指山西省。因春秋時期，晉國位於山西，故簡稱山西為晉。
2 流寓於濟：輾轉遷徙至濟南居住。流寓，遷居他鄉。濟，讀作「擠」，指濟南府（今山東省濟南市）。
3 作小負販：以作小買賣維生。負販，以扁擔挑貨做生意的小商販。
4 岱：泰山的別稱。位於今山東省泰安縣北。
5 四月交：四月初。
6 優婆夷、塞：在家女居士，稱為優婆夷；在家男居士，稱為優婆塞。
7 香炷為度：以一炷香的時間為限。
8 迹：蹤跡、行跡、痕跡。同今跡字，是跡的異體字。
9 壻：女婿。同今「婿」字，是婿的異體字。
10 詰：讀作「傑」，問。
11 澀：讀作「色」，不滑、不順暢，此指崎嶇難行。
12 蹜蹜：讀作「素素」。擔心跌倒，小步走路。
13 纖纖：形容女子的腳細小嬌柔。
14 渠：他，第三人稱。

15 遢伎兒：長相粗鄙淺陋。遢，讀作「踏」。
16 切矢皦日：對天發誓。皦，讀作「絞」。
17 勃然：突然發怒、臉色大變。
18 拍咻：安撫慰勉。咻，異體字，讀作「休」，同「咻」。
19 橐：讀作「陀」，袋子。此形容自掏腰包。
20 山兜：適合在山區間行走的交通工具，形似轎子。
21 舁：讀作「魚」，扛舉。
22 隘：此指道路不平穩的地方。
23 訶：大聲喝斥、責罵，通「呵」。
24 舅出翁，妗出媼：舅舅和舅媽走出來，是一對老夫婦。妗，讀作「晉」，舅媽的尊稱。
25 兄之嫂之：以兄嫂相稱。
26 漫：輕率、草率。
27 以：帶、相陪。
28 掃戶闥：此指打掃房子。闥，讀作「踏」。門。
29 簪珥：頭簪和耳環，此指各種式樣的首飾。
30 箱匳：此指行李。匳：同今「奩」字，是「奩」的異體字。用來裝女子梳妝用品的盒子、匣子。
31 適適：讀作「替替」。驚慌失措的樣子。
32 曩：讀作「囊」的三聲，先前、昔日之意。
33 貨為媵：賣給人家做小妾。媵，讀作「硬」。古代之陪嫁女。此指侍妾。
34 聽：任憑。
35 貲：通「資」。指財物、錢財。
36 鬻：讀作「玉」。賣。
37 經營：家中日常花費。
38 直：通「值」。價錢。
39 發迹：翻身出頭。迹，蹤跡、行跡、痕跡。同今「跡」字，是「跡」的異體字。
40 莊：嚴肅。
41 中貴人：此處指宦官。
42 樂籍：古代妓女歸樂部所管轄，她們的名字記錄在冊。後作為妓女的通稱。
43 緡：讀作「民」。一串錢。
44 濱：接近。
45 撾闥：敲門。撾，讀作「抓」，敲打。
46 憧憧：形容往復不絕的樣子。
47 甥館：女婿的居所。
48 鋌：讀作「定」。金錠。
49 皴：讀作「村」。皮膚上的皺紋。
50 香火情：此指夫妻之情。
51 儇薄：輕佻放蕩。儇，讀作「宣」。
52 連袂臂：比喻動作步調一致。
53 旋旋：緩緩。
54 劇：此指情節嚴重。
55 眥裂：眼眶裂開，比喻極為憤怒。
56 翦刀股：剪刀前端尖銳處。翦：同今「剪」字，是「剪」的異體字。
57 脅腂：左右兩脅突起的地方。
58 觳觫：讀作「胡素」，因恐懼而顫抖的樣子。
59 罥：讀作「眷」，吊掛、懸掛。

60 縋：讀作「墜」。以繩索懸綁物體，使之垂掛下降。
61 溘斃：忽然死去。溘，讀作「克」。倏忽、突然。
62 簏：讀作「路」。圓形的竹箱。
63 嗒然：垂頭喪氣。嗒，讀作「踏」。
64 癩：皮膚生癬或疥瘡。
65 摮：讀作「敖」，擊打、重擊。
66 瘐死：囚犯因飢寒、生病死於獄中。瘐，讀作「宇」。
67 遠山芙蓉：比喻美女。
68 南面王：指帝王、君位。
69 惡：慫恿他人做壞事。
70 狹邪子：指居住陋巷中、見識淺薄的人。此指遊手好閒、有不良嗜好、行為放蕩之人。
71 德：感激。
72 袴：同今「褲」字，是褲的異體字。
73 牛衣：以草或麻編成，給牛使用的禦寒物。
74 絮：殘破的棉被。
75 篝火：用竹籠罩著的火。這裡作動詞用，意指點火。
76 漏脯：隔夜的肉，古人認為這種肉被屋漏水沾染，含有劇毒，吃了可使人致命。脯，讀作「腐」，指乾肉，或經過醃漬的肉品。

◆**何守奇評點**：雲仙母子固狐也，明知才翻覆無行，而顧從之，何耶？

雲翠仙母女雖然是狐狸精，明知梁有才反覆無常，仍然把女兒嫁給他，這是何故？

白話翻譯

梁有才原本是山西人，後遷居到山東濟南，經營小買賣維生。他沒有娶妻，也沒有田產，一天跟別村裡的人去登泰山。泰山在四月初時就會有很多香客來訪，又有和尚與尼姑，率領男女信徒一百多人，間雜在神座前跪下，等燒完香才起來，被稱作「跪香」。梁有才在這些人當中看見一名女子，大約十七八歲，長得十分美貌，於是有了愛慕之心。他假裝是香客，靠近女郎跪下；又假裝膝蓋軟弱無力，用手按住女子的腳。女子回頭瞧了他一眼，似乎有些生氣，用膝蓋走得離他遠一點，梁有才也跟著以膝蓋挪過去靠近她。不久，他又按住女子的腳，女郎發覺他不懷好意，迅速站起身走出門去。梁有才也跟著起來，想要尾隨在女子身後，出來卻看不見女郎蹤影，不知她往哪裡去，心裡感到很失望，無精打采地走在路上。

然而，途中他便看見女子和一個老婦在一起，看起來像是她母親。梁有才快步跟上。老婦與女子邊走邊說話，她說：「你能來參禮碧霞娘娘，是件好事。你又沒有姊妹，但求娘娘暗中庇護，讓你找到個乘龍快婿。只要孝順，不一定要是富貴人家的公子。」梁有才聽了，心中竊喜，逐漸靠近老婦向她問話。老婦自稱姓雲，女兒叫做翠仙，是她親生的，家住在泰山西面四十里處。梁有才說：「山路崎嶇難行，伯母走得這麼緩慢，妹妹又生得如此纖弱，要走到何時才能到？」雲母說：「天色已晚，打算到她舅舅家借宿。」梁有才說：「剛才您說想要找個女婿，不嫌棄家境貧窮，不在乎身分貴賤，我又沒有婚配，不知能否合伯母的心意？」雲母就問女兒的意思，翠仙沒有回答。雲母又問了幾次，翠仙才說：「他福份淺薄，行爲又放蕩，舉止輕浮，這種人最容易變心。我才不嫁給這種獐頭鼠目的人！」梁有才聽了，誠懇地表明心跡，又鄭重對天發誓。雲母聽了很高興，竟然就答應了這門婚事。翠仙心中不樂意，勃然大怒，雲母好言勸慰，梁有才表現得更加殷勤，自掏腰包雇了兩頂輕便小轎，讓雲氏母女乘坐，自己則跟在後面走，像個僕人一樣。經過路況不佳之處，他就喝斥轎伕要抬得平穩些，不要左右搖晃，表現得非常殷勤。

不久，他們抵達一個村子，老婦邀請梁有才一同前往舅舅家。舅舅和舅母出門迎接，他們是一對老公公和老婆婆。雲母稱呼他們哥哥和嫂嫂，說：「梁有才是我的女婿，今天是個好日子，無需另選吉日，就讓他們今晚完婚。」舅舅也很高興，拿出酒菜招待梁有才。吃完飯後，翠仙也打扮完畢，盛裝步出，將床鋪整理好了，催著早點歇息。翠仙說：「我雖然知道你不是個好人，迫於母命，只好隨便嫁給你。你若是能夠洗心革面，就不必擔憂以後的吃穿用度。」梁有才唯唯諾諾，聆聽應承。第二天很早就起床，雲母對梁有才說：「你先回家，我與女兒隨後便到。」梁有才回家把房子打掃乾淨。雲母果然將翠仙送來，進到屋裡看到什麼家具都沒有，又說：「像這樣要怎麼生活？老身立刻回去，給你們送些日用品來。」說完就回去了。第二天，有幾個男女送來衣服、食物、器具等，放滿一屋子，沒吃飯就走了，只留下一個小丫鬟。梁有才從此不工作就能溫飽，整日與一些鄉里中的小混混為伍，和朋友聚在一起飲酒賭博，漸漸地還偷起翠仙的首飾拿去當賭資。翠仙勸他不要賭博，他卻當成耳邊風；翠仙也感到不耐煩，只能把首飾盒看顧得緊緊的，就像防賊一樣。

有一天，賭友上門來找梁有才，偷看了雲翠仙，非常吃驚。對梁有才開玩笑說：「你是個大富大貴之人，還在為錢發愁嗎？」梁有才詢問原由。賭徒說：「剛才見你夫人，貌若天仙。

她與你的家境很不相稱。賣給有錢人作妾，可得一百兩；賣到妓院，可得一千兩。千金在手，還怕沒錢飲酒賭博？」梁有才沒說話，卻已然心動。回去就向翠仙發牢騷，說些家裡太窮日子過不下去的話。翠仙不理他，梁有才就不斷敲桌子、摔碗筷、罵丫鬟，故意做出種種姿態引她注意。

一晚，翠仙買酒與他對飲，忽然對他說：「你因爲家裡窮，天天擔憂煩惱。我也無法替你改善家境，替郎君分憂，內心著實有愧。只是妾身無長物，只有一名婢女，如果把她賣掉，或許可以稍微補貼家用。」梁有才搖頭說：「她能值多少錢！」又喝了一會兒酒，翠仙說：「妾對於郎君，必定傾我所有幫助你，只是我現在也無能爲力。我想家裡窮成這樣，就算和你一起餓死了，也不過是替你分攤百年的痛苦罷了，發跡富貴也做不到。不如把我賣到有錢人家，我們都能獲利，能賣的錢也比賣婢女來得多。」梁有才故作吃驚道：「哪裡窮到這種地步呢？」翠仙一再堅持，神情嚴肅，不像在開玩笑。梁有才便高興地說：「容我慢慢考慮。」他就結交太監，將翠仙賣去做官妓。太監親自來拜訪梁有才，見到翠仙姿容十分滿意，恐怕梁有才日後反悔，就地立下字據，付了八百貫錢，事情就談妥了。翠仙說：「家母因爲你家境貧窮，放心不下，心中時常掛念。今天咱們夫妻斷了情份，我要先回娘家；況且妾與郎君將要分開，如何能不稟報母親？」梁有才擔心雲母會壞了他的好事。翠仙說：「這事我也願意的，保證不會有差池。」梁有才於是便答應了。

兩人深夜才抵達翠仙娘家。敲門進屋，只見樓房美輪美奐，婢女僕人來往絡繹不絕。梁有才和翠仙成婚後，每次想要拜訪雲母，翠仙都找藉口阻止。所以梁有才與翠仙婚後至今一年，都還沒去過岳母家一趟。他見到眼前情景十分驚駭，擔心她家如此富有，恐怕雲母不會心甘情願讓女兒去當妓女。翠仙引導梁有才上樓，雲母見到夫妻倆覺得很驚訝，就問其原由。翠仙埋怨說：「我先前就曾說過，這個人無情無義，現在果然被我料中了！」於是從衣服底下拿出兩錠黃金放在桌上，說：「幸好這黃金沒有被小人拿走，今天仍歸還給母親。」雲母驚訝問是何緣故。翠仙說：「他要把我賣了，我留這金子也是無用。」又指著梁有才大罵：「你這沒心沒肺的傢伙！以前你每天挑著扁擔，臉上沾滿塵土，就像個鬼一樣。起初接近我，渾身汗臭味，皮膚上厚厚一層汙垢，手腳上的老繭有一寸厚，叫人整夜噁心作嘔。自從我嫁給了你，你才能安心在家吃頓飽飯，身上這層鬼皮才脫乾淨。母親面前，我哪裡敢汙衊你呢？」梁有才低著頭，一聲不吭。翠仙又說：「我自認沒有傾國容貌，不配侍奉身分顯貴的人；像你這樣的男人，我自認爲還配得上。但我有什麼地方對不起你？竟讓你如此不念夫妻情份？我哪裡是沒錢蓋房子、買田地？就是看你狡猾窮酸的樣子，終不能白頭偕老！」說完，一群丫鬟老媽子牽著手走過來，緩緩將梁有才圍住。聽見翠仙在責罵他，也跟著唾罵，都說：「不如殺了他，何需浪費口舌！」梁有才心中驚懼，跪在地上認罪，說自己知道錯了。翠仙又生氣地說：「賣妻已是罪大惡極，但還不算情節最嚴重的，你怎麼忍心把枕邊人賣去當妓女！」話還沒有說完，眾人都惱怒地瞪著他，紛紛拿簪子、剪刀刺他胸腹。梁有才哀號求饒，翠仙才制止她們說：「可暫時放過他。他就是不仁不義，我還不忍心見他害怕。」就領著眾人下樓去。

梁有才坐著聽了一會兒，沒有聲響，心裡想著偷偷逃跑。突然抬頭看見滿天星斗，東方已經微亮，野外景物一片蒼茫。燈光熄滅了，屋宇也消失了，他竟是獨自坐在峭壁上，往下俯瞰是深不見底的山谷，稍有不慎就會掉下去。他稍稍挪動身子，轟隆一聲，就隨著亂石往下掉。幸虧半山腰有棵枯樹擋住，他掛在樹上，沒有掉到山谷中。然而，肚子被枯樹頂住，手足無處著力。往下看一片漆黑，不知有多深。梁有才也不敢轉動身體，只能大聲呼喊，全身都腫了，眼耳口鼻都失去功能。太陽漸漸升起，一個樵夫看見他，就找條繩子綁在身上垂下去救人。等他把梁有才從山崖救上來時，他已經奄奄一息了。樵夫把他抬回家，一到梁有才的家，只見大門敞開，家中破敗像座破廟，家具都沒有了，只有一張繩結的床和一張破爛桌子，這是梁有才家中原本的東西，零星還保存著。梁有才像個死人一樣躺在床上，肚子餓時，就向鄰居索取食物。接著身體腫脹處潰爛，形成癩瘡。街坊鄉里看不起他，都厭惡唾棄他。梁有才無計可施，把房子賣了，住在山洞裡，在街上乞討，隨身帶著刀。有人勸他用刀換取食物，梁有才不肯，說：「住在野外需要防備虎狼，要用它來自衛。」後來梁有才在路上遇到勸他賣妻的人，走上前裝作可憐模樣與那人說話，忽然抽刀把那人殺了，於是被捕入獄。縣官查明實情後，不忍心施以嚴刑，就把他關在牢中。沒多久，梁有才就病死了。

記下奇聞異事的作者如是說：「得到一位美人，她願意與你過著貧窮的生活，即使以王位去交換也未必能得到這樣的機會。梁有才自己品行不端，卻怪罪引誘他賣妻的朋友，由此可知交友不可不愼。凡是市井無賴引誘人賭博宣淫，做出許多不義之舉，儘管惡行尚未敗露，雖然不會遭到別人怨恨，卻仍是不道德的行爲。等到身無分文，受到眾人指責，沒有染病也即將身亡，貧窮敗亡的情景，無時無刻不縈繞於心；窮困潦倒的處境，無時無刻不切齒難忘。清晨裹著單薄的牛衣，輾轉難眠。然而將那些尚未貧窮潦倒的情景、將要貧窮潦倒的地步、導致這一切發生的因由，以及致使他一無所有的人，都清楚地回想一遍。到了這步田地，有些懦弱的人會坐起來，抱著棉被咒罵；有些剛強的人則會忍耐寒冷，光著膀子，點火取刀，霍霍地磨著刀，等不到天亮就要展開報復。所以勸人爲善者，就像贈送橄欖，令人回味無窮；引誘他人爲惡者，則像送人隔夜腐敗的臭肉，吃了會喪命。聽的人固然應該反省，說的人也不可不警惕。」

跳神

濟[1]俗：民間有病者，閨中[2]以神卜。倩老巫擊鐵環單面鼓[3]，婆娑作態，名曰「跳神」。而此俗都[4]中尤盛。良家少婦，時自為之。堂中肉於案[5]，酒於盆，甚設[6]几上。燒巨燭，明於晝。婦束短幅裙，屈一足，作「商羊舞」[7]。兩人捉臂，左右扶掖[8]之。婦刺刺[9]瑣絮，似歌，又似祝；字多寡參差，無律帶腔[10]。室數鼓亂撾[11]如雷，蓬蓬聒人耳。婦吻闢翕[12]，雜鼓聲，不甚辨了。既而首垂，目斜睨[13]；立全須人，失扶則仆[14]。旋忽伸頸巨躍，離地尺有咫。室中諸女子，凜然[15]愕顧曰：「祖宗來喫食矣。」便一噓，吹燈滅，內外冥黑。人慄息[16]立暗中，無敢交一語；語亦不得聞，鼓聲亂也。食頃，聞婦厲聲呼翁姑及夫嫂小字，始共爇[17]燭，傴僂問休咎[18]。視尊[19]中，盎中，案中，都復空空。望顏色，察嗔喜。肅肅[20]羅問之，答若響。中有腹誹[21]者，神已知，便指某姍笑[22]我，大不敬，將褫汝袴[23]。誹者自顧，瑩然[24]已裸，輒於門外樹頭覓得之。滿洲[25]婦女，奉事尤虔。小有疑，必以決。時嚴妝，騎假虎假馬，執長兵，舞榻上，名曰「跳虎神」。馬虎勢作威怒，尸者聲傖儜[26]。或言關、張、玄壇[27]，不一號。赫氣慘凜[28]，尤能畏怖人。有丈夫穴窗[29]來窺，輒被長兵破窗刺帽，挑入去。一家媼媳姊若[30]妹，森森蹜蹜[31]，雁行立，無歧念，無懈骨[32]。

1 濟：泛指濟南府地區。
2 閨中：閨中之人，指婦女。
3 倩老巫擊鐵環單面鼓：請一位老巫婆拍鈴鼓。倩，請人幫忙。老巫，老巫婆。鐵環單面鼓，即今所謂鈴鼓。
4 都：京城。
5 案：古代盛裝飯食的器皿。
6 甚設：設備非常齊全。
7 商羊舞：以單腳著地跳的舞蹈。商羊，傳說中的一種鳥，獨腳。
8 掖：這個字有三種音讀，此處讀作「業」。用手攙扶人的手臂。
9 刺刺：喋喋，多話的樣子。
10 無律帶腔：不合乎音律，卻帶著歌曲的唱腔。
11 撾：讀作「抓」，敲打。
12 吻闢翕：嘴唇一開一合。吻，嘴唇。翕，讀作「夕」，通「吸」，合起。
13 睨：讀作「逆」，斜眼看、偷窺。
14 仆：讀作「撲」，倒臥、跌倒而趴在地上。
15 凜然：惶恐的樣子。凜，通「懍」。害怕，畏懼。
16 惵息：因恐懼而屏住呼吸。惵，讀作「跌」。懼怕、恐懼的樣子。
17 爇：燒也。讀作「若」或「熱」。
18 傴僂問休咎：彎腰鞠躬，恭敬詢問吉凶。傴僂，讀作「語樓」，駝背。此指彎腰鞠躬，恭敬的樣子。休咎，吉凶禍福。
19 尊：盛酒的器具。

---

20 肅肅：恭謹的樣子。
21 腹誹：嘴上不說，心中非議。
22 姍笑：訕笑。姍，通「訕」。
23 褫：讀作「尺」。脫掉、卸下。袴：同今「褲」字，是褲的異體字。
24 瑩然：光溜溜。
25 滿洲：中國少數民族之一。明代後期，建後金國，後改國號為清，入主中原，建立清王朝。今主要分布於吉林、遼寧、黑龍江一帶，部分散居河北、新疆、甘肅等地。使用的滿語屬阿爾泰語系滿—通古斯語族滿語支，有滿文，通用漢文，今除邊遠地區有少數人使用外，現普遍使用漢語。傳統形式的住屋多砌土炕。部分人信仰薩滿教，祭祀祖先。也稱「滿洲族」、「滿洲」。
26 尸者聲傖儜：裝扮神明的人聲音沙啞。傖儜，讀作「倉寧」，聲音粗啞嘈雜。
27 關、張、玄壇：關羽、張飛、趙公明。玄壇，即趙公明。神話傳說中的人物。原為峨眉山羅浮洞道士，因協助聞太師與姜子牙作戰，死後被玉帝封為金龍如意正一龍虎玄壇真君之神，並統領招寶天尊、納珍天尊、招財使者和利市仙官等掌管財經的神。也被稱為「趙玄壇」、「財神」、「財神爺」。
28 赫氣慘凜：威嚴陰森。
29 穴窗：用手指在窗紙上戳小洞（古時窗戶皆用紙糊）。
30 若：以及、和。
31 森森蹜蹜：猶言戰戰兢兢。蹜蹜，讀作「素素」。
32 懈骨：鬆懈偷懶。

白話翻譯

濟南當地流行一種風俗，民間若是有人患病，婦女就求神占卜吉凶。請來老巫婆敲打鈴鼓，手舞足蹈地作出各種姿態，名喚「跳神」。此一風俗在京城尤爲盛行，良家少婦們也時常自己仿效。此習俗通常在大廳舉行，把肉裝在盤中，酒裝在盆子裡，擺滿一桌。點燃大蠟燭，明亮甚於白晝。由一名婦人腰繫短裙，單腳跳「商羊舞」。另有兩人捉住她手臂，一左一右攙扶她。婦人口中絮絮叨叨唸個不停，似在歌唱，又像在祈禱；字數長短不齊，雖無音律可言，卻帶著歌曲的腔調。室內設有幾面鼓，眾人亂敲一通，猶如雷鳴，聲音雜亂刺耳。婦人的嘴唇一開一合，摻雜鼓聲，聽不清她在唱什麼。接著她低頭，眼睛斜視；站立全靠別人攙扶，否則就會跌倒在地。不久，婦人忽然伸長脖子高高躍起，離地有一尺多高。室中每位女子都惶恐驚訝地看著說：「祖宗回來吃飯囉。」便深吸一口氣，將燈吹滅，室內外一片漆黑。大家都屏息站在黑暗中，無人敢交談；即使說話也聽不到，因爲鼓聲太吵雜的緣故。一頓飯時間，聽見婦人大聲呼喊公婆和丈夫嫂嫂的小名，大家這才點燃蠟燭，躬著腰恭敬詢問吉凶。看那杯盤都已空空如也，眾人須觀看婦人臉色，察覺她是喜是怒，畢恭畢敬地圍成一圈提問，她則有問必答。其中若有在心裡暗自毀謗她的人，神已知，便指出某人譏笑她，此舉是爲大不敬，要脫下她褲子。那人看看自己，就會發現身上已是光溜溜的，往往能在門外樹梢上找到褲子。

滿洲籍的婦女，對「跳神」特別虔誠，稍有疑惑，必靠神來解決。屆時她們就穿戴整潔，騎著假虎假馬，手握長矛，在床上跳舞，名喚「跳虎神」。假馬和假虎的形狀要做得威猛，扮神的人要聲音粗重，有時自稱關羽、張飛或趙公明，沒有固定名號。氣勢威嚴，陰森令人畏懼。若有男人戳破窗紙往室內偷看，就會被長矛穿過窗框，刺中帽子，挑進屋裡去。全家的婆媳姊妹皆戰戰兢兢，一字排開，如同雁的隊形，不敢胡思亂想，也不敢偷懶坐下。

◆**何守奇評點**：此亦邪術之漸，斷不可為。

「跳神」習俗也是邪術之風，絕不可去做。

鐵布衫法◆

沙回子①，得鐵布衫大力法②。駢③其指，力斫④之，可斷牛項；橫搠⑤之，可洞⑥牛腹。曾在仇公子彭三家，懸木於空，遣兩健僕極力撐去，猛反之；沙裸腹受木，砰然一聲，木去遠矣。又出其勢⑦，即⑧石上，以木椎力擊之，無少損；但畏刀耳。

1 沙回子：姓沙的回族人。回族人是指信奉回教各民族的統稱。當地方言稱回族人為「回子」。

2 鐵布衫：一種中國傳統的拳腳功夫。大力法：即鐵砂掌。中國的一種功夫。此種傳統武術的修練方法是用鐵砂、藥料作為練功的輔助物，通過特定的練功方法修練出來的一種可攻擊、可防守、可表演的掌上硬功夫，並配合內功。修練日久，鐵砂掌就具有開磚裂石之效。

3 駢：讀作「便宜」的「便」，併攏。

4 斫：讀作「卓」，砍。

5 搠：讀作「碩」。刺、扎。

6 洞：作動詞用，戳破。

7 勢：此指男性生殖器官。

8 即：放置。

有個姓沙的回族人，習得鐵布衫和大力法的武術。他並攏五指，奮力往下砍，可砍斷牛的脖子；橫著捅過去，可將牛的肚子打穿。他曾經在仇彭三公子家裡，將一塊木頭懸空，命兩名身強體健的僕人使力拉到一邊，讓懸木猛然盪回來；沙某就挺著赤裸裸的肚子去頂，「砰」一聲，懸木已被彈出老遠去。他又掏出陽具，擱在石頭上。用木椎用力擊打，沒有什麼損傷。此種武術唯一的缺點就是怕刀砍。

◆何守奇評點：大力法今猶有之。

鐵砂掌這種功夫現今還有人修煉。

大力將軍

查伊璜[1]，浙人。清明飲野[2]寺中，見殿前有古鐘，大於兩石[3]甕；而上下土痕手迹[4]，滑然如新。疑之。俯窺其下，有竹筐受八升許，不知所貯何物。使數人摳耳[5]，力掀舉之，無少動。益駭。乃坐飲以伺其人。居無何，有乞兒入，攜所得糗糒[6]，堆纍鐘下。乃以一手起鐘，一手掬餌置筐內；往返數四，始盡。已復合之，乃去。移時復來，探取食之。食已復探，輕若啟櫝[7]。一座盡駭。查問：「若男兒胡行乞？」答以：「啗噉[8]多，無傭者。」查以其健，勸投行伍。乞人愀然慮無階[9]。查遂攜歸餌之；計其食，略倍五六人。為易衣履，又以五十金贈之行。後十餘年，查猶子令於閩[10]，有吳將軍六一者，忽來通謁[11]。款談間，問：「伊璜是君何人？」答言：「為諸父行[12]。與將軍何處有素[13]？」曰：「是我師也。十年之別，頗復憶念。煩致先生一賜臨也。」漫應之。自念：叔名賢[14]，何得武弟子？會伊璜至，因告之。伊璜茫不記憶。因其問訊之殷，即命僕馬，投刺[15]於門。將軍趨出，逆[16]諸大門之外。視之，殊昧生平。竊疑將軍悞[17]，而將軍傴僂[18]益恭。肅客入，深啟三四關[19]，忽見女子往來，知為私廨[20]，屏足立。將軍又揖之。少間登堂，則捲簾者，移座者，並皆少姬。既坐，方擬展問，將軍頤[21]少動，一姬捧朝服至，將軍遽[22]起更衣。查不知其何為。眾姬捉袖整衿訖，先命數人捺[23]查座上不使動，而後朝拜，如覲君父。查大愕，莫解所以。拜已，以便服侍坐。笑曰：「先生不憶舉鐘之乞人耶？」查乃悟。既而華筵高列，家樂作於下。酒闌[24]，羣姬列侍。將軍入室，請衽何趾[25]，乃去。查醉起遲，將軍已於寢門外三問矣。查不自安，辭欲返。將軍投轄下鑰[26]，錮閉之。見將軍日無他作，惟點數姬婢養廝卒[27]，及騾馬服用器具，督造記籍[28]，戒無虧漏。查以將軍家政[29]，故未深叩。一日，執籍謂查曰：「不才得有今日，悉出高厚之賜。一婢一物，所不敢私，敢以半奉先生。」查愕然不受，將軍不聽。出藏鏹[30]數萬，亦兩置之。按籍點照[31]，古玩牀几，堂內外羅列幾滿。查固止之，將軍不顧。稽婢僕姓名已，即命男為治裝，女為斂器，且囑敬事先生。百聲悚應。◆又親視姬婢登輿[32]，廄卒捉馬騾，闐咽[33]並發，乃返別查。後查以修史一案，株連被收，卒得免，皆將軍力也。

異史氏曰：「厚施而不問其名，真俠烈古丈夫哉！而將軍之報，其慷慨豪爽，尤千古所僅見。如此胸襟，自不應老於溝瀆[34]。以是知兩賢之相遇，非偶然也。」

1查伊璜：名繼佐，浙江海寧（今浙江省海寧市）人。鄉試考中舉人，有文名。

2野：郊外。

3石：讀作「旦」。計算容量的單位。一石相當於十斗。

4迹：蹤跡、行跡、痕跡。同今「跡」字，是「跡」的異體字。

5摳耳：提起器物兩旁的把手。

6糗糒：讀作「糗倍」。以乾飯做成的乾糧。

7櫝：讀作「獨」，木盒子。此指竹筐。

8啗噉：二字皆「吃」也，當動詞用。噉，同今「啖」字，是啖的異體字。

9階：途徑、管道。

10猶子令於閩：姪兒在福建當知縣。

11通謁：通報求見。

12諸父行：父親的兄弟那一輩，伯父或叔父。

13素：通「愫」。交情。

14名賢：知名的學者，文壇名士。

15刺：拜帖。古代在竹簡上刻上姓名作為拜見的名帖。

16逆：迎接。

17悞：此指認錯人。同今「誤」字，是「誤」的異體字。

18傴僂：讀作「語樓」。恭敬從命貌。

19關：門閂。

20私廨：位在官署後方，官員家眷的住處。

21頤：下巴。

22遽：立刻、馬上。

23捺：讀作「納」。用手重按、按壓。

24闌：將盡。此指酒喝完了，意即宴席散了。

25請衽何趾：古代為客人鋪床，會先詢問腳要朝哪個方向。意謂為客人安排床榻。

26投轄下鑰：把客人的車轄投入井中，使客人不得已必須留下過夜。比喻主人留客殷勤。轄，貫穿車軸的金屬鍵，以防輪子脫落。

27養廝卒：三者皆指僕役。養，供役使候。廝，僕役。卒，供驅遣、差役的人。

28記籍：記錄人事、財務之類的簿籍。

29家政：家務。

30藏鏹：囤積、儲蓄的金錢。鏹，讀作「搶」。古代串銅錢的繩索，泛指錢幣。

31按籍點照：按照簿籍上的記錄一一查驗，確認。

32輿：車子、車輛。

33闐咽：喧鬧的樣子。闐，讀作「田」。

34老於溝瀆：沒沒無聞。溝瀆，溝渠、水道。

◆**馮鎮巒評點**：淋漓酣暢。昔人云：英雄第一開心事，撒手千金報德時。

吳將軍的大手筆，讀來真令人感到痛快。古人說：英雄最開心的事，就是散盡千金回報他人恩德的時候。

白話翻譯

查伊璜是浙江人，清明節時在郊外的寺廟喝酒，看見大殿前有個古鐘，比能裝兩石多的甕還大一些；而由古鐘下端的手跡和地面上的土痕來看，光滑像新的一樣。他感到疑惑。俯身窺探鐘底，裡面有個竹筐，可容納約八升左右的東西，不知裡面裝的是什麼。請幾個人抓著古鐘兩旁的把手用力掀開，古鐘卻紋風不動。查伊璜更加驚訝，於是坐著喝酒，待把竹筐放入鐘底的人出現。不久，有名乞丐走進來，帶著乞討來的食物，先堆放在古鐘下面。他用一隻手舉起古鐘，一隻手把食物放進筐內；這樣來回放了幾次，才把食物放完。放完後，合上古鐘才離去。不久乞兒又來，從古鐘下拿取食物吃。吃完了再拿，掀開笨重的古鐘猶如打開箱子般輕鬆。飲酒的眾人皆驚訝。查伊璜問：「你身體如此健碩，爲何要行乞度日？」乞兒答：「我飯吃得多，沒有人敢雇用我。」查伊璜因爲他的身體健壯，勸他去從軍。乞兒擔心沒有門路。查伊璜就帶他回家，餵飽他；估計他的飯量，約五六人份。再讓他換上新的衣服鞋襪，又送他五十兩盤纏，送他上路。

此後十幾年，查伊璜有個姪兒在福建當知縣，有個叫吳六一將軍的人突然前來求見。談話間，問：「伊璜先生是你什麼人？」知縣答：「他是我的叔父。你們是如何相識的？」吳將軍說：「他是我的老師。一別十年，心中十分掛念。煩請轉告先生，請他屈尊光臨寒舍。」知縣隨口答應。心想：叔父是出名的文人，怎麼會有武舉弟子？不久查伊璜來了，知縣就將此事告知。查伊璜一時也想不起來。由於對方問候誠懇，就命人備妥馬車，遞上拜帖拜謁吳將軍。吳將軍趕忙出門迎接。查伊璜一看，素昧平生，心中暗自懷疑可能是吳將軍認錯人，而吳將軍對他畢恭畢敬。邀請查伊璜進入，一連進了三四道門，忽見有女子進進出出，知道此處是將軍家眷住處，遂止步不前。吳將軍又作揖請他繼續前行。不久走進大廳，只見有掀門簾的人、挪動座位的人，皆是年輕的侍妾。坐定後，查伊璜正想問個明白，吳將軍點了點下巴，一名姬妾捧著朝服前來，吳將軍遂起身更衣。查伊璜不知他想做什麼。侍妾們替吳將軍拉扯衣襟，穿戴整齊，吳將軍先命幾個人將查伊璜按在座位上不讓他動，然後朝他行跪拜大禮，如同拜見君王父親一般。查伊璜大爲驚訝，不明白是怎麼回事。拜畢，又換上便服在一邊陪坐，笑道：「先生不記得那個舉鐘的乞丐了嗎？」查伊璜才恍然大悟。

接著擺上豐盛的酒宴，家妓們在階下演奏樂曲。宴飲完，眾侍妾一字排開服侍。吳將軍進入內室，替他安排床榻後離去。查伊璜喝醉酒起身較遲，吳將軍已在寢室門外詢問三次。查伊璜感到不自在，想要告辭回去。吳將軍硬要他留下，把大門鎖起來，不讓他離開。只見吳將軍整日不做他事，只有點算家中姬妾奴婢和僕人，以及騾馬、服飾、器用傢俱，監督記錄在簿上，並注意有無遺漏。查伊璜因爲這些事情是吳將軍家務，所以並未深究過問。一天，吳將軍拿著所造名冊對查伊璜說：「在下能夠有今天的成就，全仰仗先生當日所賜予的豐厚錢財。家中的奴婢、物品，不敢藏私，把其中的一半送給先生。」查伊璜驚愕不肯接受。吳將軍不理會。把全部的錢財數萬兩，也分成兩邊放置。按照所造名冊點算對照，古玩床榻茶几等物件，屋堂內外都已擺滿。查伊璜堅持拒絕接受，吳將軍仍不理會。查核奴婢和僕人的姓名完畢，就命令男僕整理裝備，女婢打理器具，吩咐他們要好好侍奉先生，奴僕們全部連聲答應。吳將軍又親自送姬妾奴婢們上車，車伕抓著馬和騾子，吆喝他們出發，吳將軍才告別查伊璜回去。後來查伊璜因爲修寫史書這案子，受到牽連被收押，最後無罪釋放，也全靠將軍大力幫忙。

記下奇聞異事的作者如是說：「查伊璜拿重金施捨一個乞丐而不問其名，眞有古代俠士風範！而吳將軍的回報，也是慷慨豪爽，更是千古以來頭一遭。如此的胸懷氣度，自然不應該平凡過一輩子。由此可知，這兩位賢人相遇，並非偶然。」

白蓮教

白蓮[1]盜首徐鴻儒[2]，得左道之書，能役鬼神。小試之，觀者盡駭。走門下者如鶩。於是陰懷不軌。因出一鏡，言能鑑人終身。懸於庭，令人自照，或襆頭[3]，或紗帽，繡衣貂蟬[4]，現形不一。人益怪愕。由是道路遙播，踵門求鑑者，揮汗相屬[5]。徐乃宣言：「凡鏡中文武貴官，皆如來佛[6]註定龍華會[7]中人。各宜努力，勿得退縮。」因亦對眾自照，則冕旒龍袞[8]，儼然王者。眾相視而驚，大眾齊伏。徐乃建旂秉鉞[9]，罔[10]不歡躍相從，冀符所照。不數月，聚黨以萬計，滕[11]、嶧[12]一帶，望風而靡。後大兵[13]進剿，有彭都司者，長山[14]人，藝勇絕倫。寇出二垂髫女[15]與戰。女俱雙刃，利如霜；騎大馬，噴嘶甚怒。飄忽盤旋，自晨達暮，彼不能傷彭，彭亦不能捷也。如此三日，彭覺筋力俱竭，哮喘而卒。迨鴻儒既誅，捉賊黨械問之，始知刃乃木刀，騎乃木凳也。假兵馬死真將軍，亦奇矣！

1白蓮：此指白蓮教。白蓮教，民間宗教的一種，佛教的旁支。

2徐鴻儒：明末山東鉅鹿人，熹宗天啟二年（西元一六二二年），率領白蓮教眾起義反叛，聯合景州于宏志、曹州張世佩、艾山劉永明等叛軍勢力，攻下巨野、鄒縣、滕縣等地，切斷漕河糧道。最後遭朝廷鎮壓，被俘處死。

3襆頭：又名折上巾、四腳，一種包裹頭部的紗羅軟巾，相傳是後周武帝所制。因襆頭所用紗羅通常為青黑色，也稱「烏紗」，俗稱為「烏紗帽」，成為官帽。

4繡衣貂蟬：達官貴人所穿的官服與貂蟬冠。繡衣，五彩兼備的衣服，此指官服。貂蟬，即貂蟬冠。以貂尾和蟬裝飾的帽冠，為古代達官貴臣所戴。

5揮汗相屬：揮汗如雨，絡繹不絕，形容人數眾多。屬，此處讀作「主」，相連。

6如來佛：佛家語。是釋迦牟尼佛的十種稱號之一。即佛教教祖。釋尊自稱如來。如來一詞，一般意指「乘如實之道，而善來此娑婆世界」。從如實道而來，證成涅槃，解脫生死輪迴。

7龍華會：每年四月八日，各個寺廟分別設齋，用五色香水浴佛，以為彌勒下生的象徵，稱為「龍華會」。

8冕旒：冕旒是古代最尊貴的一種禮帽，平頂。旒，讀作「劉」。禮帽前後端垂下的穿玉絲繩。天子的禮帽有十二旒，諸侯以下遞減。衮，讀作「滾」。龍衮是天子所穿的禮服，衣服上繡有龍紋。

9建旂秉鉞：以王侯自居，掌握兵權。旂，讀作「奇」。一種在旗旒上畫龍，並在旗竿竿頭繫鈴作為裝飾的旗子。秉鉞，拿著斧頭，比喻掌握兵權。鉞，讀作「月」。大斧頭。

10罔：沒有。通「無」。

11滕：滕縣。今山東省滕州市。

12嶧：讀作「亦」。嶧縣。今山東省棗莊市。

13大兵：指朝廷官兵。

14長山：地名，今山東省鄒平縣。

15垂髫女：少女。原指孩童不束髮，此指未成年的少女。

◆**虞堂評**：事固俶（讀作「觸」）詭，文亦奇幻。中間寫刀寫馬，特為後木刀木凳蓄事耳。解此用筆，那得不一氣呼應，出色煊爛！

此事固作詭異，文章也帶有奇幻色彩。文中大量鋪陳對刀與馬的描述，是為後文的木刀木凳做伏筆。了解此行文的用心，哪裡能不覺得前後相呼應，出色絢爛！

白話翻譯

白蓮教亂黨首領徐鴻儒，得一本旁門左道的書，能夠差遣鬼神。他牛刀小試一下，在旁觀看的人都很驚懼。競相投奔到他門下的人絡繹不絕。於是他暗中圖謀不軌。他拿出一面銅鏡，說能夠照出人的一生禍福。把銅鏡懸掛院中，讓人自照，鏡中映照出來的人，有的戴頭巾，有的戴烏紗帽，有的身穿官服、頭戴貂蟬冠，顯現出來的樣子各有不同。人們更加感到怪異驚訝。從此這個消息到處傳播，上門請求照鏡子的人多不勝數。徐鴻儒便宣稱：「凡是鏡中照出的文武百官，都是如來佛祖所預定，將來要參加龍華會的人。大家應當努力，決不能退縮。」接著徐鴻儒也當著眾人的面照自己，他照現出來一身皇冠龍袍，儼然是一名帝王。眾人面面相覷，皆感到震驚，一齊跪倒在地。徐鴻儒乃自立爲王，招兵買馬，眾人無不歡騰，雀躍相隨，希望自己能成爲如鏡中所顯現的高官。數月不到，徐鴻儒就聚集了一萬多人，攻打滕縣、嶧縣一帶，所向披靡。後來朝廷前去剿捕，其中有一位彭都司，是長山縣人，武藝超群。白蓮教軍中出來兩名少女與他交戰。她們都使雙刀，鋒利如霜；騎著高頭壯馬，嘶聲震耳。她們身手矯捷，三人從早晨直戰到傍晚，少女們不能傷害彭都司，彭都司也沒能取勝。如此接連三日，彭都司累得精疲力竭，氣喘病發而亡。等到徐鴻儒兵敗被殺，捉到他的同夥拷問，才知道少女們所用的是木刀，騎的是木凳子。假兵馬累死了眞將軍，也眞是一樁怪事了！

顏氏

順天[1]某生，家貧，值歲饑，從父之洛[2]。性鈍，年十七，裁能成幅[3]。而丰儀秀美，能雅謔，善尺牘[4]。見者不知其中之無有也。◆無何，父母繼歿，孑然一身，授童蒙[5]於洛汭[6]。時村中顏氏有孤女，名士[7]裔也。少惠。父在時，嘗教之讀，一過[8]輒記不忘。十數歲，學父吟詠。父曰：「吾家有女學士，惜不弁[9]耳。」鍾愛之，期擇貴壻[10]。父卒，母執此志，三年不遂，而母又卒。或勸適[11]佳士，女然之而未就也。適鄰婦踰垣[12]來，就與攀談。以字紙裹繡綫[13]，女啟視，則某手翰[14]，寄鄰生者。反復之而好焉。鄰婦窺其意，私語曰：「此翩翩一美少年，孤與卿等，年相若也。倘能垂意，妾囑渠儂脇合[15]之。」女脈脈不語。婦歸，以意授夫。鄰生故與生善，告之，大悅。有母遺金鴉鬟[16]，託委致焉。刻日成禮，魚水甚懽[17]。及睹生文，笑曰：「文與卿似是兩人，如此，何日可成？」朝夕勸生研讀，嚴如師友。斂昏，先挑燭據案自哦[18]，為丈夫率[19]，聽漏三下[20]，乃已。如是年餘，生制藝[21]頗通；而再試再黜，身名蹇落[22]，饔飧不給[23]，撫情寂漠[24]，嗷嗷[25]悲泣。女訶[26]之曰：「君非丈夫，負此弁耳！使我易髻而冠，青紫直芥視之[27]！」生方懊喪，聞妻言，睒睗[28]而怒曰：「閨中人，身不到場屋[29]，便以功名富貴似汝廚下汲水炊白粥；若冠加於頂，恐亦猶人耳！」女笑曰：「君勿怒。俟[30]試期，妾請易裝相代。倘落拓如君，當不敢復藐天下士矣。」生亦笑曰：「卿自不知蘗[31]

苦，真宜使請嘗試之。但恐綻露，為鄉鄰笑耳。」女曰：「妾非戲語。君嘗言燕有故廬，請男裝從君歸，偽為弟。君以襁褓出，誰得辨其非？」生從之。女入房，巾服而出，曰：「視妾可作男兒否？」生視之，儼然一顧影[32]少年也。生喜，徧[33]辭里社。交好者薄有餽遺，買一羸蹇[34]，御妻而歸。生叔兄[35]尚在，見兩弟如冠玉，甚喜，晨夕卹[36]顧之。又見宵旰[37]攻苦，倍益愛敬。僱一翦髮雛奴，為供給使。暮後，輒遣去之。鄉中弔慶，兄自出周旋；弟惟下帷讀。居半年，罕有睹其面者。客或請見，兄輒代辭。讀其文，瞲[38]然駭異。或排闥[39]而迫之，一揖便亡[40]去。客睹丰采，又共傾慕。由此名大譟，世家爭願贅焉。叔兄商之，惟靦然[42]笑。再強之，則言：「矢志青雲，不及第，不婚也。」會學使案臨[42]，兩人並出。兄又落。弟以冠軍應試，中順天第四；明年成進士；授桐城令[43]，有吏治[44]；尋遷河南道掌印御史[45]，富埒[46]王侯。因託疾乞骸骨[47]，賜歸田里。賓客填門，迄謝不納。又自諸生以及顯貴，並不言娶，人無不怪之者。歸後，漸置婢。或疑其私；嫂察之，殊無苟且。無何，明鼎革[48]，天下大亂。乃謂嫂曰：「實相告：我小郎婦也。以男子闒茸[49]，不能自立，負氣自為之。深恐播揚，致天子召問，貽笑海內耳。」嫂不信。脫靴而示之足，始愕；視靴中，則敗絮滿焉。於是使生承其銜，仍閉門而雌伏[50]矣。而生平不孕，遂出貲[51]購妾。謂生曰：「凡人置身通顯，則買姬媵[52]以自奉；我宦跡十年，猶一身耳。君何福澤，坐享佳麗？」生曰：「面首[53]三十人，請卿自置耳。」相傳為笑。是時生父母，屢受覃恩[54]矣。搢紳[55]拜往，尊生以侍御[56]禮。生羞襲閨銜，惟以諸生[57]自安，終身未嘗輿蓋[58]云。

異史氏曰：「翁姑受封於新婦[59]，可謂奇矣。然侍御而夫人也者，何時無之？但夫人而侍御者少耳。天下冠儒冠[60]、稱丈夫者，皆愧死矣！」

1 順天：古代府名。明代設置的舊府，今北京市為其舊治。
2 洛：洛陽。
3 裁能成幅：不能寫出一篇完整的八股文章。
4 尺牘：本指古代書寫用的木簡，後借指書信。牘，讀作「讀」。
5 童蒙：知識淺陋的孩童。
6 洛汭：洛水注入黃河的地方。古代在河南省鞏縣（今鞏義市），後黃河改道，今在滎陽市西北。汭，讀作「瑞」，河道彎曲或兩河交匯之處。
7 名士：秀才。
8 一過：一遍。
9 不弁：不是男性。弁，讀作「變」。古代男子所戴的帽子。此處借指男性。
10 壻：女婿。同今「婿」字，是婿的異體字。
11 適：嫁。
12 垣：讀作「圓」，矮牆。
13 綫：同今「線」字，是線的異體字。
14 手翰：即手書。親手所寫的書信。
15 妾囑渠儂胹合：我囑託我丈夫替你們撮合。渠儂，他。指鄰生，這個婦人的丈夫。吳俗自稱我為儂，稱他人為渠儂。胹合，撮合。胹，讀作「而」。
16 金鴉鐶：一種指環的名稱。金鴉，太陽。鐶，讀作「環」，圓形有孔可貫繫東西的物品。
17 魚水甚懽：指夫妻感情很好。懽：同今「歡」字，是歡的異體字。
18 哦：讀作「額」。吟唱、吟詠。
19 率：表率，模範。

20 聽漏三下：三更。漏，古代一種計時器。
21 制藝：八股文的別名。
22 身名蹇落：即身蹇名落。意謂生活潦倒，聲名低落。
23 饔飧不給：即三餐不繼，形容生活十分困頓。饔飧，讀作「傭孫」。
24 撫情寂漠：猶言撫今追昔，孤單空虛。寂漠，同「寂寞」。孤單冷清。
25 嗷嗷：擬聲詞。形容哀號悲鳴聲。
26 訶：大聲喝斥、責罵，通「呵」。
27 青紫直芥視之：意謂高官厚祿，有如探囊取物。青紫，綁在官印上的青綬、紫綬。比喻高官貴爵。芥，小草。比喻可輕鬆獲得之物。
28 睒睗：讀作「閃視」。疾視、一瞥。此指心懷怒氣，快速瞪了一眼。
29 場屋：科舉時代的考場。
30 俟：讀作「四」，等待、等候。
31 蘗：讀作「播」。黃蘗，一種植物。夏開黃花，果實為球形，藍黑色，大如黃豆，有特殊香氣及苦味。也稱為「黃柏」。
32 顧影：回視身影，自負、自信的樣子。
33 徧：同今「遍」字，是「遍」的異體字。
34 羸蹇：瘦弱的驢子。
35 叔兄：堂兄。
36 卹：同「恤」。救濟、接濟。
37 宵旰：旰，讀作「幹」。比喻勤於政事。此指發憤苦讀。
38 瞲：讀作「續」。驚視。

39 排闥：推開門。闥，讀作「踏」。
40 亡：逃。
41 輾然：開懷大笑貌。輾，讀作「產」。
42 學使案臨：指提督學政至所屬的各級縣市主持歲試與科試。
43 桐城令：桐城縣令。桐城，古代縣名。今安徽省桐城市。
44 吏治：政績。
45 掌印御史：明代都察院下分十三道，每道設監察御史，掌道印以巡按州縣，考察吏治，稱掌印御史。
46 埒：讀作「勒」。相等、均等。
47 乞骸骨：古時稱大臣辭職，言使骸骨得歸葬鄉土。
48 鼎革：改朝換代。
49 闒茸：闒，讀作「踏」。謂資質駑鈍愚劣。
50 雌伏：此指深居閨中，恢復女兒身。
51 貲：通「資」。指財物、錢財。
52 媵：讀作「硬」。古代之陪嫁女。此指侍妾。
53 面首：男寵。古代專供貴婦人玩弄的美男子。
54 覃恩：此處指皇帝的封誥。覃，讀作「談」。
55 搢紳：讀作「進深」。古代官員將笏插綁在腰間一端下垂的腰帶上，所以稱仕宦為搢紳。
56 侍御：御史的通稱。
57 諸生：秀才。
58 輿蓋：此指官員的排場。
59 新婦：媳婦。
60 冠儒冠：頭戴書生帽。

◆**但明倫評點**：其中無有，徒有丰儀，則不如易冠而髻矣。然猶有尺牘微長，所以得享裙帶之福。

胸無點墨，徒有儀表，那還不如不要作男人，改作女人算了。雖是如此，總算還有寫信這一技之長，所以可以享受妻子的庇蔭，得享官銜與富貴。

白話翻譯

順天府有個書生，家中很窮，遇上荒年，跟隨父親到了洛陽。他生性愚鈍，年已十七歲，還無法寫出一篇完整的八股文。然而他卻長得一表人才，爲人風趣，善寫書信。見到他的人並不知道他胸無點墨。不久，他的父母相繼去世，剩下他孤身一人，在鄰近鄉間教孩童讀書。當時村中顏家有個孤女，父親是個秀才，從小聰明。父親在世時，曾教她讀書，她只學一遍就過目不忘。十幾歲時，學父親吟誦詩文。顏父說：「我家有個女學士，只可惜不是男的。」特別鍾愛她，希望能為她找到地位崇高的人作為夫婿。父親死後，母親仍堅持這個選婿目標，三年都沒找到合適人選，母親也去世了。有人勸顏氏找個有才學的文人，顏氏雖同意，卻沒找到合意的對象。

恰巧住在隔壁的婦人來串門子，同她閒聊，拿著用字紙包的繡線。顏氏打開一看，是那個順天生寫的書信，寄給鄰居婦人丈夫的。顏氏反復閱讀，似乎頗有好感。鄰家婦人看透她的心思，悄悄對她說：「此人風度翩翩，是個美少年，和你一樣父母雙亡，年齡相若。你若有意，我囑託丈夫為你們撮合。」顏氏含情脈脈，低頭不語。鄰婦回去，就把她的心意告訴丈夫。鄰生本就與順天生交好，就將此事告訴了他，他聽了很高興。把母親遺留給他的金鴉指環，託鄰生轉交給顏氏作為聘禮。擇日完婚，二人婚後夫妻感情甚篤。等到看了順天生所作的文章，顏氏笑道：「你寫的文章和你判若兩人，這樣下去，何時才能上榜？」早晚勸他攻讀，像良師益友一樣嚴厲。每日黃昏，顏氏先點燈坐在桌前吟誦詩文，為丈夫作表率，一直讀到三更才休息。

這樣過了一年多，順天生的八股文已很精通；可連續兩次赴考都名落孫山，聲名一落千丈，以致於失去教書的工作，導致三餐不繼。順天生撫今追昔，備感淒涼，哀鳴悲泣。顏氏責備他說：「你不配做男人，辜負了頭上這頂帽子！若讓我改換男子裝束，那高官顯位，猶如探囊取物！」順天生正自懊惱，聽了妻子這番話，瞪了她一眼怒道：「你這個婦道人家，沒進過考場，就以爲功名富貴像你在廚房提水煮粥一樣容易；就算讓你改扮男裝，恐怕下場也同我一般。」顏氏笑道：「你不要生氣。等到了赴試的日子，請讓我改扮男裝代你應考。倘若也像你一樣名落孫山，當再不敢小看天下讀書人。」順天生也笑道：「你是沒嚐過黃柏苦的滋味，眞應該讓你去嚐一下。只怕你改扮男裝露出破綻，讓鄉親們笑話。」顏氏說：「我並非說笑。你曾說過順天府老家還有棟舊屋，就讓我換上男裝跟你回去，假稱是你的弟弟，你打小就背井離鄉，誰能辨出眞假？」順天生答應了她。顏氏進屋，換了男人衣服出來，說：「你看我可以當男人嗎？」順天生打量她，儼然是一瀟灑倜儻美少年。書生大悅，向鄰居一一告別。有交情的稍微給他一點盤纏，書生買了一頭瘦驢，載著妻子回了老家。

順天生的堂兄還健在，見兩個堂弟美如冠玉，很是喜歡，早晚都來照顧他們。又見他們發奮苦讀，更加敬愛。雇了一個短髮僮奴供兩人使喚。到了黃昏，他們就打發小僮回去。鄉里中有弔喪、喜慶之事，順天生前往應酬；顏氏則深居苦讀。住了半年，很少有人見過顏氏的面。客人有時求見，順天生總是代爲辭謝。有人讀了顏氏文章，驚訝讚歎不已。有客人推門闖入硬要見顏氏一面，她作個揖就避開了。客人見其丰采，都非常傾慕。由此她名聲大噪，一些世家爭相招贅做女婿。堂兄前來商議婚事，顏氏只是一笑。堂兄若再強求，就說：「我立志步上仕途，不考中，決不談婚論嫁。」到了考試日子，提督學政前來主持試務，兩人一齊報考，順天生又落榜，顏氏則以榜首參加鄉試，考中順天府鄉試第四名。第二年又考中進士，授桐城縣令，頗有政績；不久升遷河南道掌印御史，富貴如同王侯。顏氏後來稱病請求辭官，聖上恩准卸任返鄉。家中常常賓客盈門，但顏氏始終辭謝不見。從秀才開始到發跡顯貴，從不提婚娶，人們無不覺得此情奇怪。回鄉後，顏氏漸漸購置婢女。有人疑心她與婢女有苟且之事；堂嫂留心觀察，並無任何不正當的行為。

不久，明朝滅亡，滿清入關，適逢改朝換代。顏氏這才告訴堂嫂說：「實言相告，我是你堂弟的妻子。因為丈夫不長進，不能養家活口，我才賭氣女扮男裝求得功名，深怕傳揚出去，朝廷會將我逮捕，嚴加追究，成為天下人的笑柄。」堂嫂不相信，顏氏便脫下靴子，出示自己的腳，堂嫂才感驚訝；再看靴子裡，塞滿了碎棉絮。此後，顏氏讓順天生承襲了名銜，她則閉門不出換回女裝。她一直沒有懷孕，便出錢替丈夫買妾侍。對順天生說：「凡是身居顯貴的人，都要買姬妾侍女來侍奉。我為官十年，還孑然一身。你是何等福澤，坐享佳麗？」順天生說：「你也可以購置男寵三十人，請夫人自行操辦吧。」後來這段對話就成為人們茶餘飯後的笑談。這時順天生的父母，已多次受朝廷封賜之恩。地方士紳來拜訪，都以御史禮儀對待順天生。順天生羞於承襲妻子名銜，只以秀才自處，終身沒有坐過官轎，擺過官員的排場。

記下奇聞異事的作者如是說：「公婆因為媳婦做官而受封賞，眞是天下奇聞。而當御史的，庇蔭妻子成為誥命夫人，都是司空見慣的事，什麼朝代沒有？可是由妻子讓丈夫做御史的很罕見。天下戴儒冠、稱丈夫的文人，都要羞愧而死！」

杜翁

杜翁，沂水[1]人。偶自市中出，坐牆下，以候同遊。覺少倦，忽若夢，見一人持牒[2]攝去。至一府署，從來所未經。一人戴瓦壠冠[3]，自內出，則青州[4]張某，其故人也。見杜驚曰：「杜大哥何至此？」杜言：「不知何事，但有勾牒。」張疑其悞[5]，將為查驗。乃囑曰：「謹立此，勿他適[6]。恐一迷失，將難救挽。」遂去，久之不出。惟持牒人來，自認其悞，釋令歸。杜別而行。途中遇六七女郎，容色媚好，悅而尾之。下道，趨小徑，行十數步。聞張在後大呼曰：「杜大哥，汝將何往？」杜迷戀不已。俄見諸女入一圭竇[7]，心識為王氏賣酒者之家。不覺探身門內，略一窺瞻；即見身在苙[8]中，與諸小豭[9]同伏。豁然自悟，已化豕矣。

◆而耳中猶聞張呼。大懼，急以首觸壁。聞人言曰：「小豕顛癇[10]矣。」還顧，已復為人。速出門，則張候於途。責曰：「固囑勿他往，何不聽信？幾至壞事！」遂把手送至市門，乃去。杜忽醒，則身猶倚壁間。詣王氏問之，果有一豕自觸死云。

1 沂水：現今山東省沂水縣。沂，讀作「怡」。
2 牒：讀作「蝶」，官府發布的公文或證明文書。
3 瓦壠冠：瓦楞帽。明代時平民所戴的帽子。同今「壟」字，是壠的異體字。
4 青州：地名，今山東省青州市。
5 悮：出了差錯。同今「誤」字，是「誤」的異體字。
6 適：往。
7 圭竇：此指窮困人家的門。
8 苙：讀作「立」。豬圈。
9 豭：讀作「家」。泛指豬。
10 顛癇：一種疾病名稱。又稱腦癇、羊癇、羊癲瘋，是一種長期性神經系統疾患，以癲癇抽搐發作為特徵。

◆**但明倫評點**：好尾女郎者，已有豕心，有豕行，身入苙中固宜。

喜歡尾隨女子的人，表示他已有豬的想法，有豬的行為，投胎豬圈是很合適的。

白話翻譯

杜翁是沂水縣人。一天，他從街市走到城外，坐在牆下，等候一同前來的遊伴。他感到有些倦怠，忽然做了一個夢，看見一人手持公文將他抓去。來到一處官署，是他從沒見過的。有個戴瓦楞帽的人，從裡面走出來，原來是青州的張某，是他的故友。張某見到杜翁驚問：「杜大哥，你怎麼來此？」杜翁說：「不知發生何事，有人拿著衙門抓捕人的文書把我捉來。」張某懷疑抓錯了人，要去幫他查驗，便叮囑道：「你站在此處，不要亂跑。萬一迷路，就難挽救了。」張某說完就走了，過了很長時間都沒出來。只有那個拿公文的人前來，承認抓錯人了，釋放杜翁回家。杜翁辭別離去。路上遇見六七位女子，容貌姣好，心悅而尾隨之。她們離開大路，改走小路，走了十幾步。杜翁聽見張某在後面大喊道：「杜大哥，你要去哪裡？」杜翁迷戀這些女子，不由自主跟她們走。不久見眾女郎進入一個小門，他認得這是賣酒的王某家。他不覺探身門內，才瞧了一眼，就看到自己在豬圈裡，和眾小豬趴在地上。他這才醒悟，原來自己已經變頭豬了。耳中仍聽到張某的呼喊聲。他心中驚懼，急忙用頭去撞牆。聽到有人說：「小豬得了羊癲瘋。」他上下打量自己，又變回人。急忙走出門來，見到張某在路上等候。張某責怪他說：「叮囑你不要亂跑，爲何不聽？差點壞事！」於是握著杜翁的手，把他送到街口才離開。杜翁忽從夢中醒來，身體還靠在牆上。他到姓王的家裡去拜訪詢問，果然有一頭豬自己撞牆而死。

杜翁
悞被勾魂向
夜臺歸途底
事尚徘徊勸
君且合看花
眼莫再牽連
入笠來

參考書目

王邦雄，《莊子內七篇．外秋水．雜天下的現代解讀》（台北：遠流出版社，2013 年 5 月）
牟宗三，《中國哲學十九講》（台北：台灣學生書局，1999 年 9 月）
朱其鎧主編，蒲松齡原著，《全本新注聊齋誌異》（北京：人民文學出版社，1989 年 9 月）
何明鳳，〈《聊齋志異》中的「異史氏曰」與評論〉，《文史雜誌》2011 年第四期
張友鶴，《聊齋誌異會校會注會評本》（台北：里仁書局，1991 年 9 月）
郭慶藩，《莊子集釋》（台北：天工出版社，1989 年）
馮藝超，〈《子不語》正、續二書中僵屍故事初探〉，《東華漢學》第 六期，2007 年 12 月，頁 189-222
楊廣敏、張學豔，〈近三十年《聊齋志異》評點研究綜述〉，《蒲松齡研究》2009 年第四期
樓宇烈，《王弼集校釋——老子指略》（台北：華正書局，1992 年 12 月）
盧源淡注譯，蒲松齡原著，《聊齋志異 卷一至卷八》（新北市：台科大圖書股份有限公司， 2015 年 3 月）

電子工具書

中央研究院漢籍電子文獻 http://hanji.sinica.edu.tw
百度百科 http://baike.baidu.com/"http://baike.baidu.com
佛光大辭典 https://www.fgs.org.tw/fgs_book/fgs_drser.aspx
教育部重編國語辭典修訂本 http://dict.revised.moe.edu.tw/cbdic
教育部異體字字典 http://dict.variants.moe.edu.tw
維基百科 https://zh.wikipedia.org/zh-tw

好讀出版 圖說經典29

聊齋志異六：薄命姻緣

原　　著／(清)蒲松齡
編　　撰／曾珮琦
繪　　圖／尤淑瑜
總 編 輯／鄧茵茵
文字編輯／林泳誼、簡綺淇
美術編輯／許志忠
行銷企劃／劉恩綺
圖片整輯／鄧語葶

國家圖書館出版品預行編目資料

聊齋志異六：薄命姻緣／
(清) 蒲松齡原著；曾珮琦編撰
—— 初版 —— 臺中市：好讀，2021.12
面：　公分，——（圖說經典；29）
ISBN　978-986-178-568-4（平裝）
857.27　　110016594

發 行 所／好讀出版有限公司
台中市407西屯區工業30路1號
台中市407西屯區大有街13號（編輯部）
TEL:04-23157795　FAX:04-23144188
http://howdo.morningstar.com.tw
(如對本書編輯或內容有意見，請來電或上網告訴我們)
法律顧問／陳思成律師

讀者服務專線：(02)23672044 / (04)23595819#230
讀者傳眞專線：(02)23635741 / (04)23595493
讀者專用信箱：service@morningstar.com.tw
晨星網路書店：http://www.morningstar.com.tw
郵政劃撥：15062393（知己圖書股份有限公司）
如需詳細出版書目、訂書，歡迎洽詢

初版／西元2021年12月1日
定價／299元
ISBN 978-986-178-568-4
如有破損或裝訂錯誤，請寄回台中市407工業區30路1號更換（好讀倉儲部收）